천사는 여기 머문다

천사는 여기 머문다

전경린 소설

문학동네

차례

맥도날드 멜랑콜리아

흐린 날씨였다. 통유리창 너머 잿빛 거리에 매캐한 연기 냄새가 떠다니는 것 같았다. 나정은 햄버거를 꾸역꾸역 씹었다. 도시 어느 곳에선가 주차장이 무너지고 차들이 구덩이로 떨어지고 사람들이 과다출혈로 죽어가는 것 같았다. 그리고 누군가는 죽은 사람들의 피를 머리에 흠뻑 뒤집어쓰고 죽은 듯이 엎드려 있을 것이다. 머핀과 토마토와 베이컨과 양상추가 잘게 씹히며 혀와 이 사이로 즙액이 스며들고, 턱과 관자놀이가 움직일 때마다 순간순간 집에서 보고 나온 텔레비전 뉴스의 영상과 목소리 들이 뇌리에 떠올랐다.

죽은 소년의 피를 내 머리와 몸에 흥건하게 묻히고 죽은 척 누워 있었어요. 그들은 돌아다니며 계속 확인사살을 했어요…… 누군가 구하러 올 때까지 바짝 엎드려 있어요, 그래야 살아요. 하얀 과부에게 적색 수배령이 떨어졌습니다…… 사망자 65명, 부상자 200명, 실종자 60여 명…… 화면에서는 검은 연기가 하늘로 치솟고 이삼층 주차장 바닥이 무너지며 자동차들이 구덩이로 떨어져 호일처럼 구겨지고 불탔다.

나정은 일주일에 두어 번, 뱃속에 구덩이가 파인 듯 무엇으로도 채울 수 없는 허기 속에서 눈을 떴다. 그럴 때면 난민처럼 허겁지겁 맥도날드로 왔다. 주로 새벽 다섯시부터 아침 열시 사이였다. 햄버거를 씹으면 이상하게도 뉴스의 영상들이 뇌리를 지나갔다. 전쟁이나 테러, 지진과 기아, 원전 사고와 총기난사 사고, 정치인의 부정과 특수강간이나 친족살해 사건, 중소기업 사장과 연예인의 자살 같은 것들이었다. 혼자 햄버거를 먹을 때 그녀를 위로해줄 수 있는 것은 그런 대규모의 재난과 공공의 실패와 타인들의 불행뿐이었다.

도심의 등대처럼 밤을 꼬박 새워 영업을 하는 맥도날드는 구시가지로 들어가는 옛날 도로와 매립지에 난 넓은 해안도로가 만나 뾰족하게 돌출된 긴 삼각지형 끝에 서 있었다. 맥도날드 앞에는 당연히 사람들을 모여들게 하는 횡단보도가 나 있고 맞은편에는 초대형 마트와 호화로운 외제차 매장이 들어서 있었다.

남자는 늘 그렇듯이 주차장 쪽에서 들어오는 사이드 출입구 정면 테이블에 고개를 숙이고 앉아 신문을 보고 있었다. 허리를 곧게 폈고 약간 벌린 긴 다리는 바닥과 직각을 이루었다. 온몸이 철골 구조물처럼 단단했다. 여분의 살이라곤 없는 몸이었다.

나정은 베이컨토마토머핀을 씹으며 남자 쪽을 이따금 쳐다보았다. 남자는 고개를 드는 법이 없다. 나정은 안심하고 쳐다보았다. 그 남자를 네다섯 번쯤 이곳에서 보았다. 봄과 여름 사이에……

카운터 앞에는 주문을 하려는 손님 몇이 서 있고, 주방 앞 창 너머에서는 자동차를 탄 채 주문한 손님들이 차 안에서 음식을 받고, 주방에선 검정색 단체옷을 입고 흰색 명찰을 단 아르바이트생들이 분주하게 손을 놀리고 있었다. 홀의 손님은 대개 그렇듯이 사십 퍼센트 정도 차 있었다. 이십여 분 후엔 손님들로 가득 차게 될 것이다.

맥도날드 같은 곳에서 어떤 사람이 다른 사람의 얼굴을 알아보게 되는 일은 드물다. 그곳은 익명의 타인들이 잠시 머물고 가는 공간이다. 직원과 아르바이트생 들의 얼굴조차 기억에 입력되기 전에 교체되어 인상이 삭제된다. 특히나 그렇게 많은 손님들 중에서 나정의 기억에 남는 얼굴은 없었다. 아마 대개는 인식되지 않았을 것이다. 혹은 정말로 일생에 단 한 번 스쳐간 사람들인지도 모른다. 이렇든 저렇든, 얼굴이 눈에 익은 사람은 그 남자 외에는 없다.

지난주에 보았을 때, 남자는 눈에 띄는 청남색 셔츠를 입고 같은 자리에 앉아 있었다. 나정이 햄버거를 거의 다 먹었을 때 가게 안에 있던 남자는 어느 사이 맞은편 대형 마트 앞 인도를 걷고 있었다. 키 크고 야윈 남자가 몸을 약간 앞으로 숙이고 바람 부는 거리를 성큼성큼 걷는 모습을 보다가 나정은 갑자기 따라 걷고 싶은 다급한 충동을 느꼈다. 마치 친한 사이인 듯 말없이 나란히 걷는 것이다. 가게에서 나가 횡단보도를 건너고 청남색 셔츠를 입은 남자를 뒤쫓는 자신의 영상이 머릿속에서 출혈하듯 흘러갔다. 그것은 마치, 고독이 다른 고독을 허겁지겁 뒤쫓는 모습이었다. 남자는 대형 마트와 전자랜드 사이에서 순식간에 시야 밖으로 사라졌다.

지난봄 처음 나정의 눈에 띈 날 남자는 좀 낡은 바지와 흐린 색 셔츠를 입고 있었다. 아마도 특유의 고독하고 유유자적한 분위기와 곧고 야윈 몸과 바른 자세 때문에 시선을 끌었을 것이다. 무엇을 하며 사는 남자인지 짐작하기 어려웠다. 철야를 한 택시기사일 수도 있었다. 혹은 이교대로 일하는 공장 근로자일 수도 있고 창고를 지키는 야간 경비원일 수도 있었다. 혹은 부잣집 막내여서 일하지 않아도 먹고 사는 데 지장이 없는 타고난 능력자일 수도 있었다. 그쪽에 가까워 보였다.

두 계절이 지나는 동안 그는 아침 아홉시부터 열시 사이에 신문을 샅샅이 볼 정도로 한가했고 잠도 전혀 부족해 보이지 않았고 혼자인 것이 몸에 밴 듯 자족적으로 보였다. 집으로 돌아간 그는 식물에 물을 주고 음악을 듣거나 지도를 펼치고 다음 여행 계획을 짜거나 월세 세입자들이 돈을 넣는 통장을 체크하거나 혹은 느긋하게 전날 찍은 사진 정리 같은 일을 할 것 같았다. 혼자 노는 남자에게 그 외에 달리, 무슨 할 일이 있겠는가. 그에게 가족이 있을 것 같지는 않았다. 아내나 아이가 있는 남자가 매일 혼자서 맥도날드에서 아침시간을 온통 보낼 리가 없지 않은가. 나정은 자신의 관심에 당황했다. 그 남자를 알아보았고, 그를 관찰했고, 게다가 상상까지 한 것이다. 봄부터 여름까지 그럭저럭 꽤 오랜 시간이 쌓인 셈이기도 해서 조금 아는 사람 같은 착각까지 들었다.

나정은 누군가에게 먼저 말을 거는 타입이 아니었다. 여자에게도 먼저 말을 걸지 않았고 아이나 노인에게도 마찬가지였다. 나정은 가능한 한 타인을 만나지 않고 살기 위해 노력해왔다. 실은 숨어서 살았다고 할 수 있었다. 계속 그렇게 살다가는 결국 모두에게 잊힌 채 애완견과 선인장 화분이나 키우며 퀴퀴한 냄새가 나는 구운 생선을 뼈째 씹어 먹은 뒤 눈알까지 파먹고 눈뜨자마자, 혹은 해도 지기 전부터 텔레비전에 매달려 사는 독거노파가 될 것이다. 한 달 내내 집에 틀어박혀 지내든, 어쩌다 장을 보러 나가든 남의 눈에 보이지 않는 투명인간이기는 마찬가지일 것이다. 그리고 어느 때부터는 두 달, 세 달이 지나도 외출하지 않는 날이 올 것이다. 장기 독거의 끝은 당연히 고독사로 연결될 게 뻔했다. 죽음에 대한 상상은 타인의 것인 양 아득하고, 파국을 생각하면 때론 설탕에 절여지듯 달콤했다. 텔레비전 뉴스에서 폐쇄회로에 찍힌 자살자들을 잇달아 본 뒤였다. 부산과 제주도를 왕복하는 페리호에서 한 달 사이에 예순 넘은 노인이 넷이나 바다로 뛰어든 것이다. 그들은 한밤중이나 새벽에 마치 삶이라는 장벽을 넘어 탈출하는 난민처럼 허겁지겁 페리호의 난간을 타넘고 바다로 뛰어들었다. 바다는 자비로운 나라처럼 아무 흔적도 없이 그들을 삼켰다. 삶으로부터 감쪽같이 사라진다는 것은, 그토록 유혹적인 일이다.

맞은편 대형 마트 일층에 든 미용실에서 일하는 남자 미용사가 횡단보도를 건너고 있었다. 나정은 그 남자의 단골 고객이었다. 삶은 인내를 필요로 한다. 어쩌면 오직 인내만을 필요로 한다. 자신이 더이상 자신이 아닐 때에도 머리카락은 자란다. 인생이 테러를 당했다 해도 미용실 거울 앞에 앉아 자신의 머리카락을 당면해야 한다.

"이상할 정도로 몸이 차네요."

미용사는 머리카락을 자른 뒤, 어깨를 덮은 머리카락을 전체적으로 들어올려 털어냈다. 그리고 무언가 걸리는 듯한 표정으로 그 말을 했다. 습관적인 반응이라 할 어떤 말이 떠올랐으나 거품이 꺼지듯 사라졌다. 그런가요 같은 후렴구, 의미 없는 말이었다. 나정은 별 반응 없이 지나갔다. 그러나 중요한 순간이라는 생각이 들었다. 그만큼 불시에 들은 말이었고 동시에 그녀가 예감하고 있었거나 짐작하고 있어서 꼭 들어맞는다는 느낌이 드는 말이었고 계속 생각하게 될 말이었다. 그런 말은 의사는 하지 않는 말이다. 의사는 방어적이어서 사진을 찍거나 체액을 검사하지 않고는 어떤 말도 하지 않는다. 종양 같은 결과물이 없으면 관심도 없고 자기 분야가 아니면 결코 연관성을 파악하지 못한다. 그런 말은 혈육들도 하지 않는다. 그들은 말썽거리를 싫어하고, 그건 네 일이니까 하며 못 본 척한다. 그들은 삶보다는 장례식에 필요한 사람들이다. 그 외의 타인들도 할 수 없다. 그들과는 서로 만질 일이 없다. 서로가 없다가 있는 것을 보듯, 있다가 없는 것을 보듯, 유리창에 비치는 헛것들처럼 피상적으로 스치기 때문이다.

이상할 정도로 몸이 차네요. 그 말은 불길한 효력으로 몸 안에서 계속 진동했다. 그 말을 들은 건 처음이었지만, 늘 막연히 느끼고 있었기 때문인지 모른다. 폭염주의보가 내려 일주일 이상 고온이 지속되고 있는데도 그녀의 피부는 뱀처럼 서늘하고 소파에 앉아 있으면 발가락이 시렸다.

미용사는 한때 강남에서 잘나가던 헤어스타일리스트였으나 독립했다가 빚만 지고 말았다. 그리고 몇 년 전만 해도 스포츠댄스를 배웠다. 그때는 가슴과 허벅지가 튼실한 애인도 있었다. 허리를 꼿꼿하게 세우고 상대의 체중을 버텨야 하는 왈츠를 추는 것이 힘겨워질 무렵

애인과 헤어져 혼자가 되었고 그뒤 작은 미용실을 차렸지만 흐지부지 문을 닫았다. 그리고 지금은 연고도 없는 소도시로 흘러들어 원룸을 구하고 월급 미용사로 살아가며 개인파산 조정으로 줄인 빚을 다달이 나누어 갚고 있었다. 미용사는 춤을 배워보라고 권했지만 나정은 고개를 저었다. 춤은 적어도 빚 없는 사람이나 배우는 것이다. 다달이 이자를 내는 사람은 춤을 출 수가 없다. 미용사는 나정의 커다란 눈가에 잡힌 주름을 살피며 머리를 짧게 잘라보자고 권하기도 했었다. 그 때도 나정은 고개를 저었다. 나정은 무엇이든 거절할 작정이었다. 거절하면 천천히 아래로 떨어지지만 수락하면 순식간에 추락인 것이다. 나정은 그것을 경험으로 알게 되었다. 전략의 시대인 것이다. 죽은 뒤에도 한동안 머리카락이 자라고 머리카락이 완전히 부패하지 않는 한 의식이 남아 있을 거라고 말한 사람도 미용사였다. 쉰 살인 미용사는 머리를 노랗게 물들이고 새하얀 셔츠와 탈색한 청바지와 흰색 구두를 신고 늘 그렇듯이 경쾌하게 걸어갔다. 바깥에서 보니 미니어처처럼 깜찍하고 왜소한 남자였다. 마트의 방범 셔터가 이제 막 올라가고 있었다.

나정은 자기 손으로 손등을 쓸었다. 머리에 타인의 피를 흠뻑 묻히고 너무 오래 죽은 척했다는 생각이 들었다. 확인사살도 끝난 뒤였다. 모두 그녀를 잊었고 아무도, 아무도 곁에 없었다. 나정은 다시 남자를 쳐다보았다. 나정과 남자 사이에 열두 명은 족히 둘러앉을 수 있을 것 같은 큰 테이블이 가로놓여 있었다. 남자는 나정을 쳐다보는 법이 없었다. 나정은 그 사실을 알고 있었다. 남자는 노인처럼 앙상하게 말랐고 다른 사람을 보지 않고 혼자서 얼마든지 앉아 있었다. 욕망이 없어

보이는 메마른 느낌이 편안했다. 나정도, 그 남자도 바랜 조개껍데기 처럼 해끔한 점이 닮았다고 여겼다. 세월은 그녀에게 혐오와 무시를 가르쳤다. 그녀는 쉽게 혐오했고 무엇이든 무시할 수 있었다. 세상도 이웃도 혈육도, 자신의 허기와 욕구와 불운과 남아 있는 세월도. 하지만 그녀는 남자에게 말을 걸기로 결심했다. 그게 언제든, 다음에 보게 되면.

맥도날드 사장은 자신들이 요식업을 하는 게 아니라고 말했다. 그들이 하는 것은 부동산사업이다. 맥도날드는 원칙적으로 본사에서 땅을 구입하고 지점 주인에게 건물만 짓게 한다. 그러니까 전 세계에 퍼져 있는 맥도날드의 땅은 모두 본사 소유이다. 세상의 동쪽 끝 해안 소도시의 맥도날드도 마찬가지이다.

이곳 맥도날드는 드라이브 스루와 넓은 주차장을 갖추었고 주차장 쪽 사이드 출입문과 도로 쪽 정면 출입문을 가진 이층 건물이다. 빨간색 바탕에 프렌치프라이 두 개를 구부린 모양을 형상화한 노랑 로고는 선명하고 간결하며 미소 표식처럼 명랑하다. 건물 외장은 채도 높은 빨강과 탁한 검정과 갈색이 어우러진 박스형 구조물이다. 직선은 효율적이고 간결하고 중립적이다. 감정을 받아들이지도 않고 부여하지도 않고 생산하지도 않고 전달하지도 않는다. 바닥의 타일은 차갑고 청결하고 내부 공간은 손님들의 동선을 유도하면서 타인들끼리 시선을 비킬 수 있도록 자연스럽게 분리했다. 일층 75석, 이층 50석이며 의자는 모두 검은색 인조가죽 커버로 통일했고 손님이 오래 머물지는 않도록 치밀하게 계산되어 있다. 단체복을 입은 특성 없는 직원들은 친절하지도 않고 불친절하지도 않고 기계적이고 반복적이다. 전 세계에 통일되어 있는 기본메뉴와 지역의 특성을 가미한 메뉴, 시즌마다 출시되는 신메뉴 역시 로고와 제복만큼이나 숙고된 동시에 심플하다. 머핀과 커피는 중국산을 쓴다. 박스형의 외장과 얄팍한 벽과 통유리들은 안팎의 차이를 줄이고 출입의 부담을 최소화한다. 무엇보다 맥도날드의 가장 큰 특징은 주인이 없다는 점이다. 주인은 절대로 보이지 않는다. 고용된 점원들이 일을 하고 손님들끼리 잠시 머물다 갈 뿐이다. 관공서와 휴게소와 대형 마트 사이에서도 맥도날드는 가장 부력이 강한 장소이다. 효율성과 외로움 사이에서 균형을 잡고 땅 위에서 이십 센티미터쯤 떠 있는 외로운 섬처럼 차갑고 편안하고 몽환적이다. 하나의 맥도날드 내부는 세상 모든 맥도날드의 공기를 공유하고 있어서 하나의 맥도날드에 앉아 있는 것은 세상 모든 맥도날드에 앉아 있는 것과 같다.

이를테면 당신은 캘리포니아의 맥도날드와 암스테르담의 맥도날드와 베를린의 맥도날드와 상하이의 맥도날드와 루체른의 맥도날드에 동시에 앉아 있을 수 있다. 세상의 동쪽 끝 해안도시의 맥도날드에 앉아서, 세상의 북쪽 끝 산타마을 로바니에미의 맥도날드에 앉아 있을 수도 있다. 떠돌며 겹치는 허공의 섬 위에서 같은 옷을 입은 점원에게 주문을 하고 같은 햄버거와 감자튀김과 커피와 콜라를 먹는 것이다. 세상 어느 곳이든 허공의 섬에는 매일 아침 홀로 앉아 세 종류의 신문을 보며 맥모닝으로 식사하는 남자가 있을 것이다. 그리고 일주일에 두어 번쯤 폭격에 팬 구덩이같이 메울 수 없는 허기에 쫓겨 난민처럼 달려오는 혼자 사는 여자도 있을 것이다. 그 여자에게 맥도날드는 세상의 바깥 벽 허공에 떠 있는 옥외계단 같은 곳이다. 여자는 세상 안으로 들어서지도 못하고 세상 밖으로 탈출하지도 못하고 옥외계단에 걸터앉아 있다.

"좀 앉아도 될까요?"

남자는 고개를 들어올리고 아연한 얼굴로 나정을 쳐다보았다. 어딘가 이를 앙다문 표정이었다. 가까이서 보니 남자의 얼굴을 안다는 것은 착각이 아니었을까 하는 당혹감이 스쳐갔다. 남자의 맞은편 의자는 비어 있었지만 모르는 사람과 대놓고 마주 앉고 싶진 않았다. 나정은 그런 자세로는 자신이 한마디도 할 수 없을 거란 사실을 알고 있었다. 남자는 의자에 놓여 있던 두 종류의 신문을 치우고 옆으로 옮겨앉았다. 사이드 출입문 맞은편의 벽면에 붙은 인조가죽 커버의 장의자이다. 남자들이 본능적으로 가장 안심하는 자리라고 한다. 그는 세 종류나 되는 신문을 보고 있었다. 주식을 하는 남자일지 모른다는 생각이 들었다. 남자와 나정은 잠시 출입문을 보고 앉아 있었다. 남자가 용건을 묻는 얼굴로 쳐다보았다.

"난 신문을 보지 않아요."

"왜……"

"등이 아파요. 신문을 보면."

그가 고개를 돌려 나정의 얼굴을 쳐다보았다. 심장이 후들거리고 얼굴에 열이 확 몰리기도 하고요, 라는 말은 생략한다. 한때 신경이 손상된 것처럼 뉴스를 견딜 수 없었던 시기가 있었다. 신문도 텔레비전 뉴스도 실제로 감각을 공격하는 듯 고통스러웠다. 나중에 그 증상은 나아져서 오히려 무감각해졌지만 신문은 여전히 보지 않았다. 세상에 일어났던 일이 또다시 일어나는 자잘한 뉴스들이 지겨운 거라고 여겼지만, 단지 나정 자신이 감각을 상실했는지도 모른다. 이젠 불감증처럼, 아나운서가 과장된 톤으로 전해주는 특수살인이나 몇백 명이 한꺼번에 죽는 대규모 재해가 아니고서는 귀도 기울여지지 않았다.

"신문을 세 종류쯤 보면, 세상이 좀 보이나요?"

나정은 질문하면서도 한사코 출입문에 시선을 두었다.

"그런 거 없어요. 그냥 보고 있는 거죠."

실망인지 안도감인지 등에서 힘이 빠져나가고 좀 편해지는 것 같았다. 나정은 남자를 쳐다보았다.

"댁을 여러 번 봤어요. 이런 장소에서 이름도 모르는 하나의 얼굴을 기억하게 되는 건 흔한 일이 아니죠."

남자가 멀뚱한 표정으로 마주 보았다.

"혹시, 나를 본 적 있나요?"

"없는데요."

그는 수상쩍은 눈길로 이 사태가 무엇인지 헤아리는 것 같았다. 나정 역시 자신이 수상쩍기는 마찬가지였다.

"난 대개 수요일과 금요일 아침 열시경에 이곳에 오고, 그쪽은 늘 출입구 정면 이 자리에 앉아 있었지요. 당신은 매일 여기 오나요?"

"여기서 아침을 해요."

그러니까, 그는 매일 모닝세트를 먹고 세 가지 신문을 보고 오전 시간을 소비하는 것이다. 그 남자가 그 정도로 가난한 것인지, 혹은 무심한 것인지, 고독한 것인지 한심스러운 것인지 아직은 파악할 수 없었다.

"실례지만 궁금한 거 좀 물어봐도 되나요?"

"그러세요."

"뭐든지요?"

"글쎄요."

"이 동네 사나요?"

"그래요."

"걸어오는군요."

"그래요."

"실은, 지난번에 저쪽 도로로 걸어가는 것을 보았어요."

그가 다시 나정의 얼굴을 스윽 쳐다보았다.

나정은 남자를 마주 보며, 낯선 사람이 다짜고짜 곁에 와서 질문을 퍼부어댄다면 자신은 어떻게 할지 생각했다. 싫으면 적당히 얼버무려 보내거나 인사를 하고 자리를 뜰 것이다. 괜찮으면 대답 정도는 할 것이고 호기심이 생기면 질문도 할 것이다. 나정은 내친김에 가장 궁금한 것을 묻기로 했다.

"무슨 일 하시는 분이세요?"

나정은 그가 밤 영업을 하는 택시기사거나 야간조 공장 노동자이거나 혹은 일할 필요가 없는 부잣집 막내아들일 거라고 예상했었다. 그는 비쩍 말랐다. 까다로워 보이기도 하고 노인처럼 보이기도 했다. 이를 앙다물고 있지만 어딘가 귀염성 있고 젊고 평화로운 얼굴이었다. 그러나 혹독한 바른 자세는 눈길을 끌 만큼 특이했다. 척추와 어깨를 세우고 가슴을 금속 캐비닛처럼 닫고 고개를 앞으로 빼고 무릎을 접은 채, 같은 자세로 몇 시간이고 꼿꼿하게 앉아 있을 것 같았다.

"별 하는 일 없어요. 일을 해야 하는데, 되는 일이 없네요."

나정의 상상은 전부 빗나갔다. 그는 일을 구하지 못하고 있는 실업자인 것이다.

"그쪽은 무슨 일을 하세요?"

"저도 요즘 일 안 해요. 안 하고 다들 용케 사네요."

"뭐, 다시 해야죠."

그래서 신문을 뚫어지게 보는 모양이었다. 그렇지만 신문을 보고 뭔가를 하는 것이 가장 해롭다. 특히 신문 광고는 대부분 사기 호객이다.

"준비기간이에요."

남자의 말이 공허하게 느껴졌다. 나정은 이제 그런 것을 순간에 눈치챌 수 있다. 나정은 몸을 뒤로 젖히며 벽에 등을 붙였다. 정장 속에 눈부시게 흰 셔츠를 입은 삼십대 초반 직장인들 셋이 아침을 해결하기 위해 들어왔다.

"오후엔 뭐하세요?"

"오후엔 다른 카페에 가서 앉아 있어요. 이런 식으로 몇 곳을 돌아다니면 하루가 끝나지요."

나정은 웃는다. 역시 심상치 않은 내용이다. 하지만 여전히 궁금하다. 어떻게 하루종일 하는 일 없이 카페에서 카페로 이동하며 보낼 수 있는 인간이 있나. 인내심이 많은가, 구제불능으로 한심한 인간인가, 아니면 타고난 명상가인가.

나정은 이제 자연스러움을 회복했다.

"혼자인가봐요."

남자의 얼굴에 당혹스러운 빛이 스쳐갔다.

"그렇죠."

남자가 방어하듯 나정에게 물었다.

"혈액형이 뭐예요?"

혈액형에 관한 질문은 예전 사람들이 고향을 묻던 습관이 대체된 것 같았다. 적어도 누구나에게나 혈액은 있으니 첫 질문으로 무난한 것이다.

"평범해요. 그쪽은요?"

"혈액형이란 원래 평범한 거죠. 난 O형."

"A형이에요."

그는 A형에 대해 잘 아는 듯한 표정을 짓는다.

"대단한 용기를 냈군요. A형 여자가 낯선 남자에게 먼저 말을 걸었다면."

나정이 누군가에게 말을 건 일은 처음이었다. 그녀는 손을 뻗어 무엇을 움켜쥐는 법을 몰랐다. 수없이 많은 것들이 그녀 앞으로 흘러와 그냥 흘러가버렸다.

"수고를 알아주니 고맙군요."

"번호 줄 수 있어요? 나중에 연락할게요."

뜻밖에 남자가 먼저 번호를 요청했다. 예의상 그러는 것인지, 수고에 대한 보답인지, 호감인지 애매했다.

"그러죠."

그는 테이블에 놓여 있던 만년필을 내민다. 몽블랑이다. 그러고 보니 손목에서 번쩍거리는 금빛 체인시계도 예사롭지 않았다. 나정은 맥도날드 모닝세트 영수증 뒷면에 윤나정이라는 이름과 전화번호를 적었다.

"저녁에 맥주 한잔 할까요?"

전화번호를 받은 남자가 불쑥 말했다.

나정은 남자와 약속을 하고 맥도날드를 나왔다. 바람이 머리카락을 훑고 지나가자 검은 연기 냄새가 났다. 어디에선가 폐타이어를 태우고 있는 것만 같았다. 하얀 과부라는 단어가 떠올랐다가 흩어졌다. 하얀 과부는 세상을 꽁꽁 얼리는 테러를 한 눈의 여왕을 연상시켰다. 나정은 테러는커녕 먼저 주먹을 뻗을 줄도 모르는 여자였다.

하얀 과부는 삼백여 명의 사상자를 낸 케냐 쇼핑몰 테러의 주범으로 지목되어 수배중이었다. 하얀 과부의 남편은 영국 지하철 테러에서 자폭한 테러범이었다. 하얀 과부는 겨우 스물아홉 살이었다. 나정의 전남편은 죽지 않고 두 아이와 함께 다른 도시에서 다른 여자와 살고 있었다. 그곳엔 나정만 없을 뿐, 그들의 삶은 여전했다. 나정은 두 아이에게 자신이 없기 때문에 자신에게도 자신이 없는 것처럼 살아왔다. 이 낯선 도시에서.

남자의 몸과 얼굴과 눈빛이 떠오르자 나정의 걸음이 빨라졌다. 오랜만에 잡힌 약속이었다. 처음으로 스스로 다가가 만들어낸 약속이라는 점이 중요했다. 몸속에서 따뜻한 온기를 가진 공이 빙글 도는 기분이었다. 꽁꽁 묶여 있던 억류에서 풀려난 애드벌룬처럼 위로 떠오르는 이륙의 기분, 다시 예전처럼 누군가와 다정해지고 싶었다. 다시 무슨 일이든, 할 수 있을 것 같았다. 그러나 주유소를 지나 모퉁이를 도는 사이에 걸음은 태엽이 풀린 듯 느려졌다. 시청 옆길에서 마침내 걸음이 멈추었다. 나정은 자신이 오래전과 마찬가지로 삶에 대해 순진한 것이 실망스러웠다. 그렇게 많은 환멸을 겪은 뒤에도 또다시 몸 어딘가에 희망이 꿈틀거리는 것이 수치스러웠다. 희망이 기생충이나 세균이라도 되는 듯, 이물스러웠다. 희망이란 스스로를 호객하는 속임수였다. 무언가를 하는 것이 사는 일이라지만, 경험하면 할수록 인생은 무너져왔다. 초원은 아무 일도 일어나지 않은 곳이고 사막은 모든 일이 끝난 곳이다. 나정은 그 사이에서 앞으로 가지 않을 수 없기 때문에, 다시 걷기 시작했다. 떠밀려가듯, 더 많은 실망과 고독과 환멸이 기다리는 곳으로.

남자의 이름은 김기주이고 나정보다 두 살 적었다. 이남 일녀 중 막내이고 별자리는 게사자자리, 대학은 불문학과를 나왔고 군대는 왜관 카투사에 복무했다. 키 178, 몸무게 57, 공기업에 오 년 정도 근무했었고 아버지로부터 상가를 상속받자 사표를 내고 삼 개월 동안 유럽 여행을 다녀왔다. 그리고 십 년이 흐르는 사이 몇 가지 일에 손을 대면서 상가를 완전히 날렸다. 마지막 사업은 백화점 앞에 차린 수입 앤티크 가구점이었다. 열 달 전에 그 가게를 닫은 뒤로 매일 아침 맥도날드의 모닝메뉴 중에서도 가장 저렴한 에그머핀을 먹고 있었다.

김기주는 자신의 처지를 설명해야만 한다고 생각하는 것 같았다. 결벽증인지, 뻔뻔함인지, 혹은 다른 의도가 있는지 나정은 알 수 없었다. 김기주는 자기 이야기를 하며 나정의 형편을 틈틈이 물었다. 나정이 시청 근처 옛 주택지에 있는 열여덟 평 낡은 빌라 오층에서 전세를 산다든가, 십 년 전에 이혼을 하고 이 도시로 왔다든가, 오 년 동안 상가 삼층에서 등산복 매장을 했지만 매출이 줄어 문을 닫고 일 년째 쉬는 중이라든가, 친정이 근처라든가 하는 정보가 흘러갔다. 이혼 후 이사를 할 때마다 점점 집이 좁아졌다. 나정은 점원일이라도 구해야 했지만 차를 판 돈으로 이자를 내며 지갑을 닫고 버텼다. 벌면서 옷을 사입고 병원비 쓰고 인사치레하며 사람들과 어울려 사나, 벌지 않고 돈 쓰지 않고 숨어 사나 남는 것 없기는 마찬가지였다.

"인터넷 때문이에요. 사람들이 옷이든, 가구든, 다 인터넷에서 사지요. 아니면 백화점과 대형 쇼핑몰이고요. 진작 포기했어야 했는데…… 너무 오래 끌었어요. 이제 거리에서 할 수 있는 자영업은 식당과 술집 외엔 거의 없어요."

김기주가 새로운 사실이라도 안 것처럼 실패의 원인을 진단했다. 나정은 자신의 실패의 원인은 이별이라고 진단했다. 이혼한 뒤로 세 번째 연애가 끝난 뒤 나정은 세상에 대한 흥미를 잃었다. 마지막 남자는 다른 도시로 발령을 받고 인사도 없이 제 가족을 챙겨 이사를 가버렸다. 가게 문을 닫고 집 안에 틀어박힌 건 그즈음이었다. 돌이켜보면, 늘 비슷한 만남과 이별의 패턴이었다.

나정은 맥주를 빠르게 마셨다. 그가 고른 꼬치구이집에는 중년 남자 셋이 출입문 앞 테이블에 앉아 있을 뿐, 손님이 없었다. 천장의 형광등은 을씨년스럽고 오래 비어 있었던 창고같이 퀴퀴한 어둠과 습기의 냄새가 나고 벽은 어둑했다. 그들이 앉은 칸막이 너머엔 무엇이 들었는지 알 수 없는 자루들이 쌓여 있었다. 감자나 양파 고추 같은 것으로 짐작되었다. 그 가게 역시 곧 문을 닫게 될 것만 같았다.

김기주는 결혼한 적이 없었고 첫사랑에 실패한 뒤로 연애다운 연애를 한 적도 없었다. 요즘 김기주는 매일 형님 댁으로 가서 노부모의 점식식사를 챙기고 병원에 모시고 가거나 집에서 간병을 하고 있었다. 형님 댁은 버스로 한 시간 반이 걸리는 시 외곽이었다. 부모는 두 분 다 여든이 넘었고, 당뇨병을 앓는 어머니는 이런저런 합병증을 앓고 있었다. 녹내장과 백내장으로 거의 실명상태이고, 고혈압과 신우염 등 다양한 혈관 협착증세를 보였다. 자칫하면 피부에 괴저가 일어난다고 했다. 요즘은 요도 감염이었다. 김기주는 하는 일도 없는데다 미혼인 자신이 낮 동안 간병하는 것이 옳다고 말했지만 부모와 분리될 줄 모르는 막내의 습성 같기도 했다. 혹은 가족들에게 짐작할 수 없는 빚을 졌는지도 모른다. 그의 말대로 독신인 것 자체가 가족에겐 빚일 수도 있었다. 저녁부터 밤 동안은 형님의 가족이 식사와 간병을 맡고 점심과 오후 동안은 그가 식사와 간병을 맡았다. 그의 꿈은 시골에 텃밭 딸린 집을 구해 부모님을 모셔가 사는 것이었다. 그가 처한 형편을 단적으로 드러내는 보잘것없는 꿈이었다.

나정은 꿈이라는 단어에 염증이 나 가슴속에서 비명이 올라왔다. 비명은 꿈이라는 단어에 특히 예민했다. 꿈이란, 자신에 대한 호객행위이고 삶에 대한 강박일 뿐이었다. 그에게 차라리 꿈이 없다면 훨씬 건강해 보일 것 같았다. 노환을 앓는 부모는 결국 형님 댁에서 돌아가실 게 뻔했다. 그것이 타인의 눈에는 잘 보이는 그의 현실이었다. 일할 필요 없이 빈둥거리는 부잣집 막내아들은 개뿔이었다. 나정은 희망과 함께 상상에도 염증이 났다. 상상 역시 자신에게 금지시키기로 했다. 그리고 짜증을 섞어 나지막이 말했다.

그게 꿈이라면 벌써, 진즉에 이루었어야죠. 마음만 먹으면 그렇게 어려운 일도 아니잖아요. 김기주는 당황스러운 표정을 지었지만 곧 고개를 끄덕여 인정했다. 나정은 자신이 범한 무례에 당황하며 사과했다. 김기주는 묵묵히 사과를 받았다. 그의 형수는 시장에서 한복집을 하고 있고 형님은 퇴직을 앞둔 평범한 회사원이고 고등학교에 다니는 두 명의 남자 조카가 있었다.

술집에서 나오자 빗방울이 투둑투둑 떨어지고 있었다. 나정은 식당 처마 아래에 서서 몸이 길고 야윈 김기주가 비를 맞으며 택시를 잡는 모습을 바라보았다. 그는 떨어지는 빗방울 속에서 담배에 불을 붙였다. 나정은 흡연의 욕구와 함께 아주 먼 곳에서 번져오는 흐릿한 욕망과 두통을 느꼈다. 인간이, 외모와 학력과 경력과 꿈과 상상이 모두 돈 앞에서 평가절하되는 시대였다. 김기주의 머리카락과 어깨가 제법 젖은 뒤에야 택시 한 대가 멈추어 섰다. 나정은 택시에 몸을 싣고 서둘러 문을 닫았다. 김기주가 긴 몸을 깊숙이 숙이고 차창 밖에서 무어라고 말했다. 무표정하던 남자의 눈빛에 일순간 맑은 온기가 반짝 떠올랐다. 왜 그런지 맑디맑은 민물에 사는 작은 버들치의 눈빛이라는 생각이 들었다. 나정이 주춤하는 사이 택시는 젖은 빗길에 미끄러지듯 떠났다.

그날 밤 나정은 오랜만에 잠을 푹 잤다. 익숙한 실망과 나른한 체념이 낡은 털실처럼 메마른 몸속을 채우는 것 같았다.

"핀란드 남자들은 체구가 크고 피부가 허여멀겋고 차가워요. 수염도 많지요. 산타 할아버지처럼요. 그 남자들은 아이를 썰매에 태우고 끌고 다녀요, 눈 덮인 도로 어디서나 볼 수 있지요."

김기주는 강남에서 직장에 다닐 때에도 우리나라 맥도날드 일호점에서 아침식사를 했고, 직장을 그만두고 유럽여행을 하는 동안에도 어디에 있건 아침은 맥도날드에서 먹었다. 베를린과 파리와 암스테르담과 루체른과 빈과 프라하와 피렌체…… 유럽의 맥도날드는 유럽식 건물 속에 자연스럽게 스며 있어서 눈에 잘 띄지 않아 찾기 어려울 때도 있었다. 피렌체의 맥도날드에서는 파스타세트를 먹기도 했다. 그것은 인도에 채식 햄버거와 카레 메뉴가 있고 터키에 케밥 햄버거가 있는 것과 같은 이치였다.

"핀란드 로바니에미에는 세상의 북쪽 끝 맥도날드가 있어요. 빅맥을 먹고 성장한 청년들은 일부러 눈 덮인 침엽수림과 흰 평원에 드리우는 푸른 오로라와 세상 끝의 맥도날드를 보기 위해 그곳으로 여행을 가지요. 소문처럼 순록고기 패티 메뉴도 없고 빙하버거도 없어요. 우리나라보다 가격이 비싸고 직원들의 동작도 느려서 줄을 오래 서야 하지요. 대신 푸른 오로라 엽서를 받을 수 있어요. 아침 아홉시에야 새벽이 오는 그곳에서 사흘쯤 보내면 눈의 나라로 망명하고 싶어지지요. 맥도날드에서는 늘 직원을 모집중이어서 쉽게 살아갈 수 있을 것만 같거든요. 그러다가 핀란드 여자를 하나 사귀게 되면 결혼을 하는 거죠. 아이가 생기면 핀란드 남자들이 하듯이 썰매에 싣고 끌고 다니고 싶더군요. 아이와 삼층짜리 눈사람도 만들고요."

나정은 핀란드 여자와 하얀 과부와 눈의 여왕을 함께 떠올리며 햄버거를 씹었다. 눈의 여왕의 왕국은 핀란드에 있다. 세상이 자신에게

호의적이지 않은 것을 일찌감치 알아차린 어린 소녀는 외톨이로 자라나 자신을 박대하는 세상에 맞서기로 한다. 차갑고 순결한 눈은 소녀가 쓸 수 있는 최후의 무기였다. 눈의 여왕은 세상을 꽁꽁 얼려버리고 미움의 유리가루를 뿌려버렸다. 동화 속의 안내자인 핀란드 여인은 어린아이의 마음만이 눈의 여왕이 건 저주를 풀 수 있다고 알려준다.

나정은 모든 것과 무턱대고 친했던 어린아이의 마음과 작별했던 날을 선명하게 기억했다. 둥글고 탱탱한 투명공처럼 완전하게 자신을 둘러싸고 있었던 한 세계가 찢어지며 깨어지는 거울처럼 산산조각난 뒤로 나정은 그 조각들만큼이나 많은 세계에서 무수한 이별을 해왔다. 세상은 이별의 날카로운 모서리들로 이어져 있고 공기 속엔 유리가루가 떠다녔었다. 선량함이란 이별을 모르고 이별하고, 새로운 것을 모르고 새로워지고, 죽음을 모르고 죽는 것이 아닐까.

"사표를 내고 유럽여행을 떠날 때, 난 실연을 했었어요. 부모님은 지금도 그 당시 나의 처사를 원망하고 질책하시죠. 그때 직장에서 나오지 말았어야 했다고요. 엄청나게 반대했었는데도 내 마음대로 했거든요."

나정은 예전엔 자신이 부자유스러워 갑갑했지만, 지금은 자신이 어떻게 경험하지도 않은 자유를 아는지 이상했다. 검은색 단체복을 입은 아르바이트생 둘이 눈앞에서 이층으로 오르는 계단을 닦고 있었다. 통통한 여자아이는 계단을, 키가 큰 남자아이는 난간을 닦으며 들릴락 말락 하게 이야기를 나누었다.

"내 인생엔 꼭 한 여자뿐이었어요. 다시는 다른 여자를 사랑할 수가 없었어요. 나와 그렇게 오래 사귀다가 결정적인 때가 오자 자기 인생에 더 이익이 되는 남자에게 가버린 나쁜 여자인데도 말이에요. 그 이후론 짧은 만남이 전부였지요. 대부분은 하룻밤이 전부였어요. 예기치 않은 갑작스러운 하룻밤들……"

나정은 그런 일을 이해할 수 있었다. 상대를 잃고 자신마저 잃어버리는 사람들이 있다. 사람의 뇌는 의외로 허약하다. 한번 심리적 구조가 생기면 잘 바뀌지 않는다. 김기주의 게슈탈트는 가장 좋은 시절에 만났던 최고의 여자로 틀이 굳어버렸다. 상실한 사람은 더 안으로 파고들 뿐 나오지 않는다. 점점 더 완고하고 완강해져서 시간의 흐름에조차 무관심해지고 자신과 타인에게도 무감각해진다. 잊지 못하는 여자가 있다고 굳이 말로 하는 남자는, 비겁한 부류이다. 나정은 그런 말을 결코 입 밖에 내지 않는다. 대신 나정은 어딘가 치명적인 맹점을 숨기고 있는 자신과 남자의 눈을 생각했다. 폐가의 유리창처럼 귀퉁이가 깨어진 채 파상형 거미줄 무늬가 난 상처투성이의 흐린 눈.

"그런 식이면 여자를 사기도 했겠네요."

김기주는 긍정도 부정도 하지 않았다. 어쩌면 그 편이 가장 깨끗한 거래이기도 했을 것이다. 어떤 부류의 여자들이든 여자가 하룻밤의 사건을 즐긴다고 하는 것은 거짓말이다. 지금의 여자들은 이익이 되지 않는 하룻밤의 사건 같은 것을 즐기지 않는다. 그것은 그저 사고일 뿐이다. 세상이 그렇듯이, 여자들 내부의 자연도 돈으로 환산되어 이익을 산출해야 하는 빈약한 자본인 것이다.

누구와 갔는데? 난간을 닦는 남자애가 쑥스러움을 이기느라 검은 눈썹에 잔뜩 힘을 주고 묻자 여자애는 수줍은지 입술을 꼭 다물어 모았다가 눈을 똑바로 뜨며 뭐라고 대답했다. 햇살에 뺨의 솜털이 보얗게 비쳤다. 그 영화 재미있었어? 여자애가 그런대로라고 대답했다. 다음에 나와 영화 보러 가지 않을래? 남자애가 묻자 여자애가 입술을 열며 배시시 웃었다. 응? 대답해줘. 남자애가 눈썹에 힘을 주며 졸랐다. 둘 다 이제 막 끼운 새 거울같이, 상처라곤 없는 눈으로 서로를 밝게 비춘다.

"어제 거리에서 헤어진 뒤, 비도 피할 겸 여기 왔었어요. 이런저런 생각을 하며 좀 오래 앉아 있었지요."

"앉아 있는 데 소질이 있군요."

"어릴 때부터 그랬어요. 한자리에 앉아서 발끝을 쳐다보며 반나절을 보내곤 했으니까요."

"명상인가요?"

"그랬는지도 모르겠어요."

나정은 고개를 돌려 김기주의 옆얼굴을 바라보았다.

"내일 저녁에 술 한잔 할래요?"

김기주가 물었다. 나정은 고개를 저었다.

"다음에요."

김기주도 지친 눈빛을 거두었다.

"먼저 갈게요."

"그러세요."

나정은 일어서서 플라스틱 쟁반을 들고 나가려다가 돌아보았다.

"월요일 저녁에 봐요."

김기주가 고개를 끄덕였다. 월요일은 오 일 뒤였다.

검은 연기 냄새가 떠도는 거리를 걸으며 나정은 눈의 나라를 생각했다. 아홉시에 새벽이 오고 눈 덮인 침엽수림이 끝없이 펼쳐지고 흰 평원에 초록빛 오로라가 드리워지는 곳이다. 남자들이 아이를 썰매에 태워 끌고 다니고 삼층 눈사람을 만드는 곳이었다. 한순간 핀란드 어느 마을에 사는 아무 여자나 되어 먼 나라에서 온 버들치 같은 눈빛을 가진 여행자를 만나고 싶었다. 그 선량한 여자는 눈으로 인해 눈이 먼 장님처럼, 이별을 모른 채 이별하고 새로운 것을 모른 채 새로워지고 죽음을 모르는 채 죽을 것이다.

"그런 관계가 남루하지는 않나요?"

"하룻밤도 교제인걸요."

김기주는 하룻밤을 보낸 여자들 이야기를 하는 중이었다. 직장 근처 빌딩에서 일했던 엘리베이터 걸과 심야의 술집과 카페에서 만난 폭우 속의 낙과 같은 여자들…… 테이블에 빈 술병이 쌓여갔다.

"왜 그뒤 다시 만나진 않았죠?"

"글쎄요. 안 만나지더군요."

"첫사랑의 얼굴을 찾고 있었겠지요?"

"그런 것 같아요."

망각이란 푹푹 내리는 눈처럼 지나간 수고를 지워주는 법인데, 망각이 없는 김기주는 다시 사랑을 할 수 없었을 것이다.

술 취한 김기주는 휴대폰을 뒤져 노래를 들려주었다. 나정이 모르는 노래가 몇 곡 흐른 뒤 90년대를 풍미한 〈호텔 캘리포니아〉가 흘러나왔다. 휴대폰을 쥔 채 앞으로 쑥 내민 왼손이 흔들렸다. 나정은 손등으로 그의 흔들리는 손가락을 따라가며 쓰다듬어보았다. 길고 어딘가 기운 없는 손가락이었다. 나정은 우울한 손가락이라고 생각했다. 슬픔은 감정이지만 우울은 몸이다. 우울한 눈, 우울한 척추, 우울한 대퇴골…… 정작 오래된 우울에는 슬픔이 없다. 마른 우물이 그렇듯, 감정이 휘발되고 바래고 건조해져서 차라리 평온하다. 나정은 손을 내렸다. 김기주는 나정의 얼굴을 잠시 바라보았다. 폐광같이 캄캄한 가슴속에 반딧불이같이 여윈 불빛이 금세 사그라질 듯 깜박깜박 떠다녔다.

술집을 나왔을 때, 나정의 허리가 휘청 꺾였다. 그 휘청임이 너무 생생해서 나정은 자신이 장난을 치는 것만 같았다. 몇 걸음을 뒤따르던 김기주가 소심하게 팔을 벌려 손바닥을 나정의 뒤허리께에 가볍게 댔다. 나정은 걸으면서 김기주의 손바닥이 자신을 통제하며 부드럽게 미는 것을 느꼈다.

"맥주 사서 집에서 한잔 더 할까요?"

"우리집요?"

김기주가 답을 기다렸다.

나정은 몇 걸음 더 걷다가 참을 수 없는 감정이 목으로 차오르는 것을 느끼며 멈추어 섰다. 나정은 김기주의 팔을 뿌리치고 몇 걸음 뒤로 물러났다. 참을 수 없는 것이 무엇인지 알 수 없었다. 단지 참을 수 없다는 절망감만이 고조되었다. 선명한 것은, 이별을 하고 보면 모든 것이 부질없고 소용없다는 사실뿐이었다. 그 우중충한 것들의 앙금이 가라앉고 모든 것이 생의 추억이 되려면 머리카락이 하얗게 센 독거노파가 된 뒤의 일일 것이다. 나정은 흔들리는 가지에 올라앉은 참매처럼 발가락에 잔뜩 힘을 주고 버텨 섰다. 그리고 조용하지만 단호하게 선언했다.

"이제 가세요. 난 혼자 갈 거예요."

김기주는 당황한 채 서 있었다.

"가세요. 어서요."

누가 보았더라면 남자가 여자에게 무슨 짓이라도 하는 줄로 오해할 것이다. 나정은 흐린 눈을 최대한 크게 뜬 채 김기주를 감시하듯 바라보았다. 나정의 몸이 뗏목을 타고 흘러가는 것처럼 앞뒤로 약간씩 흔들렸다.

"혼자 가도 되겠어요?"

"자주 다니는 길인걸요."

나정은 늘 그 길로 목욕탕을 다녔다.

"그래도, 늦었으니 같이 가요."

나정은 손짓을 했다.

"저 언덕만 넘으면 돼요."

"그럼 먼저 가세요."

김기주는 그대로 선 채 말했다.

"먼저 가세요."

나정은 김기주가 돌아서서 가지 않으면 끝까지 그 모양으로 버틸 기세로 다그쳤다. 김기주가 머뭇거리다가 물었다.

"내일 아침에, 맥도날드에 올래요?"

어둠 속에서도 버들치 같은 눈빛이 맑게 빛났다. 나정은 싱긋 웃었다. 비 내리던 날 택시를 타고 문을 닫았을 때, 김기주가 차창 밖에서 애써 눈을 맞추고 한 말이 바로 그 말인 것을 알아챘기 때문이었다.

"그럴게요."

김기주는 고개를 끄덕이더니 천천히 돌아섰다. 그리고 나정을 의식한 듯 뒤돌아보지 않고 걸어가 곧 아파트 축대 아래 깊은 어둠 속으로 스며들었다.

나정은 김기주가 길 끝에서 오른쪽으로 꺾어 보이지 않게 된 뒤에야 몸을 돌리고 걸었다. 길이 흔들리기 시작했다. 나정은 놀이라도 하듯이, 긴장을 풀고 물결에 떠밀리듯 걷기 시작했다. 길이 몸을 태우고 흘러가는 것 같았다. 김기주가 들려준 노래들이 귓속에 갇혀 있다가 실처럼 풀려나왔다. 꽉 막힌 인간, 청맹과니, 꼴통…… 나정은 첫사랑을 못 잊고 '원나잇'이나 하고, 여자를 사기나 하고, 늙은 부모를 혼자 책임지는 것이 꿈인 불량하고 무능하고 불우하고 답답한 남자를 조금 더 알아보고 싶었다. 그 남자의 방향을 조금만 틀 수 있으면 자신도 뭔가 할 수 있을 것도 같았다. 천천히, 서로 못 느낄 만큼 조정하며 천천히 트는 것이다.

노인복지관을 지나고 길이 교차하는 작은 사거리를 지나 유독 어두운 폐가 앞으로 다가갈 때, 나정은 길 가장자리 턱에 검은 물체가 놓여 있는 것을 알아챘다. 그것은 작은 서랍장 같기도 했고 소형 냉장고 같기도 했다. 얼마 전까지 중고 가전제품 매매점이었으나 재건축을 하느라 물건을 빼내고 잠시 비워둔 공터였다. 나정은 그것이 낯선 남자의 형체인 줄도 모르고 흔들리며 다가갔다. 흔들리며 다가가는 나정을 내내 노려보고 있던 남자가 천천히 일어섰다. 나정은 그 자리에 우뚝 멈추어 섰다. 길이 흔들리는데 어쩐지 발가락에 힘이 다 풀려 붙들 수가 없었다. 남자는 마치 결정되어 있었던 일인 것처럼 성큼성큼 다가와 나정을 잡아채 입을 막은 뒤 쇠붙이 같은 손아귀로 즙을 짜려는 듯 가슴을 움켜쥐고 폐가로 끌고 들어갔다.

거실에 켜둔 텔레비전 뉴스에서 일본 남부지역을 강타하고 제주에 당도한 태풍 소식을 전하고 있었다. 흰옷을 입은 백발 노파가 기역자로 굽은 허리로 가파른 옥외계단을 다족류처럼 기어올라왔다. 노파는 풀숲을 헤치듯 앉은걸음으로 움직여 옥상 장독대 곁에 쪼그려 앉았다. 노파는 매일 아침 지붕 위에 올라앉아 사방을 둘러보며 시간을 보냈다. 그 옆 옥상에선 대머리에 살집이 넉넉한 중늙은이가 러닝셔츠 차림으로 빨래를 널고 있다가 날씨를 깨달은 듯 다시 걷었다. 내려가서 불려둔 쌀로 아침죽이라도 끓일 것처럼 동작이 재빠른 남자였다. 그의 아내가 오래 병을 앓고 있는지도 모른다. 그 뒤로 얼마 전에 완공한 스페인풍의 회색 이층집 옥외계단에 붉은 옷을 입은 사람이 서 있었다. 옥외계단은 흡사 눈이 내린 듯 새하얀 색이었다. 붉은 옷을 입은 사람은, 옥외계단에서 꼼짝도 하지 않았다.

나정은 구덩이가 팬 듯한 허기를 느끼면서도 밖으로 튀어나가지 않았다. 관자놀이와 입술과 턱과 목에 긁힌 자국이 나 있고 팔꿈치와 골반뼈와 무릎에 날카로운 멍이 들었다. 엉덩이와 꼬리뼈와 허벅지 사이에는 멍이 넓게 퍼져 있었다. 나정은 소처럼 느리게 사과를 씹으며 진한 커피를 마셨다. 뒤적뒤적, 딱정벌레 같은 작은 곤충이 밀생한 나뭇잎을 헤집는 소리가 들리더니 곧 굵은 빗방울이 떨어지기 시작했다.

긴 숨을 한번 내쉬는 사이에 천둥이 치고 구름장이 왈칵 아래로 떨어지며 굵은 빗줄이 사선을 긋고 쏟아졌다. 노파가 옥외계단을 움켜쥐고 다족류처럼 느리게 내려가고 있었다. 머리카락과 흰옷이 금세 흠뻑 젖을 것이다. 새하얀 옥외계단에 선 붉은 옷 입은 사람은 여전히 꼼짝하지 않았다. 아무래도 그것은 사람이 아닌 것 같았다. 젖어도 상관없는 쓰레기를 담은 자루거나 작은 서랍장이거나 소형 냉장고 같은 붉은 물체인 것이다.

빗줄기 사이로 간밤의 메마른 꿈이 흘러갔다. 그리고 한 남자의 얼굴이 떠올랐다. 마치 사진관에서 찍힌 증명사진처럼 삶이라는 배경을 무화시키며 떠오르는 선명한 얼굴. 친숙하지만 다가갈 수 없고 이제 곧 영원히 잃어버리게 될 얼굴이었다. 우우우웅, 갑작스럽게 몰려온 바람이 도시를 휩쓸었다. 유리창이 흔들리고 나뭇잎이 쓸리는 소리 사이로 어느 집의 풍경이 땡그랑땡그랑 맹렬하게 울렸다. 나정은 베란다 문을 닫고 사과 접시와 커피잔을 들고 재해의 소식을 전하는 텔레비전 앞으로 다가가 섰다.

야상록
夜想錄

불을 껐을 때, 암흑이 들어찬 방 안 벽에 나뭇잎 그림자가 환영처럼 걸렸다. 직사각 창틀 프레임 속에 검게 돋은 나뭇잎 그림자는 흑색 벨벳처럼 선명했다. 어디서 왔는지 알 수 없는 그림자에 놀라 금조는 양옆을 돌아보았다. 딸은 엎드려 커다란 헝겊인형처럼 숨도 쉬지 않는 듯 잠들었고 감기 들어 열이 있던 여동생은 편도가 붓는지 거친 숨소리를 내며 자고 있었다. 엄마는 집 안 어디서 꾸물대는지 기척이 없었다.

금조는 눈을 감은 채 더듬어 딸의 손을 잡았다. 헛것처럼 반쯤 열린 조그만 손 안은 눈물이 고인 듯 축축했다. 이마에도 젖은 머리카락이 달라붙어 있었다. 딸의 잠은 먼 곳에서 가장 견디기 어려웠던 상념이었다. 늦은 밤에 잠들어갈 때나, 새벽 세시의 칠흑 속에서 문득 깨면, 머리와 속눈썹과 손안에 땀과 눈물이 고이는 딸의 잠이 떠올랐다. 금조는 구덩이처럼 파인 시간의 덫에 그림자처럼 빠져 딸의 잠과 그녀의 잠이 깨어진 얼음 단층처럼 엇갈리며 각자 다른 암흑 속으로 흘러가는 것을 속수무책으로 견뎌야 했다. 살아서 길 위를 헤매는 낮보다 지붕 아래 밤의 잠이 더 슬픈 것은, 긴 그림자에 덮여 빛을 잃듯 표정을 반납한 방기의 모습 속에 저마다의 결박이 더 뚜렷하게 보이기 때문일 것이다.

금조는 감았던 눈을 떴다. 의식이 너무 곤두서서 눈 속의 어둠은 모래처럼 버석거렸다. 맞은편 벽에 걸린 나뭇잎 그림자를 마주 보는 수밖에는 없었다. 환등기를 정지시켜놓고 사라진 그 누군가를 기다리는 심정이었다. 오래 바라보니 나뭇잎 그림자들이 어떤 성좌처럼 의미 있게 배치된 것 같기도 했다. 창틀의 직사각 프레임은 겸상을 세운 크기만했다. 그녀는 잠을 부르듯 검은 잎사귀 그림자의 숫자를 반복하여 셌다. 열여섯, 열일곱…… 아버지는 아직도 저 감나무 아래서 편지를 읽고 계신가.

감나무는 집 곁의 배추밭 건너에 있었다. 배추밭에는 마흔 개 정도의 긴긴 골마다 어른 머리 크기만한 우람한 푸른 배추들이 차오르는 속잎 때문에 터질 듯한 몸통을 밀며 우렁우렁 소리를 내는 듯했다. 아버지는 그 곁 붉은 감이 주렁주렁 달린 감나무 가지 아래서 그녀의 편지를 읽는다 했다.

아버지는 망자가 되어 집을 떠났다. 엄마가 꿈마다 아버지를 만나는 장소는 늘 집 바깥, 마을 안 어딘가였다. 다리 위에서나, 논으로 가는 들판길이나 옆집 가는 골목이나 집 앞 방죽길이다. 망자가 된 아버지는 밤마다 어김없이 엄마의 꿈속을 배회했다. 어느 날은 엄마에게 찢어진 장화를 신기기도 하고, 엄마를 밭두렁에 앉혀놓고 대신 밭일을 하기도 하고 빨랫줄에 걸린 엄마의 옷을 걷어주기도 하고 오일장을 보러 나갈 때 추근추근 따라붙기도 한다.

지금은 어디에 계신가? 이 한밤에도 마을 어딘가를 떠돌고 계실까? 지난밤 꿈에는 엄마가 다 저녁에 다리를 지나 집으로 오니 아버지가 방죽길에 서 계시더라 했다.

“이 사람아, 어데 갔더노? 해가 다 지도록 집은 비워두고……”

꿈속의 아버지는 평상시와 똑같이 아무렇지도 않은 모습이더라 했다.

“금조가 편지를 보냈소. 회관에서 편지 읽고 오는 길이요.”

“편지? 보자.”

아버지가 손을 내밀어 엄마는 편지를 주었다.

“그아가 또 직장을 바꿨다고 적었소.”

“그년은 귀신에 씌었는지 허구한 날 자리를 바꾸지……”

아버지는 편지를 들고 홍시가 널려 있는 감나무 아래로 가 앉아 읽더라 했다. 엄마는 왜 저런 곳에 앉는가, 갸우뚱하면서 혼자 집 안으로 들어왔다 했다.

불을 끈 지 한 시간째 금조는 벽에 비친 그림자와 대면하고 있었다. 그림자를 만든 것이 달빛이 아니라면, 개울 건너 마을회관 앞의 가로등빛일 것이다. 감나무의 수많은 잎사귀들이 그 빛의 길을 막아섰을 것이고 그중 아홉 장의 나뭇잎 그림자가 창을 타넘고 방 안 깊숙이 들어온 것이었다. 문득 나뭇잎 그림자가 사각사각 흔들렸다. 아버지가 감나무 가지 아래로 지나가는 것일까……

엄마는 밤을 반으로 잘라 세시가 되어서야 방에 들어왔다. 목욕을 한 후 아버지의 서재였던 문간방에 들었을 것이었다. 곁에 눕는 엄마의 몸에서 향내와 물비린내가 났다. 차를 몰고 마을 어귀에 들어섰을 때 그녀는 하마터면 급제동을 밟고 엄마라고 부를 뻔했다. 앞에 걸어가는 노파가 꼭 엄마 같았기 때문이었다. 파마를 하고 녹물 같은 갈색 염색을 한 짧은 머리 모양과 검은 바지 위에 희끗한 윗도리를 입은 옷차림과 약간 휜 등과 꺼진 엉덩이와 바깥으로 굽은 정강이와 흔드는 팔의 움직임이 흡사했다. 하지만 거의 같은 순간에 엄마보다 체구가 약간 더 큰 노파라는 사실을 알아챘다. 마을회관 앞에서 나락을 말리는 노파들을 보면서 그녀는 이 마을 노파들이 흡사한 것에 다시 한번 당황했다. 농사지어 오일장을 중심으로 먹고살고, 곧고 휘어진 길을 함께 걷고, 한 공기와 한 햇볕을 쬐고 자식들 형편이나 걱정근심이 비슷비슷하면 세월이 흘러 꼭 비슷비슷한 노인이 되는 모양이었다. 그 느낌은 엄마를 보았을 때도 마찬가지였다. 마을회관 앞에서 오가던 어떤 노파를 보는 듯했다. 저기 노파가 하나 있구나…… 남편 잃고 제 집의 주인이 된 노파들은 저마다 이상할 정도로 당당하고 위엄 있고 건강했다. 그들은 해도 뜨기 전에 이불을 개어 장롱 속에 넣고 나와 해가 져서 빈방으로 들어가기까지 끊임없이 집 밖을 빙빙 돌며 노동을 했다.

"뭐니뭐니해도 오래 사는 것이 복이다. 속세의 영광이 다 뭐꼬, 명 질기게 살면서 잘 끓인 된장국 오래 먹는 것만 못하다. 니 아부지랑 갑장인 영감들 동네에 셋이나 있는데 다 잘만 살고 있다. 쇠꼴을 줄

때도 늘 노래를 흥얼거리지. 아고 어른이고 할 것 없이 만나면 허허실실 웃고 돌아다니지. 마음 쓰는 것이 비단이지. 여자들한테 얼마나 잘하며, 몸은 또 울매나 연하고 가뿐한지…… 목에 어깨에 힘주고 잘난 척 제 명 재촉하는 줄 모르는 인간만큼 불쌍하고 외로운 인간이 오데 있을꼬…… 평생 집 밖에서 자기편 끌어모으느라 동분서주하고 손바닥 뒤집듯 바뀌는 세상인심에 간을 졸였다가 쓸개를 태웠다가 했으니……"

평생 소읍의 이런저런 감투를 쓰고 시골 정치판과 연루되었던 아버지를 비아냥대지만 엄마의 눈 속은 울어서 붉을 터였다.

"니 안 자나?"

금조는 눈을 감고 있었다.

"참말 별일 없나? 니가 불쑥 찾아오모 나는 고마 간이 철렁한다."

"……"

"강산이 변할 만큼 세월이 흘렀으니 하는 말이지만, 아이고…… 흙도 얼어붙어 발밑에 쩍쩍 달라붙는 삼동에 느닷없이 배를 남산처럼 내밀고 와서는…… 뱃속에 아는 들었는데, 애비는 없다 하제…… 그때 열불나고 기막힌 심정을 우째 말로 하것노…… 니 아부지 앞에 얼굴을 못 들것고 동네사람한테 우사스러버서 대문간을 못 나서것고…… 그래도 아는 받아야 하니 산파 찾아다니고, 미역 사나르고……"

"엄마……"

"와?"

"걱정하지 마…… 또 그러기야 하겠어요? 그땐 나이 어려 그랬지만…… 혹시 그리되어도 엄마를 찾아오지는 않을게."

"아이구 야가, 참말 간 떨어질 소리를. 그거로 지금 말이라고 하냐? 니 또?"

엄마의 몸통이 나무둥치처럼 굳으며 눈이 사천왕상의 도끼눈으로 변했다.

"아니야, 아니야, 엄마가 노심초사하니까 장난으로 해본 소리야."

"참말로 미친년! 한 번만 더 그 꼴로 오기만 해라. 그땐 니 죽고 내 죽지……"

엄마는 정말로 화가 났는지 주먹을 쥐고 어깻죽지를 사정없이 후려쳤다.

"아이고, 시원해. 더 때려줘, 안 그래도 좀 맞고 싶었어……"

금조는 짚처럼 허전한 늙은 엄마의 허리를 안고 어리광을 부리려 들었다.

"놔라 마, 지랄 같은 년."

엄마는 금조의 두 팔을 떼어냈다. 금조는 히히 웃으며 다시 엄마를 끌어안았다.

"대체 니는 무슨 생각으로 사는지 모르것다. 뭐를 위해 사는지 모르것다. 니 나이면 남편에다 집에다 차에다 딸 아들에다 자개장롱에다 땅 투자까지 하면서 사는데, 니는 대체 무슨 탐으로 세상을 사노? 세상에 나와 탐나는 기 없지는 않을 낀데……"

"……나도 차 있고 직장 있고 집도 있고 장롱도 있잖우."

"에구, 앉은자리도 데워지기 전에 바꾸어대는 그놈의 직장?"

"엄만, 잡지계 생리가 다 그렇다니까, 왜 내 말을 못 믿고 그래. 옮길 때마다 점점 좋은 데로 가고 있어요."

하긴, 두 해 세 해마다 움직였으니 좀 심한 이직이기는 했다. 게다가 이직의 간격 사이에는 적어도 두세 달씩 실업기간이 끼기도 했다. 금조가 난감해하는 것을 눈치챘는지 엄마는 긴 한숨을 내쉬고는 입을 다물었다.

감나무 잎사귀 그림자는 누가 심사숙고하여 배치라도 한 듯 아름다웠다. 아름다울 뿐 아니라, 어떤 의미를 은유하고 오늘밤 특별히 현현한 것같이 기묘하기도 했다. 아버지가 아직도 감나무 아래서 편지를 읽고 있는 것만 같았다. 어쩌면 살아서 하던 버릇대로 자기편 만드느라 동분서주하며 인근 여덟 개 부락의 귀신들까지 모두 감나무 아래로 다 불러모아 돌려가며 읽고 있는지도 모른다.

"그날 말이다, 니 오데서 잤더노?"

그대로 잠드는 듯 한동안 천장을 향해 꼼짝없이 누워 있던 엄마가 잠꼬대처럼 어눌하게 물었다.

"그날?"

"아버지 삼우제 전날 밤 말이다. 누하고 있었더노?"

벌써 여러 달이 지난 일이었다.

"참말로 남자와 지냈더나?"

"……"

삼우제날 아침 제사시간에 맞추어 부엌문을 밀고 들어섰을 때, 엄마는 서슬 퍼렇게 눈을 치뜨며 김이 오르는 국그릇을 그녀의 몸에 확 뿌렸었다. 그녀는 두 손으로 얼굴을 가리며 그것을 덮어썼다. 국은 델 정도는 아니어도 뜨거웠다. 탕국 속의 두부와 무, 고기와 해물 건더기들이 옷과 머리에 들러붙었다. 머릿속에 파르르 불이 이는 듯했다.

"미쳤구나! 삼우제도 지내기 전에 상주년이 바깥잠을 자고 돌아댕기다이!"

소리가 밖으로 나가지 않게 이를 악다문 엄마의 눈에서 퍼런 섬광이 일었다. 부엌문 너머로 마루에 제사상을 차리고 있는 식구들과 친척들이 일제히 이쪽을 쳐다보았다. 그녀는 국건더기를 대강 훑어내고 부엌방으로 가 젖은 옷을 벗고 재빠르게 상복으로 갈아입고 마루로 나가 끝자리에 서서 제사에 참석했다. 국물이 묻은 얼굴과 손목이 따가웠다. 그날 내내 아무도 말을 걸지 않았다.

"부모 삼우제 안에 상주는 집 밖에 나가지 않는 법이거니와 국법이 허용한 내외간도 몸을 섞지 않는 법인데, 하물며 천지에 혼자인 년이 바깥잠을 자고 들어오니 새벽같이 모여든 식구며 친척 들이 니 오기만을 기다리며 대문간으로 잔뜩 눈들을 모으고 있었다. 그러니 우째 그냥 지나가것노? 내사 마 소금 뿌리는 심정으로…… 그래도 내가 한바탕해노니 오빠하고 언니도 그렇고 큰어머이와 고모할매들이 그냥 지나간 기다. 꼬치꼬치 물어싸모 우짤 뻔했노……"

"……"

금조는 그렇다 해도 너무 심하게 했다는 말을 하지 않았다. 그즈음은 가족 중 누구도 감정상태가 정상적이지 않았다.

"니도 참 해도 너무하제. 애비도 없는 딸을 낳아 에미한테 맡기고 나가서는 연년세세 더 멀리 더 멀리 떠나가더니, 새털 같은 많은 나날을 두고 아부지 장례식 치르러 와서까지 남자 끌어다가 바깥잠을 잤더노…… 그라모, 그 남자는 우째 됐노? 그새 헤어졌나?"

"……"

"아이구, 참말로…… 우째 벌어먹일 사내 하나를 그리 못 붙잡노? 그리 살아서 우짤래? 내일모레 니도 마흔이다."

오백 년 전 지었다는 무너져가는 옛 서원 아래 물질경이꽃이 하얗게 덮인 연못물은 지옥까지 닿은 듯 검었다. 발을 내디디면, 물을 지나 젖은 흙의 늪을 지나 아득한 지하세계로 까마득히 물고 내려갈 것 같은 묘연한 물이었다. 금조와 검은 양복을 입은 남자는 다리를 건너 연못의 한가운데 작은 섬으로 들어갔다. 끈적끈적하고 달콤한 꽃향 그물에 덮여 끌려들어가는 느낌이었다.

물밤과 물질경이 같은 부엽초로 뒤덮인 연못에 작은 뗏목이 떠 있었다. 스티로폼 부표들을 이어붙이고 베니어를 덮어 만든 볼품없는 뗏목이었다. 둘은 섬의 전각에 앉아 있었다. 남자는 문득 손을 놓고 일어서더니 풀숲으로 덮인 섬 가장자리를 빙빙 돌았다. 그러다가 훌쩍 몸을 날려 뗏목으로 건너뛰었다. 뗏목은 기우뚱 중심을 잃고 양쪽으로 가파르게 기울어졌다. 남자는 그대로 선 채 놀란 말처럼 요동치는 뗏목을 통제했다. 기운 빠진 뗏목이 가만히 멎자 남자는 금조를 향해 씩 웃었다. 웃음을 타고 꽃향이 흘러왔다. 금조가 그 미소에 화답도 하기 전에 남자는 한쪽 다리를 들어올렸다. 그리고 아래로 발을 내디뎠다. 아, 금조가 놀라 숨을 토하는 사이 남자는 그대로 하얀 물질경이꽃 아래로 사라졌다.

연못은 적요했다. 금조는 자리에서 일어섰다. 천지가 한 층쯤 아래로 쑥 내려앉는 듯했다. 물은 먹을 갈아놓은 듯 검었다. 잠시 후 남자의 얼굴이 물질경이꽃 속에서 불쑥 올라와 두 팔로 뗏목을 붙잡았다. 남자는 이를 드러내고 웃었다. 남자의 젖은 머리에 온통 물질경이꽃이 하얗게 뒤덮였다.

엄마는 어느새 작은 숨을 푸푸 내쉬며 잠이 들었다. 긴 풀잎이 바람에 스치는 소리 같기도 하고 어떤 새의 울음 같기도 한 숨소리였다. 아직 아버지를 만나기 전인 것 같았다. 딸아인 여전히 커다란 헝겊인형처럼 숨도 쉬지 않는 듯 고요히 자고 있었다. 문득 막내가 잠 속에서 길게 흐느꼈다. 벽에 비친 감나뭇잎 그림자가 사삭사삭 흔들렸다. 이혼하고 돌아온 막내는 제 배로 낳은 두 아이를 삼 년이 지나도록 보지 못하고 있었다. 내장들이 공허하다못해 파랗게 독해지고 있을 터였다. 금조는 막내의 등을 토닥토닥 두드렸다. 몸이 떨리던 격한 흐느낌이 차차 잦아들었다. 늙은 엄마와 어린 딸과 여동생의 잠이 슬퍼 등밑에 시린 물이 드는 듯했다.

남자는 소읍의 기차역에 도착하기 불과 삼십 분 전에 금조에게 전화를 걸었다. 바람직하지 않은 손님이었다. 그러나 남자는 이미 환승역을 지나 다섯 시간 가까이 기차에 실려와버린 뒤였다. 금조는 급히 상복을 벗고 거울 앞에 섰다. 타는 듯한 뜨거운 열기 속에서도 어딘가 시린 듯 얼굴은 새하얗고 입술은 푸르기까지 했다. 전날 아버지의 장례식을 치렀고 다음날은 삼우제였다. 일주일간 병석을 지킨 후 임종을 보았고 염천에 삼 일 동안 상복을 입고 곡한 뒤라 탈진상태였다.

금조는 차를 급하게 몰면서 들과 산의 푸른색과 꽃들의 붉은색, 표지판들의 노란색과 지붕들과 건물들의 색, 아스팔트의 검정색과 하늘의 색을 낯설게 바라보았다. 세상에는 원래 아무런 색도 없다는 사실이 새삼 떠올랐다. 색은 이 세상과 다른 근원으로부터 온다. 세상이 색을 갖는 이유는 물체들의 성격이 빨강과 주황과 노랑과 초록과 파랑과 보라의 파장 중 어떤 빛은 흡수하고 어떤 빛은 반사하기 때문이다. 모든 빛을 다 흡수해버리면 검정색이 되고 모든 빛을 반사해버리면 흰색이 된다. 금조는 빛과 색의 질서 속에서 차를 달렸다. 그녀의 눈이 세상을 보는 것이 아니었다. 그녀가 빛을 향해 서면 가시광선이 두 눈으로 들어오는 것, 그것이 보는 것의 정체였다.

검은 상복을 입은 남자는 한시 삼십분에 기차에서 내렸다. 남자는 선혈빛 칸나꽃이 핀 플랫폼을 지나 역사로 나왔다. 7월 말 한낮의 햇볕은 공기 속에 불을 일으킬 듯 달아올라 사위가 쥐 죽은 듯 고요했다. 기상이변의 고온이라 했다. 금조는 역사 앞 작은 광장에 흰 치마를 입고 서 있었다. 남자는 금조의 창백한 안색을 살피며 눈을 뚫어지도록 쳐다보았다. 대략 열흘 만의 만남이었으나, 백 년이 지나 다음 생에서 만나는 것만 같았다. 열흘 동안 쌓인 부재의 기억이 까마득하여 두 사람이 아직 알기 이전 같기도 했다. 그와 마주 서자 금조의 내부에서 미묘한 동요가 일어났다. 밖에서 볼 때 그 동요는 불안과 수줍음과 닮은 것이었지만 내부에서 볼 때 그것은 매우 자발적인 욕망의 뒤틀림이었다. 둘 다 금조가 통제할 수 없는 것이었다. 그로 인해 무표정에도 불구하고 독특한 생기가 감돌았다.

왼편에는 단층 국밥집과 선술집 두어 개가 늘어서 있고, 오른편에는 장사를 접은 빈 가게의 먼지 낀 유리문들과 양철문들이 늘어서 있었다. 금조가 역에 온 것은 거의 십오 년도 더 된 일이었다. 읍의 사람들 대부분에게 기차역은 잊혀졌다. 아주 먼 곳에서 오는 사람만이 역에서 내렸다. 읍으로 들어오는 길을 전혀 모르는 먼 친척의 자녀들이나 업무 때문에 들르는 출장자들, 혹은 저마다 독특한 이유로 생애에 한번 낯선 읍을 비밀스럽게 방문하는 그와 같은 남자들.

"문상할 수는 없어요."

금조는 가정이 있는 유부남 연인을 가족에게 소개할 요령이 없었다.

"알아."

"그런데, 왜?"

남자는 자신의 방문과 상복 차림이 다 부질없는 것을 알고 있었다.

"그냥, 아무 일 없는 것처럼 지나갈 수는 없었어. 비공식적인 방문이지만, 어쨌든 당신 아버지가 돌아가셨잖아."

그는 기상이변의 열기 속에 검은 양복을 입고도 땀 한 방울 흘리지 않았다. 차에 오른 금조는 선글라스를 끼고 에어컨을 세 칸이나 올리고 차를 출발시켰다. 불바람이 후끈후끈 끼치다가 차차 식었다.

"그러니까, 이곳에서 당신이 태어났군."

남자는 입고 먹고 마시는 잡다한 체인점들과 노래방과 슈퍼와 은행들이 들어서 있는 그저 그런 읍의 상가거리를 둘러보며 중얼거렸다.

"산다는 건 그 자체가 자기희생을 요구하는 일이니 성스럽지."

남자는 마치 금조가 태어난 것을 애도하듯 말했다. 교차로를 지나

철길을 건너고 시장을 지나 병원과 예식장, 가구가게와 관공서와 초등학교를 지나자 도로 양편이 트이고 들판이 펼쳐졌다. 차창이 닫혔는데도 농약 냄새가 스며들었다. 금조는 차를 빠르게 몰아 들판을 지나고 고개를 넘어가 상가거리들을 지나고 바다로 달려갔다. 색의 선명도는 산소의 밀도와 관계가 있을 것이다. 바다 쪽으로 갈수록 색은 더욱 선명해졌다. 바다는 파란 유리로 채워진 듯 열기 속에서 번쩍거렸다. 상처의 끝마다 흰 포말을 일으켰다. 끊임없이 유리가 부서지고 있는 것 같았다.

바다를 끼고 구불구불 에스자로 휘어진 해안길을 자꾸만 달려가다가 갑자기 차를 세웠다. 횟집이 세 개 늘어선 바닷가였다. 길 가장자리를 따라 굴껍데기가 담처럼 길게 쌓여 있었다. 금조는 그에게 묻는 듯 일별하고는 시동을 껐다. 차문을 여니 부패하는 굴 냄새가 치통처럼 덮쳤다. 남자는 얼굴을 찌푸렸다. 그들은 입구에 붉은 차양을 드리운 집으로 들어가 방 안에 앉았다. 활짝 열린 창 바로 앞으로 잔잔하고 파란 바다가 보였다. 조금 멀리 섬이 보이고 그 사이로 고기잡이배 한 척이 지나가고 있었다. 배 위에는 부부인 듯한 한 쌍의 노인이 느릿느릿 그물을 걷고 있었다. 가까운 바다는 파랑과 녹색과 보라와 청록과 청보라가 뒤섞여 부서지는 유리조각들처럼 반짝이고 그 너머는 은색 금속빛으로 뒤덮여 있었다. 선글라스를 벗은 금조의 눈이 붉었다.

"파란 바다의 포말과 하늘의 구름이 왜 흰지 알아요?"

금조가 물었다. 남자가 농담하느냐는 듯 고개를 설레설레 저었다.

"바다가 푸른 이유는 붉은색을 흡수하기 때문이에요. 무지개색에서 붉은 색조가 빠져나간 그것이 바다색이죠. 파도의 포말은 여러 크기의 물방울로 이루어져 있는데 큰 물방울은 붉은빛을 반사하고 작은 물방울은 보랏빛을 반사해요. 그러니 일곱 색 모두를 반사하게 되어 흰색이 되는 거예요. 구름도 마찬가지예요."

"당신 눈 속은 바다와 반대로 청색계열만 흡수하는 모양이군. 눈은 붉고 당신 얼굴은 포말이나 흰 구름처럼 질린 듯 희어."

금조는 손가락으로 두 눈을 비볐다. 남자가 긴 팔을 뻗어 여자의 손을 잡아내렸다. 그리고 자신의 손가락으로 얼굴을 감싼 뒤 눈 주위를 지압하듯 눌러주었다. 늘 그렇듯 남자의 손 안에는 미지근한 습기가 배어 있었다. 불순물처럼 금조의 눈에서 빠져나온 눈물이 그렁그렁 매달렸다. 생선회와 술이 나오자 남자는 술잔을 빠르게 비웠다.

그 병원은 읍의 서쪽 입구, 국도와 고속국도가 나란해지는 장소에 서 있었다. 병원 뒤로는 철로도 있으니, 읍으로 들어오고 나가는 모든 길이 지나는 자리였다. 그녀가 도착한 뒤로 단 한 번도 의사가 병실에 들어오는 것을 본 적이 없었다. 그곳에서 치료는 하지 않았다. 죽음을 기다리는 일종의 수용소 같은 시설이었다. 뼈 위에 천 같은 마른 살가죽만 남은 아버지는 양쪽 가슴에 심장박동기와 연결되는 전선 같은 것을 꽂고 코에는 인공호흡기를 걸고 사타구니에는 소변호스를 걸었으며 다른 편에는 두 줄의 링거호스를 걸고 기저귀를 차고 있었다.

그 병원에서 유난히 인상적인 것은 가래흡입기였다. 그것은 유니폼을 차려입은 호텔 청소원들이 끌고 다니는 둥글고 커다란 청소기와 비슷했다. 간호원들은 한밤중에 보호자들의 요청을 받고 그 기계를 끌고 병실로 들어갔다. 그리고 흡입호스를 환자 입안에 밀어넣고 기도를 막는 가래를 뽑아냈다. 간호원들은 보호자의 요청에 따라 흡입 호스를 더 깊이, 다시는 가래가 끼지 않도록 목구멍 깊숙이 밀어넣었다. 혹은 스스로의 분별과 알 수 없는 욕망에 의해 더 깊숙이 밀어넣고 잔인하도록 오래 뽑아내지 않았다. 한밤중에 가래흡입기가 병실에서 다급하게 빠져나가고 나면, 드물지 않게 병실에서는 보호자의 비명과 곡성이 터지고 당직 의사가 졸린 얼굴로 죽음을 확인하러 올라오곤 했다.

금조는 그날 밤 몇 번인가 가래흡입기를 생각했었다. 썩은 즙과 가래가 환자의 기도를 가득 채워 숨을 내쉴 때마다 부글부글 끓으며 넘쳤다. 환자는 하루종일 호흡곤란상태였다. 간신히 기침을 할 때마다 기도를 채운 썩은 즙이 튀어나와 그녀의 손과 얼굴에 튀었다. 티슈를 밀어넣어 닦아내도 이내 검은 즙이 입안에서 넘쳐나왔다. 혀가 곪아 문드러졌으니 그 속의 장기들은 어떻겠는가. ……입안이 암흑이었다. 빛을 반사할 아무런 성격도 남아 있지 않았다. 볼 수 없었다.

다행히 아버진 그날 밤을 넘기지 않았다. 자기 살의 통증이 자기조차 넘어서버리던 꼭 그 지점에서 환자는 호흡을 멈추었다. 심장박동기의 수치가 제로로 떨어지자마자 퉁퉁 부은 얼굴 아래 난마처럼 얽혀 있던 고통이 걷혔다. 거짓말처럼 고통이 물러가고 마치 하나의 물체처럼 굳어졌다. 데스마스크는 어느 때보다 순수하게 희고 장엄했다. 금조는 붙들고 흔드는 엄마와 달리 아버지를 잡는 시늉조차 하지 않았다. 그대로 가세요. 안녕히……

"아버지들은, 자신을 닮게 낳은 것으로 부족해 자신과 닮은 사람이 되도록 키우죠. 바르게 키운다고 하지만 실은 자기를 닮게 키우는 거예요. 때려서라도요."

금조의 말에 남자가 희미하게 웃었다.

"낯선 길모퉁이에서 아버지를 발견했을 때 아, 내 아버지다, 하고 각성하는 순간에 어떤 일이 일어날까요? 자신이 붕괴되는 느낌이 들었지요. 아버지가 분리된 타자인 것을 각성하면서 나 역시 나의 타자가 되지요. 아버지는 아버지대로, 나는 나대로, 이 세계의 천애고아지요."

소주 몇 잔을 급하게 비운 뒤 금조의 혀가 말렸다. 남자는 금조의 눈을 뚫어져라 쳐다보았다. 눈 속이 붉고 얼굴은 여전히 질린 듯 희었다. 남자는 입안에 든 생선살을 다 씹지 못하고 삼켰다. 금조는 접시의 생선살을 젓가락으로 이리저리 건드리고만 있었다. 파리 한 마리가 접시 주위를 맴돌며 앉을 기회를 노리고 있었다.

"당신은 아버지를 너무 멀리 전송하는 것 같군. 돌아와야 해요."

남자는 그 말과 함께 금조의 손을 쥐고 자리에서 일어났다. 빠르게 계산을 하고 밖으로 나간 남자는 바닷가 양편을 둘러보고 왼쪽으로 서둘러 걷기 시작했다. 바다 쪽으로 그물을 치고 축구장을 만든 마을을 지나고 붉은 지붕의 이국적인 카페가 있는 언덕 아랫길을 지나 낭떠러지 길모퉁이를 돌자 소 두 마리가 풀을 뜯고 그 뒤로 유럽 궁전처럼 지은 흰색 모텔이 나타났다. 남자는 그것을 찾고 있기라도 했던 것처럼 걸음을 멈추고 금조의 손을 꽉 쥐었다. 금조는 애써 파란 유리가 부서지는 듯한 바다에 시선을 돌렸다. 모든 것이 너무 선명한 그림 속 같았다. 폭넓은 바람이 두 사람을 밀듯이 지나갔다. 금조의 흰 치마가 날렸다. 소가 긴 울음소리를 냈다. 남자와 금조는 동시에 걸음을 옮겼다. 그들은 모텔을 지나 완만하게 휘어진 해안도로를 걸어갔다. 다시 찻집을 지나고 치매요양원을 지나고 모텔과 슈퍼를 지났다. 바다에서 날아온 갈매기떼가 일제히 해안 바위에 앉더니 바다 쪽을 곰곰이 바라보았다.

"조류들은 기억력이 겨우 삼 초 정도라던데, 이 갈매기들은 무슨 추억이라도 있는 듯 바다를 바라보는군……"

남자가 우스갯소리 하듯 했는데 금조는 눈물이 시큰 고였다.

돌아오는 길엔 남자가 운전을 했다. 운전이 거칠었다. 길을 거꾸로 더듬어가던 남자는 바닷길을 나와 상가거리를 지나고 고개를 넘어 달리다가 작은 마을 입구의 오래된 못 앞에 차를 세웠다. 해묵은 수양버들이 못을 가리며 빙 둘러 늘어서 있고 못 위 언덕에는 옛 서원이 넝쿨풀에 싸여 무너져가고 있었다. 물질경이꽃이 하얗게 뒤덮은 못물 한가운데에 전각이 세워진 작은 섬이 있었다.

금조가 먼저 차에서 내렸다. 밤의 들판에서 나던 살충제 냄새가 끊기고 달콤한 꽃향이 가득했다. 연못을 온통 뒤덮은 물질경이꽃은 흡사 무덤을 덮은 듯했다. 금조는 그 꽃 아래 물속의 잠을 생각했다. 열흘 이상 불면상태였다. 어디서든 죽은 듯 자고만 싶었다. 두 사람은 다리를 건너 섬으로 들어가 전각에 앉았다.

"저 위에 오백 년 된 서원이 있어요."

"……"

"그러니, 이 연못에서 사람도 꽤 죽었겠지요. 못물이 뱀 아가리 속처럼 검군……"

그 말을 한 뒤 남자가 일어섰다. 그는 섬 가장자리를 빙 돌더니 문득 못 위에 떠 있는 뗏목 위로 훌쩍 건너갔다. 흰 부표 몇 개를 엮어 만든 작은 뗏목은 균형을 잃고 심하게 요동쳤다. 남자는 어둠 속에서 두 눈을 부릅뜨고 말을 길들이듯 뗏목의 흔들림을 제어했다. 뗏목이 안정되자 남자는 금조를 향해 이빨을 드러내며 소리없이 짧게 웃었다. 금조가 미소에 화답하기도 전에 남자는 한쪽 다리를 들어올리더니 불현듯 못 위로 발을 내디뎠다. 그리고 물질경이꽃 속으로 쑤욱 사라져버렸다. 남자가 빠진 자리는 이내 물질경이꽃으로 덮이고 세상은 적요했다. 금조는 아, 하며 벌떡 일어섰다. 물은 검었고 지옥까지 닿아 있을 듯 하염없어 보였다. 보이지 않는 물이었다.

잠시 후 남자의 두 팔이 먼저 올라와 뗏목을 잡더니 물질경이꽃을 머리에 가득 뒤집어쓴 새하얀 얼굴이 솟아올랐다. 물을 줄줄 흘리며 나온 남자는 밤기차 예약을 취소했다. 금조도 집으로 전화를 걸었다. 전화는 동생이 받았다. 내일 아침 제사시간에 맞추어 들어갈게. 엄마께도 그렇게 전해줘. 통화가 끝나자 휴대폰의 전원을 껐다.

바다로 들어가는 입구의 상가거리에서 속옷을 산 남자는 신속하게 옷을 찾을 수 있는 세탁소도 찾아냈다. 남자는 젖은 채로 들어가 옷을 완전히 바꾸어 입고 나왔다. 세탁소 주인 남자의 허드레옷을 빌려입는 것쯤은 그에게 별로 어려운 일이 아닌 듯했다. 맡긴 옷은 아침 일곱시 삼십분에 틀림없이 찾을 수 있다고 했다.

금조는 폐쇄된 해수욕장 끝에 있는 해변 모텔 주차장에 차를 넣었다. 둘은 좀 다급하게 키를 받아 방 안으로 들어갔다. 밤의 해변에는 엠티 온 대학생들이 둘러앉아 오래된 노래를 큰 소리로 부르고 있었다. 비바람이 치는 바다 잔잔해져오면 오늘 그대 오시려나…… 젊은 애들은 아직도 저런 노래들을 부르는구나…… 금조는 해변 쪽 창문을 열고 중얼거렸다. 파도와 오래된 노래와 해변과 젊음 때문에 시간이 박제된 영원한 공간의 창가에 서 있는 기분이었다. 텅 빈 횟집과 노래방과 술집 들의 낡은 네온사인이 바다를 향해 호객하듯 경박하고도 쓸쓸하게 번쩍거렸다. 태양빛의 반대편, 극동지역의 조그만 해변에는 영원히 해가 뜨지 않을 것만 같았다. 침대에 눕자 벽과 시트에서 낯선 습기와 에어컨의 냉기와 락스 냄새가 느껴졌다. 그뿐이었다. 다른 상상을 하게 하는 냄새는 전혀 없었다. 둘은 커다란 부리를 가진 새처럼 입을 활짝 벌리고 서로의 혀뿌리를 물었다.

금조는 쾌락의 공포에 빠졌다. 그런 쾌락은 어딘가에 머물 사람들의 것이 아니었다. 뻥 뚫고 서로를 지나가버릴 사람들의 것이었다. 홍수져 범람하는 급류 위를 뗏목을 타고 미끄러지며 나란히 독에 취해 의식을 잃어간다든가…… 눈 속에서 서로의 목을 끝까지 졸라 한 사람이 죽은 뒤, 남은 사람이 제 목젖에 칼을 밀어넣는다든가, 혹은 천길 벼랑 끝에서 열 손가락을 깍지 껴 부둥켜안고 허공 아래로 떨어져버린다든가…… 어느 순간 금조는 벼락 맞은 나무처럼 몸이 절반으로 쩍 갈라져 불타는 것 같았다. 사랑의 끝에 금조는 입을 활짝 벌리고 죽은 새처럼 잠이 들었다. 울고불며 저승길을 따라 헤맸던 열흘 치의 의식이 한꺼번에 검은 갱도 같은 암흑 속으로 굴러떨어졌다.

아침에 잠이 깼을 때 금조는 온통 남자의 몸 안에 파묻혀 있었다. 팔다리가 그렇게 얽힌 채 배를 붙이고 잠에서 깨는 연인들은 헤어지지 않는다는 말이 떠올랐다. 그러자 무엇인지 모를 큰 그림자가 낮게 날아오듯 두려움이 엄습했다. 그것이 헤어지는 것에 대한 두려움인지, 헤어지지 않을 것에 대한 두려움인지 알 수 없었다. 모든 결정적인 것은 위험한 것이었다.

땅과 하늘이 나누어진 뒤로 이별이 세상의 원리가 되었다. 지평선, 눈꺼풀, 배꼽, 밤과 낮, 대륙과 바다, 앞과 뒤, 남자와 여자, 물과 불, 꽃과 뿌리, 삶과 죽음…… 그토록 아프다 해도 세계는 이별을 원한다. 둘이 붙어사는 건 눈꺼풀이 붙은 장님처럼 사는 것을 의미했다. 금조는 놀란 사람처럼 남자의 팔을 들어올리고 다리를 벌려 몸을 빼냈다.

"어데 가요? 당신 또 어데 가요?"

엄마가 팔을 위로 뻗으며 잠꼬대를 했다. 꿈속의 아버지가 말도 없이 어디로 가는 모양이다. 금조는 허공에 뻗친 엄마의 팔을 붙잡았다. 아무리 두 팔을 휘저어도 망자의 그림자를 붙들 수는 없을 것이다. 팔이 잡힌 엄마가 눈을 뜨고 몽롱하게 금조를 바라보다가 그대로 눈꺼풀을 닫더니 흐느낌의 뒤끝처럼 후드득 숨을 들이쉬었다. 흐느끼는 숨소리에 벽에 돋은 나뭇잎 그림자도 흔들렸다.

금조는 아버지와 만난 것 같지 않았다. 아버지의 살과 체온과 만난 것 같지 않고 아버지라는 빛과 색과 그림자를 본 것 같았다. 어쩌면 존재의 실체란 별처럼 머나먼 곳에 있는 게 아닐까…… 이만 년 전에서부터 오는 별빛과 같이 아버지도 그런 먼 성좌의 빛으로 왔다가 스러진 것이 아닐까…… 금조는 터무니없는 생각을 하며 나뭇잎 그림자에 손바닥을 대보았다. 겹쳐진다 해도 걸리는 것은 아무것도 없었다.

모래밭에 스미는 먹물처럼 검은 밤 속으로 사라지고 싶은데도 잠은 시멘트덩이나 쇳덩이처럼 완강하게 그녀를 되돌려주었다. 금조는 엎질러진 물처럼 딱딱하고 얇은 잠을 등에 지고 눈을 감았다가 떴다가 했다. 나뭇잎 그림자가 점점 흐릿해지고 있었다. 막내가 무엇을 먹기라도 하듯 입을 쩝쩝 다시고 딸아이가 돌아누웠다. 금조는 땀이 차서 물큰한 딸아이의 손을 쥐었다. 몸이 무언가에 눌리는 듯하다가 나른하게 풀리는가 싶더니 잠이 검은 물처럼 허파 속으로 뭉클뭉클 흘러들어왔다. 얼마간 의식이 잘려나가는 듯 캄캄하였다.

얼마나 잤는지 금조는 무엇에 놀라 화들짝 눈을 떴다. 숨을 쉴 수가 없었다. 잠자는 사이 누군가가 기도에 참나무 가지를 박아넣은 듯했다. 진정하려 애썼으나 호흡은 빠져나가지 못하고 점점 더 격하게 차올랐다. 횡격막이 터질 듯하고 위가 뻣뻣하게 굳더니 목과 머리까지 굳는 듯했다. 금조는 허리를 꺾고 몸을 둥글게 만 채 더이상 참지 못하고 입을 커다랗게 벌려 목구멍에 막힌 것을 토해냈다. 마치 돌을 토해내는 듯했다. 그러나 그것은 숨이 아니고 울음이었다. 금조는 세숫대야의 물처럼 엎질러지는 울음이 당혹스러워 집어넣느라 이빨로 실을 끊듯 숨을 꾸역꾸역 들이마시려 애썼다.

"야야, 금조야. 금조야……"

엄마가 잠이 덜 깬 어눌한 음성으로 부르며 금조의 등을 두드렸다. 그 바람에 간신히 물고 있던 울음이 다시 터져버렸다. 금조는 꿈꾸는 양 시치미를 떼고 끝까지 눈을 뜨지 않았다. 엄마는 체한 것을 내리기라도 하는 듯 금조의 등을 쓸어내렸다.

"무신 악몽을 꾸길래? 금조야…… 숨을 토해내거라, 토해내……"

금조는 눈을 꼭 감은 채 후드득후드득 흐느끼는 숨을 오래 내쉬었다. 눈물 속에 물질경이꽃이 하얗게 덮여 있던 검은 연못이 보였다. 농약 냄새와 물질경이꽃의 꿀향이 뒤섞였다. 남자의 얼굴이 검은 연못 위로 올라와 이빨을 드러내고 웃었다. 머리 위에 흰 물질경이꽃이 가득 덮여 있었다. 괜찮아요. 금조는 그렇게 말했다. 난 정말 괜찮아요. 당신이 집으로 돌아가야 한다는 것 알고 있었는걸요. 걱정 마세요. 난 정말, 괜찮아요. 나 혼자 잘해온걸요. 금조는 기차를 타고 차창 밖을 내다보는 여행자처럼 남자를 바라보았다. 흐릿한 불쾌감이 목구멍을 밀며 올라왔지만, 무엇을 향한 것인지 모호했다. 금조는 자신이 정말 원하는 것을 알 수 없었고 그런 것이 있다고 믿지 않았다. 금조는 우선 혼자 있고 싶었고 고향집으로 가고 싶었다. 금조는 그를 밀어내듯 보내고 문을 잠갔다. 그리고 여행가방을 내려놓고 천천히 짐을 꾸렸다.

"금조야…… 또 그런 일이 생기거든 다른 데 가지 말고 이리 오거라. 꼭 엄마 있는 데로 오거라. 알았나? 다른 데로 가모 안 된다."

엄마의 음성이 잠꼬대처럼 들렸다. 등을 쓸던 엄마의 손이 차차 가벼워지더니 요 위로 툭 떨어졌다. 빛이 돌아오느라 방 안이 희부연하고 나뭇잎 그림자는 지워지고 없었다.

강변마을

국숫집 뒷마당의 넓은 건조장 가득 가지런히 빗긴 긴 국숫발들이 간지럼을 타듯 흔들리고 있었다. 국숫발은 빗줄기를 닮기도 했고, 늘어뜨린 무명실을 닮기도 했다. 무수히 많은 국숫발과 무수히 많은 빗줄기와 무수히 많은 무명실이 섞여, 바람과 햇살의 빗질에 소리없이 웃는 것 같았다. 공기 속에는 포근한 밀가루 냄새가 떠다니고 내 속눈썹은 무거워져 저절로 눈꺼풀이 감겼다.

엄마는 바로 전날 말려서 잘라 얇은 종이로 묶은 새 국수를 사오라고 시켰다. 전날 나온 국수는 국숫집 나무상자의 서늘한 그늘 속에 얌전하게 쟁여져 있었다. 여름방학을 한 뒤로 우리는 일주일 내내 국수를 먹고 있었다. 비가 내린 날은 멸치를 우려 양파를 넣고 계란을 푼 국물에 부추와 호박나물을 잔뜩 올린 따뜻한 물국수를, 마른 날엔 잘게 썬 김치와 참기름을 섞어 올린 고추장 비빔국수를 먹었다.

우리집은 중학교 앞에서 문방구를 했다. 학용품과 책, 과자류를 파는 가게였다. 방학 동안은 학교 운동장이 텅 비고 우리 가게도 문을 닫아 집 바깥은 조용했지만 대신 아무 데도 갈 곳이 없는 식구들로 집 안은 밤낮없이 아우성이었다. 말 대신 주먹질이나 발길질을 해대는 오빠와, 설탕물을 젓가락에 찍어먹거나 비눗방울을 날릴 때를 빼고는 잠시도 조용할 틈 없이 엉겨붙어 울거나 웃는 세 명의 동생과, 형제들을 피해 구석진 데로 숨어다니는 나, 그리고 잔뜩 날이 서서 서로에게 퍼부을 욕을 우리에게 대신 쏟아내는 사이 나쁜 할머니와 엄마가 높은 담장 안에서 하루종일 복작댔기 때문이었다. 아버지는 언제 들어왔다가 나가는지 보이지도 않았다. 겨우 열한 살이었지만 나는 벌써 인생에 지친 기분이었다. 차들이 지나갈 때마다 길 위에 떠오르는 커다란 먼지구름 속의 침묵을 들이마시며 나는 아무도 없는 고요한 곳을 그리워했다. 다른 아이들처럼 먼 곳에 있는 외갓집에라도 가고 싶었다. 하지만 우리집에 없는 것이 있었는데, 그것은 외갓집이었다. 어느 집보다 빨리 컬러텔레비전이 들어왔고 전축과 연필깎이와 선글라스와 멋진 오토바이가 있었지만 외갓집은 없었다. 아버지는 작은 건축회사의 총무부장이었다. 친척들은 뒤에서 수완가라고 수군거렸다. 아버지라면, 해결 못 하는 일이 없다고 했다.

그날 긴 국숫발을 앞니로 똑똑 분질러 먹으며 터덜터덜 걸어 집으로 갔을 때, 나에게 갑자기 외갓집이 생겼다. 오빠와 나와 여동생이 외갓집에 가게 된 것이었다. 어떤 외갓집이냐고 물으니 엄마는 뜸을 들이더니 사촌외갓집이라고 했다. 엄마는 화와 슬픔을 동시에 억누르며 의지가 깃든 초연한 표정을 지었다. 그즈음 엄마는 나를 쳐다볼 때 자주 그런 표정을 지었다.

버스에서 내렸을 때 불구덩이에 내려선 듯 비현실적인 뜨거움이 훅 끼쳐왔다. 당황하는 사이 버스는 먼지를 일으키며 떠나버리고 길은 텅 비었다.

"여기서부터 오 리를 걸어가야 해."

우리를 데려간 아저씨가 들판길로 접어들며 말했다. 발을 디딘 길 위에 타닥타닥 불꽃이 타듯 모래와 사금파리들이 반짝거렸다. 하늘과 해와 길이 모두 백광 속에서 타오르는 것 같았다. 나무 한 그루 없는 모랫길이 벼가 자라는 들판 가운데로 죽 뻗어 있었다. 아저씨가 걷기 시작했기 때문에 오빠와 나와 동생도 어쩔 도리 없이 따라 걸었다.

얼마 못 가 머리 위쪽 정수리가 잉걸불을 인 듯 뜨거워졌다. 햇볕이 짧은 칼날처럼 어깨에 파고들어 살을 가르는 듯했다. 오 리에 대한 거리인식도 사라지고 시간감각도 사라졌다. 신기루처럼 흰 불꽃이 일렁이는 백광 속을 부유하듯 걷고 또 걸어갔다. 마녀가 불을 때는 솥 안에 갇힌 기분이었다.

그 집은 마을의 첫 골목 안, 세번째 집이었다. 대문으로 들어서자마자 나는 다리를 꼬며 화장실부터 찾았다. 오빠는 물을 마시기 위해 부엌을 찾아 뛰어들었고 동생은 마당 가운데 선 채 무서운 일이라도 겪은 듯 갑자기 울음을 터뜨렸다.

어디선가 매미가 엄청나게 큰 소리로 울고 있었다. 나 역시 울고 싶기는 마찬가지였다. 대문 곁에 나무처럼 크게 자란 까마중이 있었는데 그 뒤에 거적을 쳐놓은 곳이 변소였다. 입구에서부터 푹 삭은 배설물 냄새와 소독약 냄새가 진동했다. 까마중을 지나 막아둔 거적을 들어올리니 공기가 서늘하고 얼기설기 댄 판자 아래로 더 넓은 배설물의 바다가 파도라도 철썩 일으킬 기세로 펼쳐져 있었다. 엮어올린 판자도 뗏목처럼 더 넓었다. 그 판자 가운데에 나 있는 직사각형의 구멍 역시 만만치 않게 커서 양쪽 다리를 벌리고 앉을 엄두가 나지 않았다. 게다가 냄새 때문에 금세 정신을 잃을 것만 같았다.

돌아나가려고 할 때 누군가가 들어왔다. 할머니였다. 할머니는 햇볕에 익어 붉고 뜨거운 나의 뺨을 두 손으로 감싸 식혀준 뒤 내 손을 꼭 잡고 판자 위로 한 걸음씩 데리고 가 구멍 양쪽에 다리를 놓도록 도와주었다. 그리고 속옷을 내려준 뒤 두 손을 잡고 나와 마주 앉았다. 그리고 눈을 맞추고 온화하게 웃는 것이었다. 그 웃음을 보자 구토처럼 신음이 올라왔다. 헉…… 나는 흐느끼듯 긴 숨을 쉬었다.

그때까지 덜컥거리며 시달리던 마음이 조용히 뱃속으로 내려가는 것이 느껴졌다. 할머니는 일이 끝난 뒤에 준비해온 휴지로 나의 뒤를 깨끗하게 닦아주었다. 소문으로만 들었던 외할머니였다. 나의 사촌 외할머니는 몸집이 크고 통통했다.

"은애, 이게 우리 공주님 이름이가?"

변소 앞에서 외할머니는 내 이름을 수줍게 부른 뒤 확인했다. 나는 고개를 끄덕거렸다. 나와 그렇게 길게 눈을 맞추어준 사람은 단연코 처음이었다. 선생님도, 엄마도 아버지도 할머니도 동생도, 어느 누구도 없었다. 뒤를 닦아준 사람도 기억하는 한 처음이었다. 그뒤로 외할머니는 내가 화장실 갈 때마다 함께 가서 처음과 똑같이 해주었다.

외할머니가 처음 내준 음식은 붉은색 즙이었다. 수박화채를 해놓고 기다리다 얼음도 녹고 수박도 녹아 즙이 된 것이었다. 수박즙을 두 잔씩 마시고 나니 눈 속의 열기가 식는 것 같았다. 외할머니는 피부가 햇감자색이었고 얼굴 모양도 감자처럼 둥글고 표정도 감자 속처럼 환했다. 주름진 얼굴이지만 눈과 코와 입술은 늙지 않고 예뻤다. 집에는 외할머니 혼자뿐이었다. 우리는 찬 우물물로 등목을 하고 늦은 점심을 먹었다. 햇감자를 깐 고등어조림과 처음 먹어보는 중국 춘장과 연한 고구마줄기에 멸치 몇 마리를 넣고 좀 맵게 볶은 나물, 깜짝 놀랄 만큼 맛있는 음식들이 꼭 안아주듯이 혀에 감긴 뒤 목을 타고 내려갔다.

점심을 먹은 뒤에는 외할머니가 마루 위에 홑이불을 펴주었다. 나와 오빠와 동생은 그 위에 나란히 누워 선풍기 바람을 쐬며 낮잠을 잤다. 얼마나 잤는지 모르지만 깨어났을 때는 가지런히 빗질되어 햇살에 잘 마른 국수처럼 몸이 고요하고 보송보송했다. 몸 안에서 찔러대던 가시들이 모두 뽑혀나간 것 같았다.

동생들과의 부대낌과 엄마의 악다구니와 계집애인 것 자체를 질타하는 할머니의 힐난과 언제 터질지 알 수 없는 아버지의 돌발적인 분노, 가게 문을 두드리고 들어서는 모르는 사람들의 눈빛에서 느꼈던 불안, 차가 지나갈 때마다 구름처럼 일어나 집 안 구석구석에 스며들던 입자 굵은 흙먼지 같은 것이 전부 가시가 되어 몸을 찔렀던 모양이었다.

저녁이 될 때까지 외할머니는 부엌 곁 텃밭에서 풀을 뽑고, 우리는 밭 가장자리의 사철나무에 매달려 놀았다. 허리가 굽은 늙은 사철나무들은 매달리기 좋게 옆으로 구불구불 가지들을 뻗었고 촘촘한 잎사귀 속에는 열매들이 조롱조롱 달려 있었다. 동화에 나오는 나무처럼, 그 나무에 오르기만 하면 아무리 오래 매달려 놀아도 힘들지 않았다. 그 곁에는 장대를 얼기설기 엮어 넝쿨을 올린 오이밭이었는데 끝에 노란빛이 도는 거대한 오이들이 주렁주렁 열려 있었다. 텃밭이 넓어서 고구마와 감자와 호박과 고추, 가지 같은 야채들이 곳곳에 자라고 있었다. 집을 둘러싸고 있는 것은 무성한 가시나무 울타리였다. 자세히 보면 푸른 탱자열매가 빼곡하게 매달려 있었는데 어떤 가시도 열매를 찌르지는 않았다.

울타리의 가시를 빼고는 그 집의 모든 것이 둥글둥글했다. 밭도 둥글고 야채 잎사귀들과 오이도 둥글고 지붕도 마당도, 마루와 방도, 외할머니의 눈과 뺨과 손과 배와 목소리와 미소도, 모든 것이 둥글고 얌전했다.

긴 저녁이 지나는 사이 가시나무 울타리 틈 사이로 어둠이 몰래몰래 숨어들어와 마당에 웅크렸고 밤하늘은 공연장 무대처럼 깊숙이 열렸다. 그리고 어둠을 먹은 별들이 하나둘 딸랑딸랑 소리를 내며 등장했다. 별들은 서로 모여 꽃다발처럼 뭉쳐서 웃기도 했고 띄엄띄엄 떨어져 망망대해를 지나는 조각배처럼 까딱까딱 외롭고 불안한 신호를 보내기도 했다. 할머니는 마당의 평상 아래에 모깃불을 피우고 수박을 내왔다. 달고 싱싱한 수박즙을 삼키니 한낮에 걸어온 불꽃 튀던 모랫길이 떠오르고 까닭 없이 서러운 생각이 들었다. 나는 무엇에 쫓기듯 씨도 뱉지 않고 수박을 허겁지겁 먹었다.

"수박을 참 잘 먹는구나. 조금만 더 빨리 오지. 엊그제까지만 해도 밭고랑에 수박이 지천으로 뒹굴었는데. 지금은 수박 수확이 끝났어.

그래도 이제 포도 수확철이란다. 대신 포도는 실컷 따먹을 수 있어."

수박이 밭에 굴러다니고 포도를 밭에서 실컷 따먹을 수 있는 곳이라니, 천국이나 다름없었다. 평상에 누워 별들을 보니 빛나는 별들이 넝쿨을 따라 주렁주렁 엉겨붙은 포도송이로 보였다. 그날 밤 오빠와 나는 알고 있는 모든 노래를 다 불렀다. 내 몸은 뚜껑이 활짝 열린 노래상자 같았다.

잠이 깼을 때 낮은 대살문으로 우윳가루 같은 아침빛이 배어들고 있었다. 오빠와 동생은 아직 잠들어 있었다. 나는 일어나 앉아 있다가 무엇에 끌려가듯이 거울 앞으로 가서 섰다. 그리고 거울 테에 빼곡히 붙은 조가비를 만져보았다. 우수수 떨어질 것 같았지만 모두 접착제로 단단히 붙어 있었다. 거울 옆에 흰색 똑딱이 백과 갈색 천으로 만든 지퍼 가방이 걸려 있었다. 거울 아래 작은 상 위에는 손길에 닳아 반들반들한 새 모양의 검은 돌이 놓여 있고 그 곁의 액자 속에는 예쁜 처녀가 정면을 향해 고개를 약간 튼 채 살며시 웃고 있었다. 일부러 사진관에 가서 얼굴만 크게 찍은 사진이었다. 옆가르마를 탄 처녀는 긴 앞머리가 흘러내리지 않게 관자놀이께에 핀을 찔렀는데 자세히 보니 달팽이 모양이었다. 머리 위에 촉수까지 솟아 있었다. 흑백사진이어서 그 예쁜 핀이 어떤 색깔인지 알 수 없었다. 동그란 얼굴이 외할머니를 닮았지만 따스하고 포근한 감자맛이 아니라 시원하고 달콤한 배맛이 날 것 같은 처녀였다.

앉은뱅이책상과 소설책과 잡지책과 사전과 참고서 들이 꽂혀 있는 책꽂이도 있었다. 책상서랍이 두 개였다. 나는 서랍을 열어볼까 하다가 지그시 참고 돌아앉았다.

대살문 문고리를 풀고 미니, 대문 쪽 마당으로 난 높은 툇마루가 나왔다. 툇마루 아래에 희고 신선한 아침이 가득 몰려와 있었다. 아침이 왕을 알현하는 사신처럼 그렇게도 낮게 이마를 낮추고 온다는 것을 나는 처음으로 알았다. 대문 곁 가시나무 울타리 앞으로 좁은 화단이 있는데 주황색 나리꽃들이 비좁게 피어 있었다. 나리꽃들을 보고 있으니 꽃들 속에 검정색 점이 너무 많아 어지러웠다. 고요하고 흰 아침빛 속에서 꽃들이 등뒤에 속임수를 펼쳐놓고 뭔가를 야유하듯 숨넘어가게 깔깔대고 웃는 것 같았다. 나는 서둘러 대살문을 닫고 쇠고리를 걸었다.

아침을 먹은 후 외할머니를 뒤따라 동네를 한 바퀴 돌았다. 골목들은 깊고 집들도 많았다. 한 사람이 지은 것처럼 비슷비슷한 집들이었다. 집집마다 탱자나무 울타리였고 길가에 키 큰 까마중이 자라고 변소가 대문 앞에 있었고 텃밭이 있었고 구릿빛 얼굴의 사람들도 분간하기 어려울 만큼 비슷했다. 어떤 집에서는 찐 햇감자를 내놓았고 어떤 집에서는 떡과 사탕을, 어떤 집은 사이다를 내놓았다. 어떤 집에서는 첫 수확한 포도를 내놓았는데, 우리에게 각각 한 송이씩을 주었다. 포도송이마다 크고 탱탱한 포도알들이 서로 밀듯이 비좁게 붙어 있어 떼어내기도 어려울 정도였다. 검은보랏빛 포도껍질을 벗기면 탱탱하고 투명한 녹두빛 속이 나왔다. 오빠는 즙이 흥건한 포도껍질을 그냥 버렸고 나는 껍질까지 통째로 씹어 먹었다. 달콤한 즙이 가득한 흑보랏빛 포도도 맛있지만, 끝에 붙은 아주 작은 풋포도도 통째 아삭 씹으면 그 시고 단 맛에 정신이 아찔했다. 동생은 입안의 씨를 골라 뱉느라 얼마 먹지 못하고 끙끙댔다.

외할머니는 마을 한가운데 공터에서 놀고 있던 아이들에게 우리의 이름을 가르쳐주었다. 그리고 모두 친척 사이니 같이 놀고 잘 돌봐주라고 당부했다. 여자애들은 보이지 않았고 남자애들뿐이었다. 까까머리에 몸이 가느다랗고 피부가 까맣게 그을린 아이들은 쑥스러워하며 고개를 숙인 채 옆눈으로 나를 보았다. 흰자위가 도화지처럼 희었다.

집에 돌아온 외할머니는 무척 힘든 일을 한 사람처럼 갑자기 지치고 늙어 보였다. 이 집 저 집에서 너무 많은 것을 먹어 배가 팽팽한 우리에게 또 미숫가루를 타주고는, 마루에 눕더니, 기운 없이 몇 번 부채를 부치다 말았다. 얼음이 든 미숫가루는 차갑고 몹시 달았다. 외할머니는 두 눈을 커다랗게 뜨고 화가 난 듯 위쪽을 응시하고 있었다. 외할머니의 눈길을 따라가니 방문 위에 걸린 커다란 액자 속에 든 사진들이 보였다. 아기 돌 사진도 있고 할아버지와 할머니가 나란히 앉아 찍은 사진도 있고 군인의 사진도 있고 아주머니들이 어깨를 잇대 붙이고 활짝 웃으며 찍은 사진도 있었다. 액자 한가운데에 작은방 안의 액자 속에 있던 처녀와 외할머니가 꽃다발을 들고 웃고 있었다. 처녀는 머리를 양 갈래로 묶었고 교복을 입고 있었다. 눈이 둥글고 눈동자가 그 마을의 흑보랏빛 포도알처럼 컸다. 귀도 동그랗고 입술까지도 동그란 모양이었다.

"언니는 안 와요?"

내가 묻자 외할머니가 돌아보았다.

"은애가 언니를 아나?"

"아니요. 몰라요. 방 안에 있는 사진에서 봤어요."

"……그랬구나. 이모란다. 언니가 아니고, 이모. 이모는, 먼 데 가 있단다."

"먼 데 어디요?"

"그냥 먼 데."

"우리도 먼 데서 왔는데……"

내가 중얼거리자 외할머니가 한숨을 내쉬었다. 나는 외할머니의 부채를 빼앗아 세게 부쳐주었다. 동생과 오빠도 부채를 빼앗으려고 했다. 나는 부채를 들고 도망쳤지만 이내 잡혔다. 하는 수 없이 차례로 외할머니를 부쳐주기로 했다. 외할머니가 하하 웃었다. 외할머니는 웃음을 그치자 갑자기 힘이 난 얼굴로 자리에서 벌떡 일어나 앉았다.

"우리 새끼들 점심 먹어야지…… 뭘 만들어줄까…… 혹시 먹고 싶은 거라도 있나?"

"라면요."

우리는 절실한 표정으로 일제히 소리쳤다. 국수가 아닌 라면이 정말 먹고 싶었다. 국숫발이나 밥알이라고는 섞이지 않고 김치조각도 들어가지 않고 꼬슬꼬슬한 면과 스프만 든 진짜 라면……

"그래, 내 귀한 손님들, 조금만 기다리고 있거라."

할머니는 웃으면서 마을 공판장에 라면을 구하러 갔다. 그날 우리는 송송 썬 실파를 넣고 계란까지 풀어 살짝 익힌 진짜 라면을 먹었다. 정말 귀한 손님이 된 기분이었다.

점심을 먹은 뒤 할머니는 마루에 홑이불을 펴주었다. 홑이불 위에서 뒹굴고 있는데 대문 앞이 왁자지껄하더니 마을 아이들이 들어섰다. 우리는 스프링 달린 오뚜기처럼 벌떡 일어나 앉았다. 아이들은 자기 몸만큼 큰 검정색 튜브들을 허리에 끼거나 팔에 걸고 있었다.

"강에 갈래?"

남자아이 하나가 우리에게 물었다.

"안 된다."

곁에 있던 외할머니가 냉큼 대답했다. 우리는 벌써 마루에서 내려서서 운동화를 꿰어신고 있었다.

"강에 가고 싶어요."

"안 돼."

"왜요?"

"위험해."

"저 아이들은 가잖아요."

"저 아이들은 강에서 자란 물고기들이지만 너희들은 안 돼."

우린 그때까지 강을 본 적 없었다.

"가, 너희들끼리 가서 놀아."

할머니 서슬에 아이들은 슬금슬금 나가버렸다. 우리는 마루에 걸터앉아 있었다. 실망스러워 다리를 흔들 힘조차 없었다.

"강은 어느 쪽에 있어요?"

"우리집 골목을 나가 도로를 건너가서 넓은 포도밭과 넓은 수박밭과 넓은 땅콩밭을 다 지나면 둑이 나오고 그 둑을 넘어 모래밭을 지나면 거기가 강이야."

할머니가 누워서 대답했다.

"강은 커요?"

"굉장히 크고 길고 힘이 세."

"강이 그렇게 무서워요?"

"용처럼 무섭단다. 화가 나면 몸이 엄청나게 커져서 땅콩밭과 수박밭을 삼켜버리고 더 화가 나면 포도밭도 삼켜버리고 마을까지 삼켜버린단다. 그러니 낯선 아이들은 순식간에 꿀꺽 삼켜버리지."

나는 외할머니 곁으로 가서 누웠다. 눈을 감으니 외할머니 숨소리가 들렸다.

"강이 보고 싶어요. 정말 보고 싶어요……"

나는 외할머니 품에 얼굴을 대고 조그맣게 말했다. 뜻밖에 눈물이 나왔다. 나는 훌쩍훌쩍 울기 시작했다.

"너 사실은 엄마가 보고 싶어서 우는 거지?"

나는 고개를 저었다.

"엄만 하나도 안 보고 싶어요. 정말로 강이 보고 싶어요."

"강이 보고 싶다고 우는 애는 처음 본다."

외할머니는 내 등을 토닥였다.

"곧 보게 될 거야."

"정말요?"

"그래, 곧."

"곧 언제요?"

외할머니는 눈을 감은 채 대답하지 않았다. 어느새 잠이 든 것 같았다. 두 눈을 감으니 외할머니 숨소리가 들렸다. 먼 강물의 숨소리 같았다.

며칠이 지난 뒤였다. 저녁을 먹고 있는데 군인 아저씨가 들어왔다. 군인 아저씨는 어둑한 마당에 서서 외할머니에게 경례를 했다. 외할머니는 아이고 내 새끼, 하더니 숟가락을 던지고 맨발로 내려가 군인을 얼싸안았다. 모자를 벗으니 잘생긴 젊은이였다. 그는 밥을 두 그릇이나 먹은 뒤 기습적으로 물었다.

"누구냐?"

우리는 벙어리처럼 대답할 수가 없었다. 적어도 우리의 이름을 묻는 게 아니라는 것은 알 수 있었다. 처음으로 관계를 생각해본 순간이었다. 그에게 우리는 누구인가? 우리에게 그는 또 누구인가?

"외삼촌이란다."

외할머니가 오히려 우리에게 설명해주었다.

"은성, 은애, 은하다."

"누구냐니까?"

군인이 다시 물었다.

"나중에 이야기해주마."

외할머니가 사정하듯 달랬다.

다음날 외삼촌은 늦게까지 잤다. 점심을 먹을 때, 외할머니가 말했다.

"아이들 강에 데리고 가서 좀 놀고 와."

외삼촌은 얼음이 든 오이냉국을 그릇째 들이마시고는 내려놓았다. 매미가 귀에 구멍이라도 파듯 극성스럽게 울었다. 귀를 틀어막고 싶을 지경이었다.

"약속 있어요."

"휴가 나온 군인에게 무슨 대수로운 약속이 있다고 그러냐? 저녁에 나가고 오늘 낮엔 아이들과 좀 놀아."

"싫어요."

"그럼 내일……"

외할머니의 말을 막고 외삼촌이 벌떡 일어섰다.

"싫어. 싫다고!"

외삼촌은 방으로 들어가 방문을 부서져라 탕 닫았다. 매미가 죽을 듯이 울어댔다. 잠시 뒤 그는 옷을 차려입고 나와 휑하니 나가버렸다. 동생이 울음을 터뜨렸다. 외할머니가 은하를 안고 달랬다.

"괜찮아. 외삼촌이 군대에서 힘든 일을 겪어서 저러는 거야. 너희들 싫어서 그러는 거 아니야. 은성아, 은애야, 은하야, 걱정 말고 밥 먹어. 외삼촌 좋은 사람이니까 곧 너희들 데리고 강에 갈 거야."

"매미 울음 좀, 그치게 해주세요."

나는 두 손으로 귀를 막고 말했다.

"매미 울음소리 때문에 나도 화가 나요. 나도 외삼촌처럼 밖으로 마구 뛰쳐나가고 싶을 정도로 화가 나요."

내가 말하자 외할머니가 잔잔하게 퍼지는 물결처럼 웃었다.

"너는 참 예쁜 아이구나."

외할머니는 오래도록 내 머리를 쓰다듬었다. 눈에 잘 띄지도 않는 나를 예뻐한 사람은 외할머니가 처음이었다.

그렇게 뛰쳐나간 외삼촌은 사흘이나 지난 뒤 한밤중에 돌아왔다. 그다음 날 아침에 깨니 외삼촌이 세수를 하고 있었다. 햇살이 안개를 한 움큼씩 걷어내는 이른 아침이었다. 나는 외삼촌이 세수하는 것을 보고 있다가 수건을 주었다. 외삼촌은 얼굴을 닦고 나서 말했다.

"너 강이 보고 싶다고 울었다며?"

외삼촌의 입에서 치약 냄새가 났다.

"오늘 강에 가자."

외삼촌은 수건을 돌려주며 말했다. 나는 웃음이 나 수건으로 얼굴을 가리고 마당을 폴짝폴짝 뛰었다. 축축한 수건에서도 상쾌한 비누 냄새가 났다. 냄새를 다 맡고 수건을 떼어내니 외삼촌이 마루에 앉아 나를 보고 있었다. 나는 쑥스러워 텃밭 가장자리까지 달아났다가 자칫했으면 탱자나무의 긴 초록색 가시에 찔릴 뻔했다. 정신을 번쩍 차리고 보니 가시와 풀잎과 야채 잎사귀마다 이슬이 매달려 아침 햇빛에 수정처럼 반짝이는 것이 보였다. 내 무릎이 다 젖은 것은 이슬 때문이었다.

아침을 먹고 나갔던 외삼촌은 이불만큼 크고 평평한 튜브를 메고 우리를 데리러 왔다. 검정색에 굵은 골들이 나 있었는데, 그 골마다 바람이 팽팽하게 들어 있는 신기한 고무튜브였다. 외삼촌과 청년 셋과 동네 아이들과 우리, 모두 열 명도 넘었다. 외할머니는 삶은 고구마와 감자와 찐 옥수수를 싸주었다. 강으로 가는 길은, 초등학교와 포도밭 사이의, 틈처럼 좁은 풀밭길이 시작이었다. 포도밭 가의 풀밭길을 지나니 모랫길이 나타나면서 골이 아득히 긴 수박밭이 펼쳐졌다.

수확이 끝났지만 밧줄처럼 굵고 푸른 수박넝쿨은 끝없이 뻗어 있었다. 넝쿨 끝에 푸른 아기 수박이 자라고 있고 밭 여기저기엔 버려진 수박들이 햇볕 속에 벌건 속을 드러내고 썩어가고 있었다. 꼭 깨진 짐승의 머리통 같기도 했다. 수박이 조금 무서워졌다. 길을 덮은 모래는 점점 더 깊어지더니 땅콩밭을 지날 때는 모래밭으로 변했다. 운동화 속으로 볶은 깨처럼 뜨거운 모래가 들어오기 시작했다. 다른 아이들은 슬리퍼를 신고 둥근 튜브를 팔에 걸고 발이 빠지는 뜨거운 모랫길을 잘도 걸어갔다. 외삼촌과 친구들은 이불 같은 튜브를 머리에 이고 일렬로 서서 걸었다. 푸른 강둑이 눈에 보였지만 걸어도 가까워지지 않았다. 계속해서 걷고는 있었지만 정신이 혼미해지고 눈앞이 혼란스러웠다. 백색 광선이 아른아른 물결치다가 소용돌이가 생기다가 산산이 끊어지며 눈앞의 풍경을 삼키곤 했다.

마침내 가파른 강둑을 타넘고 올라섰을 때 물비린내를 품은 길고 서늘한 바람이 불어왔다. 나는 잠시 혼란을 수습해야 했다. 거기에 용 같은 것은 없었다. 이쪽 강둑과 저쪽 강둑의 양쪽에 모래가, 엄청난 양의 모래가 부려져 있고, 그 가운데로 회청색 물이 흐르고 있었다. 양쪽 강둑은 무척이나 넓었지만 강물의 폭은 그렇게 넓어 보이지 않았다. 강물의 위쪽과 아래쪽은 굽어지면서 시야에서 나타났다가 굽어지며 사라졌기 때문에 끝이 없다는 것을 알 뿐 그 길이를 가늠할 수도 없었다.

아이들은 소리를 지르며 둑을 타넘어 내달았다. 외삼촌과 친구들은 머리에 튜브를 이고 묵묵히 강을 향해 다가갔다. 둑 아래엔 모래가 깊어 무릎까지 푹푹 빠졌다. 불에 달군 듯 뜨거운 모래의 늪지였다. 곳곳에 커다란 모래구덩이가 패어 있어서 자칫하면 미끄러지며 빠질 수도 있었다. 나는 도무지 앞으로 가지 못하고 비틀거리기나 했다. 외삼촌과 친구들이 튜브를 놓고 우리를 하나씩 업어다 강가에 내려주었다. 마을 아이들은 이미 강물에 몸을 던져 헤엄치고 있었다.

가까이 다가가서 보니 둑 위에서 보던 것과는 달랐다. 두툼하고 끝없이 긴 물결이 빠른 속도로 꿈틀꿈틀 뒤치며 흘러와서 흘러갔다. 그 탁한 물결에 잘못 감기면 빠져나오지 못하고 지옥 끝까지 실려가버릴 것만 같았다. 우리는 운동화와 옷을 벗고 팬티만 남긴 채 강물 가장자리에 들어가 몸을 적시고 엎드렸다. 강물의 표면은 햇볕에 달구어져 뜨거웠다. 그곳은 물이 고여 있을 뿐 물결은 들어오지 않았다.

"저쪽 아래로는 가면 안 돼. 거긴 물귀신이 발목을 당기는 곳이야."

헤엄치던 아이들 중 하나가 일어서서 우리를 향해 소리쳤다. 가장자리 강물은 서 있는 아이의 허리까지 왔다. 우리는 용기를 내어 몇 걸음 더 들어가보았다. 강물의 아래쪽은 서늘해서 발밑부터 으스스해졌다. 외삼촌은 어쩔 줄 몰라 하는 우리를 튜브 위에 올렸다. 정말 푹신푹신한 요 위에 앉은 듯했다. 외삼촌은 우리를 엎드려 눕게 하고 두 친구와 함께 튜브 모서리를 잡아끌며 강물 속으로 걸어들어갔다. 나는 누워서 튜브를 꼭 쥐었다. 내 심장소리가 얼굴까지 차고 올라와 귓속에서 울렸다. 외삼촌과 친구들의 몸이 점점 더 강물에 빠지고 있었다. 허리까지, 가슴까지, 어깨까지…… 목까지 잠길 때까지 물결의 저항을 버티며 걸어간 그들은 이윽고 강물에 몸을 맡기고 아래로 흘러내려갔다. 표류였다.

강의 가운데서 물결은 더 가파르고 다급하고 높았다. 우리는 주먹을 꽉 쥐고 입을 커다랗게 벌려 소리를 내질렀다. 외삼촌이 잡아주어서 두렵지는 않았지만 물결이 갑자기 높아지거나 빨라질 때는 내 머릿속에서도 소용돌이가 일어났다. 강물 속에 정말 힘센 용이 숨어 있는 것 같았다. 큰 물살을 타넘어 아래로 흘러내려가니 튜브는 서서히 강 가장자리로 밀려나갔다.

가장자리에서 좀 쉰 뒤 다시 위로 올라가 두번째 표류놀이를 했다. 세번째 네번째…… 우리는 소리를 너무 내질러 목이 쉬었고 주먹을 너무 꽉 쥐어 손바닥에 피가 배었고 온몸이 기쁨으로 차올라 날고 있는 것 같았다. 외삼촌과 친구들은 우리를 위해 작정한 듯 성가셔하거나 힘들어하지 않고 계속해서 강 가운데로 실어가주었다.

외삼촌의 키는 중간 정도였지만 몸이 아주 날렵했고 피부는 짙은 구리색이었으며 이목구비는 뚜렷하면서도 부드럽게 생긴 청년이었다. 우리가 쉬는 동안 외삼촌과 친구들은 도강해 반대편 모래변에 앉아 있다가 왔다. 그들은 강 물결에 조금씩 밀리면서 대각선형으로 헤엄쳐 도강했다. 나는 그 대각선형에서 눈을 뗄 수 없었다.

"나도 강을 건너보고 싶어."

외삼촌에게 졸랐지만 외삼촌은 일언지하에 거절했다.

"위험해."

외할머니가 싸준 간식을 나누어 먹고 외삼촌과 친구들은 강변에 드러누워 수건으로 얼굴을 가리고 잠을 잤다. 나는 어깨와 등의 피부가 따가웠지만 아랑곳없이 물가에서 모래놀이를 했다. 동네 아이들도 지쳤는지 물 가장자리에 퍼질러 앉아 떠들어대며 놀았다. 누구네 소가 더 크고 누구네 개가 더 새끼를 많이 낳았고 누구네 닭이 더 힘이 세고 누구네 토끼가 풀을 더 많이 먹는다고 서로 우겨댔다. 개들이 팔려가서 심심하다는 말도 했다. 개들이 팔려가서 사는 곳은 악마들의 마을이라고 했다. 나로선 처음 듣는 이야기였다. 우리는 남쪽에 살고 악마들은 북쪽에 산다고 했다. 악마들은 얼굴이 붉고 머리에 뿔이 있고 사람도 먹고 개도 먹는다고 했다. 밭에서 썩어가던 벌건 수박들이 떠올랐다. 악마들의 얼굴도 그렇게 생겼을 것 같았다. 나는 무서워서 돌아앉아 모래성을 다지다가 외삼촌이 수건을 치우고 일어나자 달려가 팔에 매달렸다. 그리고 다시 졸랐다.

"외삼촌, 강을 건너보고 싶어."

외삼촌의 굵은 쌍꺼풀이 반쯤 풀려 커튼처럼 내려와 있었다.

"은성아, 너도 강 건너고 싶니?"

오빠가 고개를 끄덕였다. 외삼촌은 눈을 비비고 난 뒤 친구에게 턱짓을 했다. 은하를 동네 아이들에게 맡기고 오빠와 나는 그들을 따라 강물 안으로 들어갔다. 튜브는 없었다.

"조심해야 해."

외삼촌이 모두에게 주의를 주었다. 외삼촌은 나를 안고 그의 친구들은 오빠를 목말 태우고 걸어들어갔다. 강물이 가슴까지 올라왔을 때 두려움이 몰려왔다. 외삼촌은 꽉 끌어안은 나를 뒤로 돌려 목말을 태웠다. 그곳에서 보는 강물은 끝없이 길고 막막하게 넓고 물결은 무겁고 흐름은 빨랐다. 물결이 어깨까지 올라왔을 때 외삼촌의 몸이 균형을 잃는 게 느껴졌다. 그와 동시에 외삼촌이 나를 목에서 내려 등에 태우고 수영을 시작했다. 나는 외삼촌의 목을 두 팔로 고리처럼 걸어 안았다. 외삼촌은 온몸을 힘차게 저었지만 아래로 마구 떠내려가는 기분이었다. 머리 밑에 한기가 들며 등줄기를 따라 진저리가 지나갔다. 외삼촌은 아래로 흘러가며 헤엄을 쳐 강을 비스듬히 잘라 건넜다. 강을 건너 다른 편 강변에 앉았을 때 오빠도 나도 침묵에 빠졌다. 공포에 질린 것인지 감동한 것인지 슬픈 것인지 알 수 없었다. 몸 안에 강물이 가득 밀려들어온 것만 같았고 뭔가 중요한 것을 까맣게 잊고 있는 것같이 허전하기도 했다.

다시 도강을 할 때는 몸을 미는 크고 높고 살찐 물살도 편안했다. 물살은 수없이 많은 부드러운 몸뚱이들처럼 나를 포옹하고는 팔을 풀고 흘러내려갔다. 외삼촌은 팔로 내 엉덩이를 받치고 다른 손으로 내 허벅지의 부드러운 살을 안고 있었다. 강물은 외삼촌의 허리까지 닿았다가 가슴까지 닿았다. 나는 두 팔로 외삼촌의 목을 꼭 안았다. 외삼촌의 가슴에서 산이 땀 흘릴 때 날 것 같은 냄새가 났다. 외삼촌의 왼손이 허벅지를 지나 천천히 가운데로 다가왔다. 점점 더 가운데로…… 나는 얼굴을 들고 외삼촌의 눈을 바라보았다. 외삼촌은 표정의 변화 없이 내 눈을 마주 보았다. 짙은 눈썹 아래 흑보랏빛 동공이 물처럼 흔들렸다. 처음으로 동공이 액체일 거라는 생각이 들었다. 동공 속에 여름 아침의 이슬이 고여 있을 것만 같았다. 나는 계속 외삼촌의 동공을 들여다보았다. 팬티 아래까지 다가온 외삼촌의 손가락이 멈추었다. 그리고 나를 뒤로 돌려 등에 올렸다. 나는 몸을 펴고 엎드렸다. 우리는 물결을 따라 흘러내려가기 시작했다. 정신을 잃을 것 같았지만 내 두 팔은 고리처럼 외삼촌의 목에 걸려 있었다.

수심이 깊은 가운데를 빠져나가 조금 기우뚱거리다가 몸을 세우고 걷기 시작했을 때, 물가의 아이들이 소리지르며 어수선하게 뛰어오르는 것이 보였다. 누군가가 물에 빠진 것 같았다. 위로 솟았다가 쑥 가라앉은 아이는 다름아닌 은하였다. 외삼촌과 친구들은 허둥지둥 몸을 움직여 강 가장자리에 오빠와 나를 내려놓고 젖은 모래를 높이 차올리며 마구 달려갔다.

은하가 빠진 곳은 갑자기 깊게 팬 모래웅덩이라고 했다. 은하는 물을 토하고 난 뒤에도 울음을 그치지 않았다. 외삼촌은 우는 은하를 답삭 업었다. 외삼촌의 등은 높아 보였다. 해는 아직도 작열하고 돌아오는 길은 더욱 뜨거웠다. 은하는 울음을 그치는 듯하다가 얼굴이 빨갛게 상기되며 다시 울곤 했다. 땅콩밭을 지날 때 외삼촌이 우는 은하를 내려놓더니 땅콩 줄기를 잡고 당겨보라고 했다. 은하는 울면서도 땅콩 줄기를 당겼다. 그러자 모래밭에 묻혀 있던 줄기들이 주르르 올라왔는데, 거기에는 콩깍지 같은 것이 조롱조롱 붙어 있었다. 벌레처럼 생겼는가 하면 오뚝이처럼도 생겼는데 껍질을 까니 방마다 하나씩 분홍 색깔 얇은 껍질에 덮인 땅콩이 들어 있었다. 은하는 재미있는지 그 옆의 줄기도 당겼다. 그러고는 킥킥대고 웃었다. 일행은 가버리고 땅콩밭에서 노느라 우리만 뒤처졌다. 돌아오는 길에 외삼촌이 내게 물었다.

"모래가 뜨거워서 걷기 힘들지?"

외삼촌은 아까부터 잠든 은하를 업고 땀을 비 오듯 흘리고 있었다. 나는 수건을 건네줄 기회를 엿보고 있다가 고개를 숙이고 조그맣게 말했다.

"외삼촌, 난 뜨거운 모래가 좋아."

외삼촌이 하하 웃었다. 나는 사람들이 웃는 소리가 좋았다. 사람들이 웃고 나면 더 예뻐지곤 했다.

"이렇게 뜨거운 모래가 좋다고?"

나는 고개를 끄덕이고 수건으로 얼굴을 가렸다. 사실은 외삼촌이 좋아, 라고 말하고 싶은 것을 모래가 좋다고 말해버린 것이었다.

외삼촌은 그날 저녁에 약속이 있다고 나가서는 일주일 동안이나 나타나지 않았다. 오빠와 나는 또 강에 가겠다고 졸라댔지만 은하가 물에 빠진 일을 들은 외할머니는 엄하게 금지했다. 그러나 나는 흙과 물고기와 수초 냄새가 아득하게 섞인 흐린 강물 냄새에 취해버렸다. 물의 따스함과 서늘함과 물결에 부딪쳐 반사하는 햇빛의 아룽거림과 물속의 어둡고 깊숙한 그늘이 내 몸 안에서 뒤치었다. 꿈속에서는 두툼하게 살이 오른 물결이 몸을 밀기도 하고 몸을 감기도 하고 혹은 몸을 짓누르기도 했다. 어느 때는 속수무책으로 떠내려가기도 하고 아래로 한도 없이 끌려내려가기도 했다. 한낮에 마당에서 놀다가도 몸이 물결 속으로 곤두박질치듯 화들짝 놀랐다. 그럴 때면 강이 부르기라도 한 듯, 강에 가겠다고 울었다. 나는 땅의 밋밋한 바닥에 만족하지 못하는 사람이 되어버렸다.

어느 날 외할머니가 말했다.

"우리 은애가 강에 상사병이 걸렸구나…… 이 동네에도 어느 해 여름에 그런 병에 걸린 남정네가 있었단다. 그 남정네는 매일 강에 가서 이 강변에서 저 강변으로 건너다녔지. 매일매일 강에 들어가더니 태풍이 온 날도 갔단다. 물이 불어난 폭우 속에서도 도강을 했어. 그러다가 떠내려가버렸단다. 어디까지 떠내려갔는지 찾을 수가 없었어. 바다까지 가 물고기에게 눈이 파먹혔을 거야…… 그래도 가고 싶으냐?"

나는 고개를 끄덕였다.

"그래, 가자."

그날 외할머니를 앞세우고 뜨거운 길을 지루하게 걸어서 갔지만 강에는 아무것도 없었다. 튜브도 없고 아이들도 없고 외삼촌도, 그 친구들도 웃음소리도 없었다. 모래밭과 강만이 숨을 쉴 수 없을 지경으로 거대했다. 그 강을 건넜다는 사실조차 믿어지지 않았다. 단지 그 텅 빈 거대함에 압도되어 벙어리처럼 말이 나오지 않았다. 강은 내 기억과 달랐고, 우리는 강에서 아무것도 할 수 없었다. 어째서 강이 전과 같지 않은지 도무지 이해할 수 없었다. 할머니 말대로 강은 용과 같았다. 용은 단 한 번 나를 건너게 허용해준 것이었다. 우리는 돌아서서 둑 위로 올라가 삶은 감자를 먹고 참외를 깎아 먹었다. 나는 목이 막혀 손바닥으로 가슴을 몇 번 쳤다. 그리고 꾹꾹 눌러온 질문을 했다.

"외삼촌은 이제 안 와요?"

"정 없는 놈이 인사 한마디 없이 귀대했다는구나."

"귀대요?"

"군인이 휴가 끝나고 군대에 돌아가는 거야."

뭔지 모르면서도 나는, 단 한 번이라는 알 수 없는 슬픔과 외로움을 경기처럼 경험했다. 강물에 빠졌다가 건져진 은하처럼 울음을 터뜨리고 싶었지만 꾹꾹 참았다. 딸꾹질이 나기 시작했다.

이른 아침을 먹은 뒤 할머니는 장에 간다고 플라스틱 대야를 머리에 이고 떠났다. 우리가 처음 들어왔던 모랫길을 걸어나가 버스를 타고 이십 분이나 간다고 했다. 강변마을은 모든 곳으로부터 아주 먼 곳 같았다. 우리집에서도.

오빠와 나와 동생은 마을 아이들을 따라 단층 건물 두 동이 서 있는 학교에 가서 오전 내내 놀다가 왠지 시들하고 외로워져서 집으로 돌아가고 있었다. 우리들 곁에 검정색 자동차가 바짝 다가와 스르르 서더니 차문이 열리고 뜻밖에도 아버지가 내렸다. 운전석 옆자리에는 소매 없는 푸른 원피스를 입은 처녀가 앉아 있었다. 아버지는 이끼빛 선글라스를 벗고 놀란 눈으로 우리를 살펴보았다.

"까맣게 탔구나."

우리는 나란히 서서 꾸벅 인사를 했다.

"잘 지내고?"

우리는 너무 그을려 콧등과 어깨와 팔뚝의 껍질이 벗겨진 채 고개를 끄덕였다. 나는 운전석 옆자리의 처녀를 다시 보았다. 동그란 얼굴이 새하얗고 머리카락이 길고 검었다. 고개를 숙였다가 다시 쳐다보는데 처녀가 얼굴을 옆으로 돌렸다. 관자놀이께에 꽂은 핀이 반짝 빛났다.

"뭐 필요한 것은 없어?"

나는 속으로 이 사람을 미워할까 말까, 고민하며 아버지를 멀뚱하게 쳐다보았다.

"엄마가 보고 싶어요."

나는 입을 내민 채 불쑥 말했다. 왠지 집에 엄마가 없을 것만 같았다.

"엄마가 보고 싶다고?"

아버지는 믿기지 않는다는 듯 되물었다. 사실 엄마가 보고 싶은 것은 아니었다. 그릇을 내던지는 것 같은 엄마의 악다구니도 결코 듣고 싶지 않았다. 사촌외갓집에서 나는 설거지도 하지 않고 마루도 닦지 않고 심부름도 하지 않고 잔소리도 듣지 않고 그저 놀기만 하며 지낼 수 있었다. 계집애라고 구박하는 할머니도 없었다. 나는 아무 의무 없는 귀한 손님인 것이다. 밤에는 포도를 먹으며 마음껏 노래를 불렀고 낮엔 소꿉놀이를 지겹도록 할 수 있었다. 할 수만 있다면 평생 사촌외할머니와 살며 군대 간 외삼촌과 먼 곳에 간 이모를 기다리고 싶었다.

"곧 집에 가게 될 거다."

아버지가 지폐를 오빠에게 건네주며 말했다. 오빠도 뭔가에 화가 난 듯했다. 아버지는 다시 차에 올랐다. 그리고 자동차는 먼지를 날리고 떠났다. 돌을 툭툭 차며 걷는데 몇 달 전에 엄마가 했던 말이 불쑥 생각났다. '엄마가 없으모 니가 엄마 대신이다. 동생들 잘 돌봐야 된다. 알것제……' 그 말을 들을 당시에는 생각 없이 흘린 말이었고, 바로 그 순간까지도 까맣게 잊고 있었던 말이었다. 나는 갑자기 집에 가고 싶어서 자동차가 달려간 길을 향해 뛰기 시작했다. 아무래도 집에 엄마가 없을 것만 같았다. 오빠와 동생도 이유를 모른 채 나와 함께 달렸다. 트럭과 자동차 들이 구름 같은 먼지를 일으키며 우리 곁을 지나갔다.

먼지를 뒤집어쓰고 사촌외갓집에 들어서니 외할머니가 외출했던 차림 그대로 멍하니 마루에 앉아 있었다. 눈 밑이 짓무른 듯 붉었다. 뭔가 물어볼 말이 있었지만 외할머니가 울고 있으니 입을 다물 수밖에 없었다. 외할머니는 허둥지둥 손바닥으로 얼굴을 닦고 우리를 불러들였다.

"내 새끼들 오나?"

외할머니는 우리의 등을 쓸어주었다.

"아버지 봤나?"

"봤어요."

"그래, 그래……"

외할머니는 마루에 놓인 대야를 다급하게 우리 앞으로 밀고 왔다. 그리고 속에 든 것을 꺼내 허겁지겁 나누어주었다. 플라스틱 머리띠, 고무 슬리퍼와 원색 줄무늬 나일론 팬티, 러닝셔츠와 과자였다. 강냉이를 튀긴 과자를 한 자루나 내놓았다. 우리는 과자를 잔뜩 먹은 뒤 새 팬티와 러닝을 입고 슬리퍼를 신고 머리띠까지 두른 채 사철나무로 달려가 매달렸다. 사철나무 열매는 노래하는 음표들 같았다. 거꾸로 매달려 주렁주렁 매달린 길쭉한 오이들과 옥수숫대 옆구리에 붙어 자라는 수염을 늘어뜨린 알알이 영근 옥수수와 보라색 가지 들도 노래 부르는 것 같았다. 그리고 시간은 셀 수 없이 지나갔다. 일주일인지, 한 달인지, 일 년인지 알 수 없었다. 어느 순간 시간은 멈춘 것 같기도 하고 몸으로 파고들어 살과 피가 되는 것 같기도 하고 강처럼 나를 밀고 멀리멀리 흘러가는 것 같기도 했다. 오빠와 은하와 나는 다시 설탕물을 찍어 먹었고 비눗방울을 불어 날렸다.

아버지가 우리를 데리러 온 날은 남해안으로 태풍이 지나간 뒤였다. 사흘 동안 폭우가 내려 강물이 둑을 넘어와 땅콩밭이 잠겼다고 했다. 물이 제때 빠지지 않으면 땅콩이 모두 썩게 된다고 했다. 포도밭도 침수되었지만 다행히 포도는 수확이 끝난 뒤였다. 학교 운동장과 마을길도 침수되었다가 물이 빠져나가 폐허로 변했다. 사촌외갓집의 대문 밖 변소도 넘쳐 마당과 길이 오물로 뒤덮였다. 우리는 냄새 때문에 코를 잡고 숨을 쉬었다. 말을 할 때는 입으로만 숨을 마시며 괴상한 소리들을 내질렀다. 외할머니는 물이 빠지자마자 오물을 걷어냈지만 그 자리에 커다란 파리떼가 까맣게 뒤덮였다. 외할머니는 파리를 쫓느라 냄새가 독한 흰 가루약을 질척이는 마당과 길에 뿌렸다. 그런 와중에 아버지는 마당에 놓인 디딤돌들을 밟고 사촌외갓집에 들어섰다. 아버지는 외할머니께 정중하게 인사를 했다. 우리는 신이 나서 가방을 챙겼다. 악취로부터의 해방이었다. 외할머니는 마루로 올라가 앉더니 고개를 숙이고 울기 시작했다. 우리는 코를 쥔 채 외할머니 앞에 주르르 서서 인사를 했지만 외할머니는 고개를 들지 않았다. 눈물이 할머니 발등에 툭툭 떨어졌다. 마당의 디딤돌을 한 발 한 발 딛고 가느라 대문을 지날 때에야 돌아보니 외할머니는 그 자리에 그대로 고개를 숙이고 앉아 있었다. 나는 코를 쥔 손을 놓고 숨을 힘껏 들이 마신 뒤 큰 목소리로 한번 더 인사를 했다. 할머니는 얼굴을 들지 않았다.

그날 잠이 든 채 집에 도착해서 비몽사몽중에 차에서 내렸을 때 다시 그 처녀를 보았다. 아버지 옆자리에 타고 왔던 처녀였다. 우리가 내리자마자 엄마가 커다란 여행가방을 차 안으로 밀어넣었고 처녀가 떠밀려가는 몸짓으로 뒷자리에 올랐다. 차창 문이 열려 있었기에 처녀의 옆얼굴을 자세히 볼 수 있었다. 외할머니집 액자 속에 있었던 얼굴이었다. 달팽이 모양의 핀이 검고 긴 머리카락 위에서 반짝거렸다. 핀은 모래색이었다.

"사촌이모다. 맞지?"

나는 엄마에게 동의를 구했다.

차는 이내 요란한 소리를 내며 떠나버렸다.

"이모잖아. 그렇지?"

다시 물었을 때 엄마는 내 등을 사정없이 때렸다.

"이모는 무슨 이모?"

등에 불이 일어나는 것 같았다. 눈물이 쑥 빠져나왔다. 나는 긴 꿈에서 깨듯 진저리를 쳤다.

집에 들어가니 네번째 동생이 태어나 있었다. 여동생이라고 했다. 이마가 넓고 눈과 입이 동그란 아기였다. 아기는 엄마 방이 아닌 할머니 방에 누워 있었다. 할머니는 우환덩어리라도 피하듯 돌아앉으며 재떨이에 담뱃대를 땅땅 두드려 재를 털었다. 그 소리에 아기가 울음을 터뜨렸다. 복숭아같이 작은 얼굴이 빨갛게 달아오른 채 매미처럼 악을 쓰며 울었다. 이미 너무 많이 울어 지친 것 같기도 했다.

아기가 우는데도 엄마는 쳐다보지도 않고 묵묵히 물을 데웠다. 그리고 마당에 내놓은 큰 고무대야에 데운 물을 붓고 찬물을 섞어 가득 채운 뒤 나를 밀어넣었다. 아기는 계속해서 울어댔다. 귀를 후벼파는 듯한 고음이었다. 입을 꽉 다물고 이태리타월에 비누를 묻혀 내 몸을 힘껏 밀던 엄마는 참을 수 없다는 듯 갑자기 소리를 내질렀다. 그 집에서는 한 번도 안 씻기주더나? 꼴이 이기 뭐꼬, 시커먼 때 좀 봐라, 아이고, 살이 땡볕에 익다못해 껍질이 벗기지서 삭은 걸레 꼴이 됐다. 날아가던 까마귀가 조상님 조상님 카고 울것네…… 밥만 믹이모 아를 보는 긴가, 어쩌고저쩌고 하며 엄마는 점점 더 소리 높여 악다구니를 쳤다. 나는 엄마의 악다구니와 아기 울음소리 사이에서 정신을 잃을 것 같았다. 엄마, 아기 좀 달래. 그 말을 한 순간 엄마의 손바닥이 내 등을 내려쳤다. 허리가 폭삭 내려앉는 것 같았다. 나는 벌거벗은 채 고무대야 바깥으로 달려나갔다. 굳은살이 박힌 손은 솥뚜껑처럼 큰데다가 물에 젖기까지 해서 등의 통증이 전기처럼 전신으로 퍼져나갔다. 장독 옆 매실나무 아래에 선 채 울 것 같은 얼굴로 엄마를 쳐다보니 엄마는 그 자리에 주저앉아 땀인지 눈물인지 모를 것을 젖은 팔로 닦고 있었다.

그뒤에도 한동안 강변마을에서 있었던 이야기나 외할머니와 외삼촌, 이모 이야기가 무심코 입에서 튀어나올 때마다 등짝을 맞았다. 그 이해할 수 없는 통증은 비밀을 가르쳤다. 내 기억이 어딘가 떳떳하지 않은 것이다. 말하자면, 입에 올릴 수 없는 일이었다. 그런데도 다음 해 여름방학이 되었을 때 나는 강변마을에 가겠다고 부득부득 가방을 쌌다. 엄마는 묵묵부답으로 버티다가 조르는 나를 대문 밖으로 쫓아냈다. 나는 맨발로 담벼락 아래서 한나절을 보내야 했다.

오빠는 어느 날부턴가 강변마을에 대해 입을 굳게 다물더니 과묵해졌고 설탕물을 많이 먹어 앞니가 썩기 시작한 동생은 이내 기억조차 하지 못했다. 충치 때문에 설탕물을 금지당한 동생들은 더 많은 비눗방울들을 불어 날렸다.

그 여름의 기억은 굳게 잠긴 자물통처럼 내 몸 안에 묻혔고 나는 점점 더 고독해졌다. 다시는 갈 수 없는 다른 세계에서 있었던 일이었고, 어디에도 입구가 없는 세계에서 일어난 일이었던 것이다. 말하지 않기로 하니, 그 일이 실제로 일어난 일이 아닌 것 같기도 했다. 나 자신이 망상병에 걸린 것처럼 느껴졌다. 그러나 어쩌다가, 곤한 낮잠이 들 때면, 매듭이 스르르 풀리듯 내 몸은 열려 강물 속으로 흘러간다.

땅바닥보다 더 낮은 바닥을 딛고 한 걸음 한 걸음 강물 속으로 걸어 들어갈 때 강의 표면은 따스하지만 물속은 서늘하다. 그 전체를 도무지 알 수 없는 탁하고 깊은 강물은 긴 척추를 휘며 근육이 단단한 물결로 내 몸을 밀기도 하고 감기도 하고 혹은 누르기도 하고 스스로의 부력으로 들어올리기도 하며 점점 더 깊은 곳으로 나를 데려간다. 나는 속수무책 떠내려가고 아래로 끌려내려간다. 강물이 얼굴을 덮고 햇볕과 흙과 물고기와 수초의 냄새가 이마를 지나 다리 사이로 지나간다. 여기가 끝이 아니야, 속삭이며 까마득히 낮은 바닥으로 나를 끌어내리는 강, 더 낮은 바닥, 더 낮은 바닥으로……

그리고 잠이 깨면 대각선을 그으며 아득히 밀려난 어느 낯선 강변이다. 나는 시간의 입자들이 잔광처럼 흩어지는 강변에 앉아 그해 여름이 비눗방울에 실려 둥둥 떠가는 것을 바라본다.

천사는 여기 머문다 1

이 산밑 마을에 처음 온 사람들은 누구나 순간적으로 균형감각을 잃어버린다. 그들은 십 센티미터쯤 발이 휘청 들린 표정을 지으며 중얼거린다. 도심 한가운데 이런 아파트가 있는 줄은 까맣게 몰랐어요. 정말 이곳은, 이상하군요. 시간이 단절된 장소처럼, 도심 속에 있으면서 동시에 세상과 아주 절연된 먼 곳 같거든요. 세상사람들이 일제히 까맣게 잊어버린 지난 시대의 장소 같다구요. 예를 들면, 그런 거 있잖아요, 나뭇잎과 비닐봉지 들이 덕지덕지 쌓인 뒷길에 내버린 장롱 같은 것. 맞아요. 도심의 뒷길 잊혀진 철로 가에 버려진 장롱 같은 동네야. 그도 그렇게 말했다.

난 출퇴근길이 너무 길었어. 한 시간 삼십 분씩, 이십여 년 동안 하루 세 시간씩 길에서 시간을 보냈지. 마을버스를 타고 내려서 시내버스를 타고 다시 지하철로 짐짝처럼 환승해야 했어. 차들과 차들 사이의 막간이 길어지면 문득 정처를 잃고 더운 매연바람이 이는 길바닥에 오래 서 있기도 했어. 그런 날은 지나가는 젊은 여잘 하나 납치해 남도 끝까지 내려가 배를 타고 섬으로 들어가버리고 싶은 패악 같은 충동에 휩싸이곤 했어. 빌어먹을, 물고기 내장같이 좁아터진 도시…… 젊은 여자들이 팔뚝 살과 허벅지 살을 뒤집어진 백합 꽃잎같이 내놓는 계절엔 일부러 지하철을 타지 않았어. 교활한 혼음의 도시, 뻔뻔한 근친상간의 도시, 죽어서 떠오른 물고기같이 싫증나는 도시……

그의 꿈속에서는 지진이 난 듯 검은 새들이 일제히 날아가고 얕은 바다에서 고래들이 갈고리 같은 물을 뿜고 젊은 시절의 마지막에 읽은 시들이 형체를 잃고 너무 익은 토마토처럼 으깨어졌다. 그는 늘 같은 꿈을 반복해서 꾸었다.

어느 날부터 내 몸은 장기 대신 돌멩이로 채워졌어. 내 몸통은 돌을 가득 채우고 얼기설기 기운 자루 같았어. 무겁고 무거운 몸을 끌고 술 취해 오가던 길에 무엇이든 내 발길에 차이지 않았겠어? 시멘트덩어리인 맨홀 뚜껑을 들어올려 내던지기도 했고 가로수 버팀목들을 죄다 뽑아버리기도 했어. 길가의 의자들을 모두 부수고 꽃들의 모가지를 잘랐지. 어느 날은 누군가를 실컷 패기도 했고 어떤 날은 번쩍이는 구둣발에 밟히며 정신을 잃도록 맞기도 했어…… 그러던 어느 날 난 늘 오가던 그 길에 내버려져 있던 장롱 문을 슬며시 열었던 거야.

장롱 안은 퀴퀴하고 깊고 서늘했지. 그 속엔 접힌 내장처럼 계단이 많더군. 계단이 정말 많았어. 나처럼 무구한 사람이 아니면 계속 오를 수 없는 계단들이었지. 난 돌로 채운 자루 같은 몸을 끌고 계단을 계속 올라갔어. 탑에 오르듯 벽을 짚고 빙빙 돌며 올라갔던 거야. 계단

끝, 큰 서랍 같은 집에 한 덩이 흰 구름이 소파에 앉아 있었어. 구름의 대합실 같았어. 구름은 그곳에 머문 채 새로운 꿈을 기다리고 있었지. 서랍문을 빠끔히 열어놓고 누군가를 기다리고 있었던 거야.

"그래요. 난 여기 머물고 있었어요."

여자는 정말 하늘 한가운데 뜬 구름처럼 머문다는 그 말을 힘주어 했다. 정주가 힘든 것이 대기권 끝에 얼음 수증기로 떠 있는 구름뿐일까…… 증발하는 삶이 너무 짧고 빨라 어떤 이는 미망 속에서 머문다고 착각도 하고 어떤 이는 각성 속에서 순간순간 힘주어 머물기도 하는 것인가……

그는 다 소모되어 꺼진 전구처럼 암전의 표정을 짓고 있었다. 몸은 여전히 하루종일 일 년 내내 앞으로도 십 년 이상 도시의 환승역들을 돌고 돌며 다른 샐러리맨들처럼 온종일 책상 앞에서 콩처럼 튀며 푸닥거리를 하는데, 그의 내면은 시와 도와 군과 읍의 경계를 겹겹이 넘어 산과 강과 들판을 겹겹이 지나 먼먼 변방의 어느 시골 면사무소 출장소의 파견 서기 같은 표정으로 굳어 있었다.

아침 아홉시에 숙직실에서 대여섯 걸음 걸어나와 일찍 방문한 민원인에게 서류 두어 장을 복사해주고 전화를 두어 통 받고 마당의 은행잎을 쓴다. 점심시간엔 사무소 앞, 깨어진 유리 대신 판자로 막은 선술집에서 해장을 하고 오후 내내 서류 네댓 장을 복사해준다. 그리고 일과보고서를 기록한 뒤 출장소 문을 걸고 해도 지기 전에 선술집으로 퇴근해 분교 선생이나 파견 경장 하나와 마주 앉아 속절없이 마시고…… 그곳이 어딘지 잊을 때까지 인사불성으로 취해 다시 그 자신의 내면같이 퀴퀴하고 때 전 숙직실로 돌아가 쓰러져 잠들고…… 그는 스스로를 보증을 잘못 서서 남은 생애를 차압당한 말단 서기라고 생각했다. 요컨대 타인에게 등기된 생애를 사는 사람…… 물론 그도 그리워하는 곳이 있었다. 그곳, 어떻게 닿아야 하는지 모르는 그리운 곳.

그가 그런 표정으로 들어섰을 때, 그도 그녀도 서로가 긴 홈통 속으로 미끄러진 뱀처럼 엉켜 영문을 모르는 채 마주 보았다. 몇 날 며칠이 지나도 그들은 뒤엉켜버린 명분을 만들어낼 수 없었다. 명분을 만들 수 없었기에 그는 셀 수 없이 많은 계단 위로 흡사 발이 들린 듯 둥둥 떠서 돌아오고 또 돌아왔다. 여자의 머릿속에는 가을 햇볕에 데워진 밀분이 가득 든 방이 있었다. 여자가 웃거나 울거나 놀라거나 달리거나 빠르게 돌 때면 가을 햇볕에 데워진 밀분 같은 흰 가루가 그에게로 흘러내렸다. 여자는 아무래도 구름 같았다. 그렇지 않으면 어떻게 여자의 몸 위에 오른 순간 돌로 채워진 터진 자루 같던 몸이 그처럼 가볍게 날아올랐을까?

세상에 세제 거품 같은 눈이 내려 온통 세탁중인 것 같았던 어느 날이었다. 그의 몸이 여자의 가랑이 틈을 벌리며 들어가다 젖은 점막 속으로 어느 순간 쑥 빨려들어가버리던 그 칠흑의 순간에 준비한 적 없는 말이 목을 찢고 나왔다. 너는 누구인가? 그 의문형의 말은 역설적으로 여자에 대한 심원한 확신이었다. 여자와 교접하는 밤마다 그는 돌을 토해냈다. 여자는 그 돌로 둘레에 차곡차곡 탑을 쌓았고 남자는 점점 더 가볍게 들어올려졌다. 그는 이제 아침에 여자와 작별하고 커다란 서랍 같은 문을 닫을 때마다 여자를 돌탑으로 둘러싸인 그곳에 가두어두기라도 하는 듯 당혹스럽고 흐뭇했다. 그는 낮에도 여자가 그곳에 있는지 전화를 걸어 확인했다. 그러면 마치 구름을 가두어둔 것처럼 머릿속 혈관들이 팽팽해졌다. 그 자신도 구름이 된 듯 지상에서 둥실 떠올랐다.

*

여자는 이른 아침에 깨어 습관대로 조그만 창문을 열었다. 창문은 찌그러지는 소리를 내며 저항하다가 아래로 덜컹 떨어질 듯 갑자기 열렸다. 보풀이 인 회색 담요 같은 흐린 하늘 아래 아스라이 안개에 가려진 도시가 내려다보였다. 건물들이 커다란 창고에 재어진 수화물 상자들 같다. 여자는 층층을 이룬 고궁의 지붕들과 국립 민속박물관 지붕 위의 오층탑을 오래 바라보았다. 그 층층들은 안개에 감겨 사원처럼 성스럽다. 발밑에 구르던 돌덩이 세 개만 쌓아도 탑이 되고 올려진 탑의 부력은 신성한 비의의 기호가 되는 것이다. 여자는 천천히 발끝을 들어올렸다. 여자는 자신을 발아래 밟고, 그리고 자신을 머리 위에 이고 스스로 기원하는 삼층탑이 되는 듯했다. 발아래는 짐승이 꿈틀대고 머리 위에서 침정한 신이 굽어보았다.

그는 아침에 눈뜰 때마다 달리는 기차 속에서 구겨진 외투를 입은 채 자다 깬 사람처럼 매번 이곳이 어딘가 하고 놀란다. 남자가 아득히 긴 홈통 아래로 미끄러질 것만 같은 표정이어서 여자는 그의 목을 잡는다. 남자는 여자의 조용한 두 눈 속에서 자기가 내려야 할 역 이름을 확인한다. 남자는 여자의 손을 잡고 낯선 역에 내려선다.

남자는 바지를 꿰어입는다. 그리고 아침의 의식처럼 담배를 들고 집 바깥 계단참에 서서 숲속의 밤나무를 향해 담배를 피운다. 나무는 푸른색과 노란색과 갈색 사이를 타오른다. 여자는 부엌 창으로 남자를 이따금 내다보며 아침상을 차린다. 그는 계단참에 놓인 여자의 화분에 핀 흰 꽃 한 송이를 오래 들여다보았다. 작은 나무에 어쩌다 하나씩 튤립 모양의 통꽃이 핀다.

"여기 이 꽃 이름이 뭐지?"

그는 전에도 두 번이나 꽃의 이름을 물었었다. 여자는 부엌 창으로 남자를 바라보며 대답한다.

"랄리구라스."

그것은 히말라야 아래에 있는 먼 나라의 꽃이다. 그 나무가 어떻게 여기까지 왔을까…… 여자는 랄리구라스를 산밑 고추밭 가장자리에서 발견했다. 랄리구라스는 고추를 주렁주렁 매단 고춧대 높이와 키가 같았다. 그때도 가지 위에 한 송이 꽃을 피우고 있었다. 꽃이 없다면 고추와 분간하기도 쉽지 않아 그대로 두면 곧 함께 뽑힐 게 뻔했다. 여자는 어느 보름달 밤 랄리구라스를 뽑아와 화분에 옮겨심었다.

"믿어지지 않아."

"뭐가요?"

"랄리구라스꽃이 여기 있는 거."

여자 역시 꿈속에서 보는 듯 믿어지지 않았다. 꿈이 깨면 빈 화분만 남아 있을 것이다. 꿈이 깨면…… 그는 믿지 않기 때문에 꽃 이름을 또 잊는다. 비둘기가 살찐 배를 내밀고 옆구리를 파드닥파드닥 둔탁하게 두드리며 그의 앞을 날아갔다. 기우뚱거리는 모양이 빗방울 하나에도 금세 떨어질 것만 같다. 그는, 비둘기는 모두 하나의 비둘기라고 생각한다. 꽃은 모두 하나의 꽃이며 나는 모두 하나의 나의 다른 꿈이다…… 그것은 자신의 생각이 아니라 너무 익은 토마토처럼 으깨어진 누군가의 시이다. 젊은 시절의 마지막에 읽었던 시……

남자는 샤워를 하고 텔레비전 뉴스 채널을 맞추어놓고 여자가 차린 밥과 콩나물국과 꼬막무침, 양념에 절인 깻잎 몇 장을 먹고 집을 나섰다. 현관문을 닫을 때, 남자는 여전히 당혹스럽고 흐뭇하다. 그는 구름을 가두었다.

그날은 여느 아침과 다르지 않았다. 뉴스에는 다섯 명의 사상자를 낸 교통사고 소식이 두 건 있었고 수도권의 한 위성도시에서는 연쇄살인과 실종이 일어나고 있었다. 뿌리 깊은 원한을 가진 여당과 야당은 서로 나쁘다고 구태의연한 논리로 비난했다. 아침에 비가 오지도 않았고 바람이 많이 불지도 않았고 깊어가는 가을에 계단을 내려가듯 기온이 꾸준히 하강하고 있었다. 남자가 떠난 뒤 전화벨이 울렸다.

"마지막 경고야, 내 남편을 집으로 돌려보내. 밑도 끝도 없이 어느 날 갑자기 남의 남편을 가로채고 살다니 넌, 미쳤어. 오늘도 남편을 집에 돌려보내지 않으면 호송차를 보내 너를 먼 정신병원에 감금해버릴 거야. 내 말 흘려들으면 신세 망칠 줄 알아. 우리 사촌오빠가 정신과 의사야. 그 정도 일은 감쪽같이 해. 아직 말로 할 때 내 남편 돌려보내. 계속 법과 제도를 무시하다간 끔찍한 응징을 당할 줄 알아. 죽는단 말이야. 넌 쥐도 새도 모르게 잡혀가서 죽어."

남자의 아내가 소리지르고 있었다. 이번에 남자는 닷새 동안이나 귀가하지 않았다. 그의 아내는 제도와 법을 앞세우고 그 남자에 관한 등기권리증을 흔든다. 남자는 그녀에게 평생을 차압당했다. 그녀는 남자의 당당한 채권자이다. 남자는 보증을 잘못 선 사람 꼴이다.

여자의 눈 속에 문득 간밤 꿈이 떠올랐다. 누군가 여자에게 사진을 주었다. 그녀가 찍힌 사진이었다. 사진 속의 그녀는 닭털로 만든 흰 천사 옷을 입고 금가루가 쏟아지는 배경 속에서 은은하게 미소짓고 있는데, 누군가의 팔이 자신을 감싸안고 있었다. 자세히 보니, 그 팔은 등에서 뻗어나온 자신의 세번째 팔이었다. 사진 아래에 은박 글자가 박혀 있었다.

'천사는 여기 머문다.'

여자는 오전에서 오후로 넘어가는 시간 내내 책상 앞에서 대필작업을 했다. 한 작업을 끝내는 데 하루 서너 시간씩 석 달 정도 잡혔다. 돈이 크게 되지 않으니 작업량이 많았다. 녹음기에서 올해 말 환갑을 맞는 여배우의 음성이 흘러나온다. 여배우는 남쪽 섬 출신이고 지방의 간호학교를 졸업했으며 혈액형은 AB형, 세 번 결혼했고 쉰네 살에 다시 혼자가 되었다. 매사에 그랬듯 늙은 여배우는 이 일에도 열정적이다.

"이제 사람들이 가장 궁금해할 두번째 결혼에 대해 이야기하죠. 난 그가 가수로 데뷔할 때부터 놀라서 지켜보고 있었어요. 나를 놀라게 한 무언가가 있었어요. 그러니까, 그건…… 난 그 사람의 홍채가 전생과 전전생과 그 전생까지, 모든 윤회의 감정을 기억하고 있는 것을 보았어요. 감정의 일생 말이에요. 그 감정의 일생 속에서 나는 공통의 기억을 보았어요. 그의 홍채 속에서 내 시간을 본 거예요. 그런 걸 운명이라 하겠죠. 그도 나중에 말하기를, 열한 살 때 나를 텔레비전 드라마에서 처음 본 이후로 새로운 풍경을 볼 때면 늘 나를 생각했대요. 그는 열망했다고 표현했어요. 그러니까, 우리가 처음으로 무대 대기실에서 만난 건 내가 그를 소망한 뒤로 삼 년이 지난 후, 그가 나를 열망한 지 십이 년이 지난 후였지요. 그가 열한 살 때, 난 스물두 살이었어요. 그때 그가 스물네 살이었고 난 서른다섯 살이었지요. 그는 가요 순위에서 일 위를 연속 세 번이나 하고 있을 때였어요. 우린 만나기 시작했고, 주변에서 뜯어말렸지만 곧 결혼했어요. 우리 같은 사람은 연애를 할 수 없거든요. 무엇보다 우린 너무 사랑해서 아무것도 숨길 수가 없었어요. 처음 만난 날 이후로 우리는 하룻밤도 떨어지지 않았으니까요. 난 내 경제력이든 정신력이든 몸이든, 내 능력을 다 발휘해 그를 갖고 싶었어요. 그땐 심지어 모든 것을 잃어도 그를 갖고 싶었어요. 하지만, 결과는 끔찍했지요. 난 앞날이 구만리 같은 젊은 애를 잡아먹은 색정광이라고 질타당했고, 그는 내 재산을 탐내 더러운 가랑이에 처박힌 기생오라비로 비하되었으니까요. 결과는 정말 굉장했어요. 나는 텔레비전 드라마에서 중도하차했고, 영화 섭외는 끊어졌지요. 다음해에 낸 그의 신곡은 방송 삼사에서 취급도 하지 않았어요. 그 와중에 하나뿐인 딸 릴리를 낳았어요. 주위에서는 야유하다못해 한심해했죠. 두 해 뒤에 우리는 재산을 정리해 부산으로 내려가 극장식 식당을 차렸지요…… 망했어요! 겨우 오 년을 살았지만, 서로 가장 큰 희생을 했고 상처를 받았지만, 내가 사랑이란 것을 한 건 그 시절이었지요. 그도 그럴 거예요. 우리가 헤어진 뒤로는 그도 나도 현명하게 잘살았어요. 물론 영영 노래하는 삶을 잃은 그로서는 늘 가슴 한곳이 무너진 채였는지도 모르지만요. 난 그뒤 서서히 텔레비전에 복귀했지요. 이상하게도 이혼한 뒤 이 년째부터 중요한 드라마와 영화의 조연 섭외가 줄을 이었어요. 그다음 해에 두 영화제에서 조연상을 받았을 정도였으니까요."

여자는 영어권 번역가지만 일이 들어오면 대필작업도 했다. 늙은 여배우는 자기 생애에서 강조해주기 바라는 것은 사랑이 몰고 온 불행이라고 했다. 불행이 그녀를 연기 자체에 몰입하게 했고 삶의 결핍을 순수하게 견디는 내공을 키워주었다고 했다. 여자는 늙은 여배우의 불행에 주의를 기울였다.

"삶에는 세 가지 상태가 있어요. 결핍과 불만과 만족이죠. 결핍은 완전히 비어 있는 거예요. 결핍은 차라리 순수한 상태예요. 불만은 소시민이 갖기 쉬운 감정이죠. 그것은 가시처럼 스스로를 해치니 가장 나빠요. 그리고 만족…… 그건 좋다면 좋지만 삶 속의 죽음이기도 하죠. 좋다면 좋은 거지만요. 정말 불행한 시절에 결핍 속에서 난 샘물같이 맑았답니다. 돌아보면 그 시간이 내가 가진 어떤 재산보다 빛나는 보물이에요. 이건 말장난이 아니에요. 일부러 불러들이지 않는다 해도, 누구나 어느 정도 불행을 자초하지요. 하지만 불행은 결코 생애 전체 속에서 무용한 고통의 시간이 아니에요. 불행 속엔 날개가 있어요. 난 성공 속에서보다, 불행 속에서 천사처럼 날아보았거든요."

여자는 갑자기 녹음기를 껐다. 그리고 노트북도 끄고 옷을 갈아입은 뒤 불난 집에서 도망치듯 집에서 뛰쳐나갔다. 계단을 달려 내려가는 동안 전화 속의 음성이 귀에 쟁쟁거렸다.

여자는 버스를 타고 시청역에서 내렸다. 오후 세시 십오분이었다. 시청 앞 새로 조성된 잔디광장의 조립무대엔 고전극 무용이 상연되는 중이었다. 잔디밭에 서거나 앉은 관객은 겨우 예닐곱 명 정도였다. 프라자호텔과 덕수궁과 시청에 둘러싸인 푸른 인조카펫 같은 잔디 위로 가야금과 아쟁의 선율이 겨울 강바람에 흩날리는 꼬리 긴 연들처럼 가파른 굴곡을 그리며 아득하고 비감하게 흘러다녔다.

무대 뒤쪽 단상 위에 사모관대를 한 모형 신랑이 무엇을 잡으려는 듯 좌우상하로 몸을 비트는 기계적인 몸동작을 되풀이하고 있었다. 몸동작을 멍하니 보던 여자는 뒤늦게야 그 모형 신랑이 진짜 사람이란 것을 알아챘다. 신랑은 무언가에 수동적으로 얽매여 불가능한 수동태를 서러워하는 듯 좌우로 몸을 비틀거나 아래위로 떨며 눈앞의 헛것을 잡으려 했다. 신랑 앞엔 실물 크기로 만든 탈색된 종이각시인형이 앉아 있었다. 종이인형은 만지면 바스러져 먼지가 되어 화르르 날아오를 듯 퇴색하고 삭은 활옷을 입고 고개를 숙인 모습이었다. 각시인형 앞에 설치된 작은 정원에는 흰색 저승꽃들이 활짝 피어 있었다. 그리고 청바지에 흰색 면셔츠 차림인 여자 하나가 모형 신부 주위를 돌며 마치 연습처럼 감정이 배제된 무채색 춤을 추었다. 여자의 표정과 동작이 무연해서 아무래도 그 공연과도 무관해 보였지만 다시 생각하면 각시인형의 넋 같기도 했다.

여자는 미당의 시 「신부」를 생각했다. 혼례 올린 첫날밤 뒷간에 가기 위해 방문을 연 신랑은 자기 옷고름이 문고리에 끼여 당겨지는 줄 모르고 방자한 신부가 잡은 줄로 오해했다. 문을 탕 닫고 힘주어 나서는 걸음에 옷고름이 찢어지니 신랑은 신부의 행실을 탓하며 그길로 집을 떠나 평생 객지를 떠돌았다. 세월이 흘러 늙은이가 되어 옛집에 돌아와보니 닫힌 방문에 신랑 옷고름이 끼여 있었다. 늙은이는 이게 어찌된 일인가 하고 넋을 잃고 주저앉는다. 방문을 열자 그가 떠났던 첫날밤 그대로 윗목에 활옷을 입고 앉은 채로 삭아버린 신부가 폭삭 쓰러진다. 열린 방문으로 불어온 바람에 먼지가 된 신부가 화르르 날려나간다……

신랑은 회한에 젖어 시간 그 너머를 붙잡고 싶어 불가능한 수동태로 상하좌우로 몸을 떨며 뒤틀었다. 먼지가 되어 무너지는 신부를 바라보며 신랑이 길고 긴 후회의 경련을 일으키고 있었다.

여자는 불현듯 섬이 바다를 느끼듯, 사방을 둘러싼 시간을 느꼈다. 빈틈없고 끝이 없는 양의 시간을, 제 법칙 속에서 제 궤도를 순환하는 시간을, 그 위에 쌓였다 무너지는 성들을…… 여자가 동아일보 쪽으로 걷는 동안 지나간 순간의 영상들이 하나의 중심을 향해 몰려드는 물고기떼처럼 파닥이며 파고들어왔다. 물결치는 푸른 보리밭, 햇살이 튕기는 맑은 개울물, 노란 꽃이 무성하게 핀 긴 울타리, 미루나무 가로수가 심어진 먼지 가득한 비포장길, 주저앉은 무덤가의 산길, 밤송이가 흩어져 있는 숲길, 등나무가 무성히 드리운 테라스, 무수한 레이아웃을 가진 무수한 표정의 바다들, 사람들의 얼굴, 꽃들이 뒤집히는 듯한 웃음과 불같은 분노와 진눈깨비 같은 망설임과 생수 같은 눈물, 사라져간 사람들 속의 무수히 변하는 표정들, 버려진 신발들, 없어진 고양이들, 날아간 새들, 죽어간 개들, 피었다가 떨어진 꽃들과 가지에 붙은 채 검게 말라간 작은 열매들, 흘러간 모든 물들, 되돌아간 계절들……

풀숲을 헤치고 나가듯, 시간에서 놓여난 영상들을 헤치고 여자는 무표정하게 걸었다. 아무런 이유도 없는 하나의 결과처럼.

여자는 마을 입구의 시장으로 들어가 굴과 양상추와 감자를 샀다. 튀김가게 앞에서 여자는 허기를 깨닫고 가게 안으로 불쑥 들어갔다. 유난히 눈썹이 검고 둥글고 코밑에도 검은 수염이 난 누런 얼굴의 노파가 튀김을 데울 동안 여자는 어둑한 가게 안에 앉아 있었다. 테이블은 세 개였고 여자 앞 테이블엔 얼굴이 누렇고 눈썹이 검고 둥근 사내아이가 앉아 작은 레고 조각을 만지며 혼자 중얼대고 있었다. 대여섯 살 정도일 것 같았다. 가게 안엔 박력분과 깡통에 든 튀김 기름들이 쌓여 있고 바닥에도 기름과 밀가루가 흘러 있었다. 나뭇잎 무늬 벽지에는 심리테스트 용지에서 본 것 같은 이런저런 모양의 얼룩이 배어 있었다.

"기차를 타고 싶어. 기차역에 가서 기차를 타고 멀리 가고 싶어. 난 지금 기차를 타고 다른 데로 싶어……"

사내아이가 끊임없이 중얼거렸다. 피카츄가 그려진 옷을 입은 아이의 표정이 기이하게 늙어 보였다. 하루종일 누구와도 대화를 나누지 않았을 것 같은 눈빛이었다.

"아이야, 어디를 가고 싶니?"

여자가 물었다. 사내아이가 그걸 말이라고 묻느냐는 듯 눈을 동그랗게 뜨고 대답했다.

"다른 데."

여자는 눈썹이 검고 얼굴빛이 누런 노파와 그 아이를 마을 목욕탕 탈의실에서 본 적 있었다. 노파는 별 이유도 없이 아직 젖어 있는 아이의 등짝을 세 번이나 모질게 때렸었다. 등에 붉은 손바닥 자국이 났는데도 아이는 울지 않았다.

여자는 튀김을 먹고 계산을 할 때, 아이에게 지폐 두 장을 주었다.

"할머니랑 기차 타러 가."

노파가 고맙다며 얼굴을 붉히고 웃었다. 여자가 가게를 나서자 아이가 소리쳤다.

"엄마, 우리 이 돈으로 기차 타러 가자. 엄마 지금, 빨리 가자."

"아이고, 입 다물어. 이 원수야!"

노파가 쥐구멍에서 나오는 쥐를 긴 막대로 몰아넣듯 소리를 꽥 내질렀다.

산밑 마을엔 나뭇잎 마르는 내음이 가득했다. 삼층의 키 작은 여자는 뜸질이라도 하듯 가을볕으로 달구어진 둥근 쇠난간을 가랑이를 벌려 타고 가슴을 누른 채 가만히 엎드려 있었다. 하루에 두어 번씩은 꼭 엄마에게 쫓겨 달리기를 하는 어린 세 딸은 아파트 벽에 기대어 자리를 깔고 소꿉놀이에 여념이 없다. 그 앞산 밑 밭에서는 노파 둘이 붉은 고추를 땄다. 고추밭 곁에는 시금치밭, 시금치밭 곁에는 푸른 배추가 서로 머리를 드밀며 자라는 배추밭이었다. 밭 사이로는 나팔꽃과 호박 넝쿨이 푸릇푸릇 얼크러져 있었다. 머리를 뒤로 묶은 사층의 노인은 사발만한 보라색 달리아가 핀 화단을 손질하다가 여자와 가볍게 인사를 나누었다. 화단 뒤로 언덕같이 완만한 축대엔 금계국 무리가 가을을 지나 흰 눈 속에서도 피어 있을 것처럼 생명 자체의 영원한 회귀의 약속을 뽐내며 흔들리고 있었다. 길에는 뒤통수가 유난히 납작한 장님 새댁이 아기를 업고 재우느라 오락가락 서성거렸다. 어느 집에서 김치를 담그는지 생강과 젓갈 버무린 매운 고춧가루 냄새가 코를 쏘았다.

해질녘에 전화벨이 울렸다.

"잘 지내?"

수화기 저쪽의 상대를 확인한 여자는 창가 의자에 앉아 창문을 열었다. 여자는 먼 시간으로부터 몰려오는 현기증을 제어하며 담담하게 대답했다.

"잘 지내요."

"반갑지 않은 모양이군…… 난 가끔, 견딜 수 없이 그 개양귀비꽃이 떠올라."

"……"

"터키 말이야. 아, 온천이 있던 도시였나…… 이름이 생각나지 않아. 카파도키아, 에베소, 안탈리아…… 어쨌든 하이크로폴리스라는 높은 무덤 도시였지. 우리 둘이 손을 잡고 석조 무덤 사이로 나 있는 먼짓길을 오래 걸었잖아. 내리막 길가와 무덤 사이에 붉은 개양귀비꽃이 피어 바람에 흔들렸지. 올리브나무숲에서 이상한 새들이 울었어. 하늘은 희었고 햇살이 쏟아졌어. 사위가 적막했지. 이제 삼 년이 되었군."

그 남자는 일 년에 세 번 정도 그녀에게 전화를 걸었다. 그때마다 그를 견딜 수 없게 하는 기억은 달라졌다.

"그 반지는 아직도 이스탄불 호텔의 로비 분실물보관소에 있을까? 할렘의 여자들이 낀다는 다섯 개의 가느다란 링이 한데 묶인 터키석 반지였지. 당신은 공항에서 비행기를 타기 직전에야 화장대 서랍 안에 반지를 넣어두고 온 것을 깨달았어. 청소부가 로비에 맡겨놓은 것은 확인했지만 찾으러 갈 수는 없었지. 그때 약속했던 거 기억나? 언젠가 둘이 다시 와서 반지를 찾기로 했잖아. 이스탄불 호텔의 직원들도 우리가 찾으러 올 때까지 보관하겠다고 약속했지. 몇 년이 흐르든, 몇십 년이 흐르든 보관한다고 약속했었어. 생각나?"

"생각나요."

"당신이 보고 싶어. 난 다 잘되어가고 있어. 아주 좋은 상태야."

"……"

남자는 그사이에 얼마나 성공적이었는지 구체적으로 이야기했다.

"그 남자와는, 요즘도 함께 지내?"

"함께 있어요."

"왜 아직도 헤어지지 않는 거야? 나와는 쉽게 헤어졌잖아."

"아니에요."

"우린 만나자마자 헤어지기 시작했어."

"지나고 보면 늘 그래요."

"지금 넌 다른 꿈을 꾸고 있어."

남자의 음성이 문득 아래로 하강했다.

"꿈에서 깨면 넌 내게로 돌아올 거야."

광기의 속삭임처럼 그의 말 속에서 낮은 바람이 새어나왔다. 그 소리는 여자의 무릎 아래로 내려가 발밑에서 들려오는 듯했다.

"……"

"네가 오기 전에는 내 꿈도 깨어나지 않겠지. 우리가 함께했던 그 시절을 생각해봐. 잊지 말아. 넌 돌아와야 해."

꿈일까…… 이곳에서 혹은 그곳에서, 그때에 혹은 지금 이 순간에, 너와 함께 혹은 다른 사람과…… 너는 잠들어 있고 나는 다른 꿈을 꾸고 있는 것일까……

"내게 말해봐. 지금 네가 꾸고 있는 꿈을. 그것이 단꿈인지 악몽인지를. 우린 그것이 꿈인 줄 알고 꾸어. 그러니 눈을 반짝 뜨고 악몽에서 깨어나. 그리고 앞으로 네가 꾸고 싶은 꿈을 내게 말해봐. 우리의 꿈을 되찾아야 해."

"내게 그렇게 말하지 말아요. 나를 기다리지 말아요."

"너를 기다리지 않아. 단지, 네가 없어졌으니, 난 꿈 없는 잠을 자고 있을 뿐이야. 네가 없으니 내가 앉은 의자 옆으로 무미한 시간이 듬성듬성 흘러가. 수돗물을 마시는 것 같은 감정 없는 시간이. 돌아와, 내 꿈속으로."

남자는 이제 긴 계단을 내려가 먼지 가득한 마음의 지하실에 웅크린 채 두 팔 속에 얼굴을 묻어버린 듯 웅얼댔다.

"하지만, 꿈과 꿈 사이의 심연도 알잖아요. 우린 지나간 꿈속으로 돌아갈 수 없어요."

여자는 신문을 펼치고 뉴스를 읽어주듯 무미건조하게 말했다.

"……"

이제 남자가 말이 없었다. 마치 그대로 잠들어버린 것처럼. 어쩌면 남자는, 여자를 다시 만나고 싶은 것이 아니라, 제 몸 속의 지하실에 내려가 간혹 얼굴을 파묻고 잠들고 싶은 것이다. 전화를 끊었을 때는 어둠이 내렸다. 열린 창으로 이웃의 저녁 냄새가 올라왔다. 미역국 끓이는 냄새, 코다리 조리는 냄새, 조기 굽는 냄새 들이 보고라도 하듯 그녀의 창 안으로 들어왔다. 여자도 냉장고 문을 열고 콩나물을 꺼내 다듬기 시작했다. 꼬리를 자르는 손가락 사이에서 콩나물 줄기는 쉽게 부러졌다. 여자는 부러진 콩나물로 국을 끓이고 한 끼 밥상을 차릴 것이었다.

저녁 먹은 설거지를 한 후 여자는 거실 카펫 위에 앉아 빨래를 갰다. 여자가 손빨래한 남자의 양말 한 켤레와 새하얀 러닝과 손수건과 줄무늬 셔츠를 따로 놓았다. 텔레비전에서 정신병원 운운하는 내레이션이 흘러나오자 여자는 화면을 올려다보았다.

"이 세상 한구석에서 그런 일이 일어난다는 것을 누가 믿겠습니까? 거기 나처럼 멀쩡한 사람들이 수두룩해요. 사람들은 자신과 달라 좀 피곤하면 미쳤다고 우기고, 다른 사람을 미쳤다고 해서 이익이 되면 서슴없이 미쳤다고 몰아붙이죠. 이 밝은 대명천지에 그렇게 저렇게 해서 감금된 멀쩡한 사람들이 다른 곳도 아닌 병원 안에서 억울하게 죽어간다고요. 간호원과 힘깨나 쓰는 보조원들도 그 사실을 다 알아요. 다 알면서 성한 사람을 가두어두고 주사 놓고 약을 먹이고 잠만 재우니 인간들도 아니죠. 돈만 넣어주면 잡아가두어주는 정신병원 의사야말로 미친 짐승들입니다. 번지르르하게 행세하는 인간 중에 오히려 미친놈들이 수두룩해요."

재산을 가로채기 위해 치매 걸린 시아버지의 지장을 찍어 남편을 정신병원에 감금한 여자가 화면에 비쳤다. 경찰서 취조의자에 앉은 여자는 윗옷을 머리에 뒤집어쓰고 짜증스럽게 항의했다.

"잡혀들어왔는데, 벌받으면 되지, 왜 이것저것 자꾸 묻고 야단이야……"

봉고차를 타고 환자를 수송하는 요원이 말한다.

"병원에서 오더가 떨어지면 우린 일절 이유를 묻지 않고 싣고 옵니다. 주로 집에서 싣고 오지만 버스정류소나 공원, 가게 같은 데서도 싣고 오죠. 백이면 백 모두 자기는 안 미쳤다고 펄펄 뛰며 저항하죠. 누가 스스로 미쳤다고 하겠습니까? 우린 저항을 단숨에 제압해 수송합니다. 병동에 넣고 나면 그 뒷일은 모릅니다. 보호자가 풀어주지 않으면 어떻게 나가겠어요?"

여자는 텔레비전을 끄고 책상 앞에 앉았다. 우두커니 앉아 있던 여자는 한참 만에야 녹음기를 켜고 일을 시작했다. 밤 아홉시 사십분이었다. 여자가 일하는 사이에 전화벨이 세 번 울렸다. 여자는 간간이 시계를 보며 꼼짝도 하지 않고 세 시간 동안 일했다.

"……나는 강한 사람이에요. 젊은 시절에는 더 강했지요. 난 좌절이 무엇인지 알고 있었거든요. 좌절이란 내가 태어난 섬으로 되돌아가는 것을 의미했어요. 섬이란 불행의 가능성조차 없는 적막한 곳이죠. 때로 끔찍하게 불행했지만 좌절한 적은 없었어요. 난 바다가 정말 싫증났고 역겨웠거든요. 그에 비하면 불행은 적어도 맹렬하게 살아 있게 해요. 어떤 사람이 자신에 대해서나 자기의 인생에 대해 잘 모르겠다면, 자신의 불행을 곰곰이 분석해봐야 해요. 그게 자신이거든요. 불행을 극복하거나 그것에 익숙해지는 것, 둘 다 괜찮은 방법이죠. 난 적어도 삶 자체와 싸우지는 않았어요."

남자는 지나가는 새처럼 가볍게 문을 톡톡톡 두드렸다. 여자는 욕실에서 샤워를 할 때나, 이불 속에서 어딘가 비어 있는 가슴을 덮고 잠들어갈 때나, 일에 빠져 있을 때나, 심지어 잠 속에서 꿈을 꾸고 있을 때조차 그 작은 기척을 놓친 적이 없었다. 여자가 후다닥 나가 문을 열고 내다보면 남자는 늘 문 뒤쪽이나 위층 계단이나 아래층 계단으로 몸을 숨겼다. 여자는 화살처럼 튀어나올 때와는 달리, 마치 꿈에서 깨어 불현듯 제정신이 든 사람처럼, 남자가 그곳에 없기를 바라곤 했다. 그녀가 헛기척에 놀라 일어났기를…… 그가 무사히 집으로 돌아갔기를…… 그녀를 이곳에 가두어두고 영영 돌아오지 않기를…… 그러나 남자는 이틀이나 사흘마다 돌아왔고 사흘이나 나흘씩 귀가하지 않았다. 남자에게 집이란 자신의 생이 등기된 곳이었다.

"어서 늙었으면 좋겠어. 머리가 하얗게 세도록 늙으면 당신하고만 살 수 있겠지. 그때는 아무도 말리지 않겠지…… 난 오고 또 올 거야."

술에 취한 밤마다 남자는 같은 말을 반복했다.

"당신은 내가 도착해야 할 미래야. 내가 표를 끊은 기차역이야. 달리던 기차가 서고 구겨진 외투를 입고 잠들었던 나는 문득 잠에서 깨어 너무나 낯선 역에 내려서지. 철로를 따라 개나리 울타리가 둘러져 있고 화단엔 맨드라미가 피어 있는 플랫폼을 지나 상자 같은 역사의 문을 나가면 거기 하나의 세계가 태연히 펼쳐져. 역 앞의 국밥집부터 카센터 같은 것, 여관과 경찰서와 빵가게와 사진관과 목욕탕과 술집과 마트 같은 것, 상점거리를 지나는 아스팔트 도로와 들판과 마을과 개울과 하늘…… 술 취한 사람과 다리 저는 사람과 장님과 백치와 아이들과 노인들과 처녀들, 장사꾼과 공무원과 농부와 교사 들…… 그리고 산밑 당신의 집과 아이와 담요와 식탁과 빨랫줄과 나팔꽃과 당신의 고양이…… 나를 버리지 마. 당신이 나 버리면 그길로 끝이야. 인생도 잘리고, 꿈도 잘리고 좆도 잘리고…… 장기 대신 돌멩이를 채우고 얼기설기 기운, 터진 자루 같은 몸통만 남아. 그러고서 사람이 어떻게 살아……"

여자는 잠들어가는 남자의 얼굴을 쓰다듬었다. 눈 덮인 산들과 망망대해의 바다와 긴긴 강물과 수증기 피어오르는 초원과 대도시 언덕 위의 모든 집들과 그 위의 석양을 담을 수 있는 두 눈이 단지 하나의 얼굴만으로 가득 차는 것이 신기했다. 순록 무리가 뛰어다닐 것 같은 평평한 이마와 새들이 온기 어린 알을 숨길 것 같은 촘촘하고 부드러운 눈썹과 낭떠러지처럼 솟은 좁고 날렵하게 휘어진 코의 길과 그 아래 전생과 전전생의 기억까지 담고 있는 영혼의 지문 같은 홍채가 담긴 두 눈동자와 훅 불면 민들레 씨앗들처럼 둥둥 날아가버릴 것만 같은 속눈썹, 토질이 좋은 농지같이 윤택한 두 뺨과 낭떠러지 아래 대기가 들고 나며 교차하는 콧구멍과 개울의 흔적을 가진 인중, 그리고 그 아래 항문까지 이어진 깊은 샘의 통로를 꼭 닫고 얌전하게 휘어져 있는 점막 입술…… 여자는 거인처럼 손가락으로 남자의 얼굴 풍경을 쓰다듬었다.

"걱정 말아요. 떠나지 않아요. 이건 꿈과 꿈 사이가 아니에요. 내 유일한 삶인걸요. 어쩌면 당신은 어느 날 돌아오지 않을지도 모르죠. 당신이 떠나도 나는 여기에 머물러요. 걱정 말아요…… 먼 훗날 아주 늙은 당신이 산밑 집을 찾아온다 해도 난 알아볼 거예요. 어쩌면 너무 늦어서 당신이 방문을 열었을 때, 먼지가 되어 바람에 날려갈지도 모르죠. 하지만 난 세상을 나무라지 않을 거예요. 난 당신과 함께 있었으니까……"

남자를 재울 때면 여자는 늘 그렇게 말해주었다. 그것은 완전히 진실하지는 않아도 따스한 밀분처럼 완전히 부드러웠다. 여자가 느리게 속삭이며 손바닥으로 배를 쓸어주자 남자의 숨소리가 잦아지더니 구겨진 무언가가 펴지듯 불안정한 신음소리가 새어나왔다. 그러다가 곧 무언가에서 풀려나듯 길게 코를 골았다. 여자는 남자의 첫번째 코 고는 소리를 사랑했다. 남자의 입에 따뜻한 국물과 밥이 들어가 위벽을 적시는 순간도 사랑했다. 여자의 몸에 남자의 그것이 탄력 있게 부딪치는 때도 사랑했다. 그것이 자신의 틈을 적시며 밀고 들어올 때에도 사랑했다. 그러나 그보다 가장 사랑하는 것은 남자가 잠드는 순간이었다. 남자의 의식이 시간과 공간의 바깥으로 아득히 밀려나가 따스한 대하를 흐르는 작은 배처럼 느껴졌다. 여자는 배를 쓸던 손을 멈추었다. 장기들을 차곡차곡 담아 술기 없이 기운 자루 같은 배는 탄탄하고 질겨 안심이 되었다. 여자는 마주 잠든 남자의 콧바람을 맨어깨에 느끼며 간지러워서 킥 웃었다. 남자의 코 고는 소리는 뒤척일 때마다 조금씩 다르게 변주되었다. 여자는 남자의 콧바람이 나오는 곳으로 손바닥을 내밀어 살랑살랑 흔들다가 문득 그의 몸통을 두 팔로 꽉 끌어안고 겨드랑이 아래로 얼굴을 밀어넣었다.

여자는 알고 있었다. 그가 오래도록 기차에서 내리지 못한다는 것을. 기차는 그 낯선 역에서 서지 않는다. 여자는 플랫폼에 서서 그가 가장 가까이 다가왔다가 멀어져가는 것을 수만 킬로미터의 암흑동굴 속에서 타오르는 횃불 같은 눈으로 지켜볼 것이다. 남자는 지나쳐가는 기차 안에서 놀란 얼굴로, 울 것 같은 표정을 지으며 영혼의 카메라 같은 여자의 젖은 동공 속에 찍히고 또 찍힐 것이다. 이틀마다 사흘마다 남자는 그렇게 다가왔다가 멀어져갈 것이다. 달리는 기차에서 생의 속도를 재지 않고 뛰어내려 머리가 깨어지거나 다리를 부러뜨리거나 팔을 잃은 남자들이 더러 있다는 소문도 돌지만 그는 그렇게 무모하지 않을 것이다. 또 더러 어떤 남자는 머리가 하얗게 세도록 늙은 뒤에, 생의 속도가 제풀에 사라진 뒤에 기차에서 내려서기도 한다는 소문도 있었다.

여자는 홀로 산밑 집으로 되돌아가 술 취한 사람과 다리 저는 사람과 장님과 백치와 아이들과 노인들 사이에서 그가 없는 사랑을 할 것이다. 그가 없는 사랑은 얼음 수증기처럼 적막하고 쓸쓸해도 한편 죄가 없으니 가볍고 편안할 것이다. 그리고 어느 날, 그 꿈도 먼지처럼 바람에 날려가고, 그러면 여자는 다시 구름처럼 가벼워져 흘러갈지도 모른다.

여자가 잠들어갈 무렵 전화벨이 울렸다. 전화벨은 전화선을 타고 나선형으로 튀어나와 여자의 가슴을 뚫는 듯했다. 여자는 남자의 몸에서 빠져나가 전화기를 들었다. 남자의 아내가 악다구니를 치기 시작했다. 여자는 그것이 예의이기라도 한 것처럼 전화를 끊지 않았다. 여자는 방석으로 전화기를 덮은 뒤, 무언가 견딜 수 없다는 듯 창문고리를 쥐고 밀었다.

창문은 삐걱거리다가 아래로 떨어지듯 갑자기 열렸다. 막막한 허공을 건너 맞은편 숲 위에 동강난 은반지같이 야윈 달이 달랑달랑 걸려 있었다. 곧 사라질 달이었다.

여자는 달을 향해 발끝을 들어올렸다. 자신을 발아래 밟고, 그리고 자신을 머리 위에 이고 스스로 기원하는 삼층탑처럼. 발아래엔 짐승이 꿈틀대고 머리 위에는 침정한 신이 내려다보았다. 탑은 생의 만조 위에서 중력과 부력을 따라 이리저리 흔들렸다. 여자의 등에서 세번째 팔이 돋아났다.

천사는 여기 머문다 2

이곳은 독일 서부의 한 작은 마을 S다. S는 비수기의 관광지처럼 한적하다. 자전거를 타고 나가면, 동, 서, 남, 북, 어느 쪽이든 대략 삼 킬로미터 내에 마을은 끝나고 밀밭 사이로 선홍색 개양귀비와 흰색 야생 마거리트와 보랏빛 엉겅퀴와 자주색 자운영 같은 야생화가 핀 들판이 광활하게 펼쳐진다. 토질이 기름져 들판의 꽃들도 송이가 굵고 색이 선명하고 꽃잎이 탐스럽다. 마을의 외곽엔 거대한 풍력발전기기들이 음험한 감시망처럼 빙 둘러서 있다. 풍력발전기기들은 바람이 없을 때조차 끊임없이 돌아가고 저녁이 되면 무언가와 교신하듯 붉은 불빛을 규칙적으로 깜박인다. 그 불빛은 생의 과거로부터 오는 경보등 같고, 비밀스러운 죄의식을 자극하는 감시자 같고 너무 오래 울어 붉어진 누군가의 눈빛 같다.

풍력발전기기 앞으로는 밀밭과 옥수수밭, 그다음엔 말과 양과 오리, 염소 들을 키우는 목장들과 이런저런 소규모 공장들, 중고 자동차 매매업소 같은 것과 묘지가 있다. 그 안으로는 주택가와 학교와 마트와 동사무소, 마을회관 같은 곳과 병원이 배치되어 있고 마을의 중심거리엔 성당과 약국과 은행과 빵가게와 서점과 부동산중개소와 리빙인테리어점, 전자제품가게와 옷가게, 맥줏집과 레스토랑 등이 있다. 마을 한가운데 포석을 깐 작은 광장엔 문화재로 지정된 오래된 삼층집이 있고 그 곁엔 테이블들을 내놓은 조그만 카페와 호텔이 있다. 도시로 나갈 수 있는 버스들도 한 시간마다 그 거리의 정류장들을 지나간다. 누군가 전원마을을 기획한다면 당연히 이렇게 만들지 않을까……

학교가 셋, 병원이 둘, 약국이 하나, 귀금속가게가 하나, 옷가게 두 개, 미장원 둘, 빵집과 맥줏집이 셋, 차이니스 레스토랑과 호텔 레스토랑 하나씩, 자전거가게 하나, 대형 마트가 셋, 마트 안에 간이우체국이 하나, 은행 하나, 서점 하나, 목장이 여섯 개쯤, 묘지 하나, 공원 겸 어린이놀이터 열세 개쯤, 거리에 담배자판기들이 설치되어 있다. 한낮에도 집집마다 덧문이 내려져 있고, 집주인들은 현관이 있는 앞정원은 형식적으로 꾸미는 데 비해 은밀한 안마당의 정원들은 정성을 다해 개성적으로 가꾼다. 언니가 이 마을에서 지내면서 파악해보라고 한 게 이런 것이 아니란 것은 나도 안다. 하지만 나는 총 열네 시간가량 비행기를 환승하며 M공항에 도착해 비몽사몽간에 머리를 차창에 부딪치며 언니의 차에 실려 들어올 때 이미 이 마을에 대한 파악을 끝냈다. 이 마을은, 그러니까, 내 인생에서 충분히 먼 곳이다.

보름 전쯤에 나는 성당 옆에 있는 차이니스 레스토랑에서 하인리히를 만났다. 언니와 형부 볼프강과 함께였다. 하인리히는 얼굴이 둥글고 목을 덮은 긴 금발머리에 몸 전체가 둥글둥글하고 배도 꽤 나왔다. 하지만 피부는 모공 하나 없이 깨끗하고, 진청색 눈동자에는 철학자적인 조용한 사색과 과학자적인 명쾌함이 서려 있었다. 나이는 마흔일곱 살, 초등학교 교사이다. 오 년 전에 상처했고 두 아들은 쾰른에서 대학을 다니고 있다. 물론 근사한 이층집과 측백나무로 둘러싸이고 잔디가 깔린 안마당도 있고 자동차도 두 대나 있었다. 그는 언니네와 절친했다. 그는 볼프강이 엄마의 장례식 장면들을 찍은 가정용 비디오에서 나를 보았다. 나는 짚으로 엮은 새끼줄을 두른 흰 무명천을 머리에 쓰고 흰 무명 치마저고리를 입고 장례식장이나 장의차 안에서, 혹은 화장장과 납골당에서 계속 울었을 것이다. 비디오에서 나를 본 하인리히는 나에 대해 자주 물었다 한다.

언니는 대답했을 것이다. 이름은 이인희, 나이는 서른일곱 살. 백화점 관리부서에서 일했는데, 엄마의 당뇨병이 깊어지자 휴직을 했어요. 당뇨 환자야말로 심각하고 복잡하게 관리를 요하거든요. 매일매일 혈당을 체크해야 하고 식이요법을 해야 하고 운동을 시켜야 하고 병원에 데리고 다녀야 하죠. 엄마를 잘 간호해서 형제들이 고마워했죠. 조용하고 착하고 욕심이 없어서 어느 땐 사람 같지 않아요. 실은 결혼을 한 번 했었어요. 이혼했죠. 언니의 말이 끝나자 하인리히가 말했다. 이인희, 나와 이름이 비슷하네요. 아, 그러고 보니…… 언니도 약간은 놀랐다 한다. 그리고 사흘 뒤 하인리히가 찾아와 고백을 했다. 화면을 통해 인희를 봤을 때, 어디선가 야구공이 날아와 제 가슴의 창문을 깨어버린 기분이에요. 내 가슴은 뚫려버렸어요. 인희를 만나게 해주세요.

언니는 그 말을 들었을 때, 고개를 갸웃했다. 어떻게 직접 보지도 않았고 알지도 못하는 여자 때문에 가슴의 창문이 깨지지요? 하인리히는 대답을 하지 못했다. 언니는 그냥 웃어넘겼다 한다. 그러나 사흘 뒤에 하인리히가 또 찾아왔다. 직접 보지도 않았고 알지도 못하지만, 정말로 가슴이 뚫렸거든요. 인희를 꼭 만나게 해주세요. 석 달 사이에 세번째 같은 부탁을 듣게 되자 언니는 심각해졌다. 진지하게 생각해보니 그리 나쁜 일 같지도 않았다. 언니가 생각하기에 나는 하는 일 없이 엄마가 떠난 빈집을 지키고 있었고 오빠 명의로 되어 있는 집이 팔리면 오갈 데도 없는 신세였다. 낡은 집은 재개발구역으로 지정되어 곧 헐릴 예정이었다.

*

전화가 온 것은 한국 시간으로 오후 네시경이었다.

"거기 벌써 덥지?"

6월인데도 폭염이었다. 전화기를 들고 무심코 창밖으로 몸을 내민 나는 창 아래서 올라오는 날카로운 반사광에 찔려 눈을 감았다. 하오의 태양이 수그러들 기세도 없이 더 그악스러웠다. 나는 허공에 팔을 내밀고 손바닥을 활짝 펴 반사광을 덮었다. 빛줄기가 손바닥을 뚫는 듯 날카롭고 공기는 불붙은 털담요처럼 숨 막히게 무더웠다.

"요 며칠 이상 고온이야."

"여긴 서늘해. 게다가 매일 오후 두세시쯤엔 꼭 비가 샤워시키듯 뿌리고 지나가. 비가 지나가면 꽃들이 더욱 탐스러워지고 무성한 나뭇잎들은 더 푸르게 반짝거리지."

전화기 위에 무지개색 빛의 방울이 흩어진 것이 보였다. 고개를 드니 천장에도 오색 빛방울이 흔들리고 있었다. 나는 허공에서 손가락들을 저었다. 반지에 부딪친 빛이 부서지며 무지개색으로 튀어올라 천장과 벽과 방문 위에 흩어졌다. 알 수 없는 광파가 방 안에 가득한 것이 느껴졌다.

"지금은 온갖 꽃들이 일제히 피어 있어. 하지만 들장미는 곧 질 거야. 출근은 언제부터 하니?"

"필요할 때쯤……"

통장에 얼마간의 돈이 들어 있으니, 급하지는 않았다.

"백화점에 다시 나갈 수는 있는 거니?"

"너무 오래 쉬었어. 어쩌면 다른 일자리를 찾아야 할 거야."

"그래, 넌 늘 그냥 그런 일을 해왔으니, 일자리 구하긴 그리 어렵지 않겠다. 별일 없으면 피서 오지 않을래?"

"……"

"엄마도 떠나고 없는데, 빈집에 꼭 붙어 있을 필요도 없잖니. 다른 직장을 구하기 전에 여행을 하는 것도 좋지. 여기 궁금해했잖아. 여비는 내가 보낼게."

"갑작스러워서…… 생각해볼게."

"우린 곧 뮌헨 쪽 알프스로 휴가를 갈 거야. 함께 가도 좋고 성가시면 너 혼자 남아서 우리집을 사용해도 돼. 망설일 게 뭐 있니? 정말 피서한다 생각하고 가벼운 마음으로 와."

나는 미온적인 태도로 전화를 끊었다. 그리고 눈을 찌푸리고 창 아래를 곰곰이 살펴보았다. 높은 축대 아래 암반 위엔 굵고 푸른 호박넝쿨들이 서로 가야 할 다른 길이 있는 듯 꿈틀꿈틀 뻗어 뒤엉켜 있고 그 사이사이에 나의 물건들이 보였다. 옷들은 여기저기 널려 있고 손잡이가 검은 부엌칼이 태양빛을 번쩍번쩍 반사하고 있었다. 검정색 구두의 금속장식도 날카롭게 빛을 되쏘았다. 벽에 걸려 있던 둥근 시계, 활짝 펴진 책상달력, 로션병, 깨어진 찻잔의 손잡이, 이상하게도 전혀 다치지 않은 듯 보이는 납작하고 넓은 흰색 찻잔, 손잡이가 붉은 과도와 검은 과도, 찻주전자…… 커다란 호박잎 그늘 아래 어딘가에 깨어진 화분과 내던져진 선인장과 접시 조각들과 포크 두 개와 올리브오일병과 포도주병, 담배와 라이터도 있을 것이었다. 그리고 어디엔가 분홍색 머그잔도 있을 것이다. 화장대 의자는 하늘을 향해 네 개의 다리를 번쩍 들고 축대와 집 사이의 틈에 끼여 있었다.

느릿느릿 집을 나가 혹시나 하고 길을 살펴보니 옆집과 옆집 사이의 좁은 틈에 사다리가 놓여 있었다. 역시 어디든 길은 있는 모양이었다. 소매 없는 긴 마직 원피스를 입은 나는 망설이지 않고 사다리를 타고 내려갔다. 사다리는 뿌지직뿌직 하는 소리를 냈다. 그러고 보니 못이 헐거워져 삐걱거리고 곳곳엔 녹슨 철삿줄이 얼기설기 묶여 있기도 했다. 사용한 지 오래된 사다리 같았다. 이웃의 누군가가 어느 해에 축대 아래 손바닥만한 밭을 일구어 먹느라 걸친 뒤로 잊어버렸는지도 모를 일이었다. 뒤늦은 깨달음에 온몸의 잔털이 오소소 서고 머리끝이 주뼛 서며 등줄기에 전기가 흐르는 듯했다. 하지만 이왕 내려섰으니, 흰 날개를 단 서커스 여자처럼, 몸 안에 부력이라도 있는 듯 시치미를 떼고 가벼이 내려서는 수밖에는 없었다.

다행히 사다리는 끝까지 버텨주었다. 어쩌면 내가 십 그램의 무게도 얹지 않고 허공에 떠오른 듯도 했다. 사다리에서 내려선 뒤에는 경사진 암반을 타고 내려가야 했다. 태양빛에 달아올라 바위조차 뜨거웠다. 내려가자마자 식칼부터 얼른 주워들었다. 식칼의 날은 멀쩡했다. 널린 옷들을 걷어모으고 구두를 주워들었다. 올리브오일병은 떨어지다가 열렸는지 내용물이 다 새어나갔고 손잡이가 붉은 과도는 곧바로 바닥에 부딪쳤는지 앞이 깨어져 있었다. 둥근 벽시계도 테가 부러졌고 선인장은 뿌리 바로 위에서 뚝 꺾여 있었다. 호박잎 사이를 더듬으며 물건들을 하나하나 주워내는 동안 누가 보는 것만 같아 뒷목이 뻣뻣해졌다. 물건들을 한데 모은 뒤 식칼로 흙을 팠다. 흙 속에서 땅강아지들이 튀어나와 빠르게 흩어졌다. 식칼을 가장 먼저 넣고, 흰색 찻잔은 전혀 다친 데가 없었지만 달력과 담배와 라이터와 함께 그대로 묻었다. 돌아가, 다시는 오지 마. 정말이야, 다시는 오지 마…… 두 자루 과도를 넣고 팔 년째 약지에 끼워져 있던 반지를 뽑아 넣었다. 그리고 주술이라도 완성하듯 그 위에다 성냥을 그어 옷가지를 태웠다. 옷가지가 완전히 타도록 기다렸다가 재 위에 흙을 덮은 뒤에도 나는 그 자리를 떠날 수가 없었다. 나는 손으로 흙과 재를 파고 반지를 찾아냈다. 그사이 백금에 큐빅이 장식된 반지는 흙과 이물로 더럽혀져 있었다.

*

헤어진 지 사 년 만에 느닷없이 모경을 다시 보았을 때, 꿈길 위에서 있는 것 같았다. 그즈음 엄마의 병이 깊어져 나는 직장을 쉬고 있었다. 엄마는 당뇨를 앓으면서도 이상할 만큼 식욕이 왕성했다. 그날도 생태탕을 해먹자고 했다가 굵은소금 쳐서 갈치구이를 해먹자고 했다가 매운 고추 얹어 간장양념으로 조려 먹자며 꾸덕꾸덕 말린 가자미를 사오라고 했다. 날씨가 흐려 벌써 저녁 같았고 대문가의 사철나무가 바람에 흔들리고 있었다. 나는 장바구니를 엉거주춤 들고 눈이 쌓인 좁다란 골목을 주춤주춤 내려갔다. 고산족 마을이야. 발밑에 아이젠을 대야 한다니까. 뒤에서 오던 두 남자 중 하나가 투덜댔다. 날씨가 푸근해 눈은 미끄럽지 않았다. 팥빙수처럼 아래로부터 잘박잘박 녹아 있었다.

우리집과 나란한 축대 위쪽의 집들은 다들 터가 작고 어찌해볼 수도 없을 만큼 낡았다. 골목 아래로 내려오면 축대에 몸을 바짝 붙인 좁다란 집들과 섬집들처럼 담이 높은 낮은 집들, 현관 출입문이 바로 길에 나와 있는 붉은 벽돌집, 장옷을 쓴 듯 처마와 담이 붙은 옛날 한옥, 흰 타일로 외장을 붙인 일본식 이층집, 블록으로 만든 슬레이트집들이 이어졌다. 계속 골목 아래로 내려오면 차차 대리석이나 화강암, 목재로 외장을 한 규모 있는 이층집들로 바뀌었다. 당연히 정원도 넓고 소나무, 목련, 은행나무 같은 정원수들도 우람했다. 오르막이 끝나는 지점에 이르면 동네에서 가장 오래되었을 것 같은 한옥이 일곱 개의 장대한 대리석 계단 위에 이중 솟을대문을 세우고 서 있었다. 한때는 고래등같았을 기와지붕에 비가 새는지 갈색 천막을 씌웠고 낮에도 그 천막 속에서 쥐들이 내려와 계단 위에서 뒹굴었다. 대문은 어김없이 꼭 닫혀 있었다.

오며가며 늘 궁금했는데 그날은 대리석 계단을 올라가 그 집의 대문에 눈을 대고 미음자 집 안을 들여다보았다. 집은 범람한 강물에 침수되었다가 물이 빠진 듯 피폐했다. 칸칸의 방마다 툇마루 아래에는 월세 주거자들의 신발들이 뒹굴고 쥐가 물고 가다 놓은 이빨 자국 난 비누나 구둣주걱, 빗 같은 것이 나뒹굴고 있었다. 마당엔 세제를 풀어 거품을 낸 것 같은 눈이 적요하게 쌓여 있었다. 많은 방들 중 두 개의 방에서만 밖으로 나온 발자국이 찍혀 있고, 그 위로 빈방과 빈 마루, 무너진 벽 틈새에서 생겨난 차가운 바람이 지나다녔다. 새들처럼 어쩌다 그 집의 처마 아래로 깃들어 허술하게 살다 떠났을 사람들의 끝나지 않을 근심과 골수에 박히는 슬픔과 평생의 지병과 상대방의 변심으로 끝나고 마는 짧은 사랑과 하룻밤 사이에 일어났다가 스러지는 돌발적인 희망들이 잘게 찢어진 이력서처럼 바람 속에서 날려다니는 듯했다.

그 집 대문에서 눈을 떼고 계단을 내려서려 할 때, 중간 키의 한 남자가 골목에서 나와 이내 뒷모습을 보이며 걸어갔다. 무릎 정도까지 오는 검정색 겨울코트를 입은 남자는, 마치 내가 이제 막 들여다본 낡은 한옥의 셋방에서 나온 것같이 추레한 몰골이었다. 그는 자동찻길을 지난 뒤 빵가게와 마트를 지났다. 나는 망설이면서도 남자의 뒤를 따라 주춤주춤 시장으로 들어갔다. 그가 돌아보지 않았기 때문에 나는 그를 바라볼 수 있었다. 사 년 사이에 그는 더욱 초췌해져 있었다. 남자는 과일가게와 옷수선가게와 분식집과 생닭집과 쌀가게, 손두붓집, 떡집과 야채가게, 생선가게와 식육점, 그릇가게, 부식집, 신발가게 등으로 이어지는 시장 통로를 무심하게 지나갔다. 특유의 단정한 걸음걸이는 이상한 그리움과 공포와 슬픔을 불러일으키며 내 마음에 사무쳤다. 먼 자궁으로부터 통증이 느껴졌다.

시장 끝 큰거리에서 나는 발을 멈추었다. 그는 지하철역 방향으로 걸어가 사람들 속에 묻혔다. 내 몸 안에서 오래 묻혀 있었던 낡은 앨범 한 권이 매캐한 먼지 냄새를 피우며 펄럭펄럭 넘어갔다. 사진들이 모두 떨어져나가버린, 흰자위처럼 텅 빈 앨범이었다. 따귀를 맞은 것처럼 얼얼했다. 그날 나는 장을 보지 못했다. 엄마와 나는 낮에 먹었던 무가 뭉그러진 된장과 김과 젓갈과 김장김치로 저녁을 먹었다.

모경을 두번째로 본 곳은 늦겨울 고궁이었다. 병원에서 나와 길을 건너 버스정류장에 섰을 때 엄마가 뭐라고 웅웅거렸다. 엄마는 잇몸이 헐고 이가 시려 마스크를 두 장이나 하고 있었다. 그즈음 엄마는 식욕이 줄고 몸이 꼬챙이처럼 말랐으며 낮에도 사물을 분간하기 어려울 정도로 시력이 흐려졌다.

"저게 고궁이지?"

엄마의 말을 간신히 알아들은 나는 거기 고궁이 있는 것을 몰랐던 사람처럼 의아하게 긴 고궁 담과 홍화문을 바라보았다. 중층의 세 칸 홍화문은 그날따라 어떤 영원의 표상처럼 완벽한 균형미와 내구력을 드러냈다.

"이렇게 더 병들기 전에 저런 곳에 가보고 싶었는데……"

엄마의 눈썹이 비틀리며 서글픈 기색이 번졌다. 어려운 일은 아니었다. 보행신호가 들어오자 나는 엄마의 팔을 끌었다.

"왜 그래?"

"궁에 가는 거야."

"눈앞이 흐려 뭐가 보이겠니?"

"그래도, 내일보단 지금이 잘 보이는 셈이잖아."

나는 표를 사고 엄마를 부축해 홍화문을 들어갔다.

"전에 여기 들어와봤어?"

"동물원 있을 때. 그게 몇 년도였는가? 일천구백칠십 년도쯤 되나 보다…… 이곳에서 난생처음 기린을 보았지. 정말 크더구나. 아프리카에서 데려왔다더라. 등에는 비늘 같은 무늬가 나 있는 것이 얼마나 이상스러웠고 고상한지……"

기린의 등에 비늘 무늬가 있었던가, 고리 모양이 아니던가…… 한때는 기린뿐 아니라 코끼리와 낙타도, 앵무새와 원숭이와 공작과 물범도 신기하긴 마찬가지였다. 그들은 아프리카나 유럽, 중국 대륙이나 일본 같은 먼 곳의 이상한 숲과 다른 기후와 풍토를 표상한다. 하지만 그즈음에 이르러 내게는 먼 곳도 신기한 것도 없었다. 어디든 커튼이 쳐진 실내 같았다. 길도 닫힌 복도 같았고, 바다도 고인 물일 뿐이었으며 세계의 도시란 것이나 이국인들의 삶도 한나절이면 더 새로울 게 없고 동물들도 식물들도 손가락으로 헤아려본들 새로울 게 없었다. 더구나 내가 아직 모른다는 이유로, 아직 가보지 않았다는 이유로 세계가 새삼 새로울 수 있는지 의심스러웠다. 내가 못 보았을 뿐, 그 모든 것은 천지간에 존재해온 구태의연한 게 아니던가……

"이젠 아무것도 없어."

"동물 같은 건 당연히 없었어야지. 왕이 살던 궁궐인데……"

공사중이라 명정전으로 들어가지 못하고 샛문을 지나 함인정 쪽 넓은 길로 들어서자, 바깥엔 세상 풍진이 혼탁한데도 담 하나를 사이에

두고 시간이 낯선 공간 속으로 유입되어 진공 속으로 함몰하는 것이 보였다. 까치와 청설모가 소나무 아래 잔디에서 인기척에 익숙한 듯 어울려 놀았다. 궁이 좋은 것은, 실은 시간도 공간도 텅 비어 있어서가 아닐까…… 한 채 한 채 단정하게 완결된 단층 목조건물들은 서로 아득히 닿을 수 없는 거리를 간직하면서도 한없이 바라보는 유현한 시선으로 연결된 양 짜임새 있게 어우러져 현존의 덧없음과 공허 위에 금실로 짠 꿈처럼 홀연했다.

경춘전 함인정을 돌아 자동판매기들이 늘어서 있는 휴게소 자리를 지나 비원 담까지 갔다가 되돌아나올 때, 나무 사이로 관천대가 보였다. 그러자 영춘헌과 목조와 유리로 만든 하얀 식물원과 그 앞의 주물 분수가 모경과 동시에 떠올랐다. 모경과의 추억 중에서 나들이를 한 일은 손에 꼽을 정도였는데, 몇 안 되는 장소 중 하나가 바로 그곳이었다. 결혼식을 하기 직전의 늦봄, 라일락 향이 천지에 흩날리고 영산홍이 다투어 피던 무렵이었다. 모경은 아무도 모르게 영춘헌으로 나를 이끌고 들어가 어느 방에선가 입을 맞추었다. 어느 방이었던가. 모경은 갑자기 내 손을 꽉 쥐고 작은방으로 밀고 들어갔다가 그곳이 불안한 듯 다시 방문을 열고 들어갔고 다시 방문을 열고 더 들어갔는데, 앞이 트인 마루가 나오는 바람에 또 방문을 열고 들어갔었다. 오래 입을 맞추는 동안 닫힌 창호지문 밖으로 일본인 관광객들이 무어라고 웅얼대며 지나갔었다. 그가 위반을 즐길 때마다 나는 늘 심장의 피가 거꾸로 뛰는 듯 흥분되고 숨이 멎을 듯 괴로웠다.

엄마는 피곤해했다. 늙고 풍성한 수양버들이 연둣빛 어린 가지를 주렴들처럼 물 위에 드리운 춘당지를 지나가자 투덜댔다.

"아이고, 또 어디로 가냐? 막상 생각만큼 재미는 없고 힘들기만 하다."

"식물원에 가려는 거야."

"거긴 왜?"

"그냥."

"혼자 갔다 와. 난 여기 앉아 있을란다."

춘당지 가의 벤치에 엄마를 앉히자 다리를 뻗은 엄마는 긴 숨을 잇달아 내쉬었다.

"엄마, 저 빛 보여?"

"뭐? 무슨 빛?"

"수양버들에 연둣빛이 둥그렇게 어렸잖아."

엄마는 수양버들을 쳐다보았다.

"뭐가 보인다고……"

엄마의 눈엔 아무런 동요도 없었다.

"난 여기서 쉴 테니 너는 갔다 와. 햇빛도 좋으니 천천히 갔다 와."

2월이었지만 따뜻한 날이었다. 엄마가 입은 모직 윗도리에 햇볕이 오글오글거렸다.

"소변 마렵지 않아?"

"안 마렵다."

"꼼짝하지 마……"

"알았다."

오밀조밀한 하얀 목조에 유리를 댄 식물원은 공예품처럼 앙증스러웠다. 유럽식의 아담한 주물 분수에서 물이 솟구치고 있었다. 분수 아래 연못 속 돌거북 등에 얹힌 백동전들이 표백제로 씻은 듯 반짝반짝 빛을 냈다. 삶의 기원들이 그렇게 동전으로 바뀌어 물속의 별처럼 빛나는 것을 우두커니 보면서도 나는 아무것도 빌지 않았다.

식물원의 전시 주제는 남쪽 지방의 들꽃이었다. 식물원 가장자리를 따라 들꽃들이 돌이나 나무와 어우러져 전시되어 있고 중앙정원의 가장자리를 감돌아 흐르는 수로 속에는 민물고기들이 물살을 타고 먼 강에 이르기라도 할 듯 맹렬하게 헤엄쳐 원을 돌았다. 나는 들꽃을 보다 말고 물고기를 따라 수로를 세 바퀴나 돌았다. 식물원을 나오자 별안간 엄마가 걱정되어 뛰다시피 춘당지에 이르렀다. 엄마가 앉아 있던 자리는 비어 있었다. 나는 어리둥절해져서 발도 떼지 못하고 춘당지 주변에 흩어져 있는 사람들을 하나하나 훑어보았다. 엄마는 없었다. 억누르는데도 불구하고 나의 걸음은 방향도 모른 채 빨라졌다. 영춘헌 쪽으로 가 넓은 궁 안 사방을 둘러본 뒤 높은 풍기대 쪽으로 올라 다시 살폈다. 공기조차 벽처럼 이마에 부딪치는 듯했다. 다시 영춘헌 쪽으로 내려가며 지나는 사람들에게 다리를 끄는 노인을 못 보았는지 물었다.

"화장실로 가보자!"

모경이었다. 어디서 나타났는지 모경이 곁으로 바짝 다가섰다. 예전처럼 눈이 번쩍거렸다. 너무 놀라 발목이 삐끗 꺾이며 내 몸이 허청 젖혀졌다. 모경은 재빠르게 내 팔을 잡았다. 이상한 일이었다. 두 달쯤 전엔 내가 모경의 뒤를 따랐었다. 그때 나는 다가갈까 말까 하는 망설임조차 없었다. 다만 그가 지나가는 것을, 아주 지나가는 것을 보고 싶었을 뿐이었다.

음료수와 커피 자동판매기들이 있는 휴게소 뒤쪽 여자 화장실로 들어가니 엄마가 있었다. 사람들이 화장실로 들고 나는데 여고생 둘이 엄마를 화장실 가운데 세워둔 채 어쩔 줄 모르고 있었다. 엄마는 이미 옷에 오줌을 누어버린 뒤였다.

"춘당지를 지나는데, 이 할머니가 화장실 좀 데려다달라고 해서, 서둘렀지만, 느리게 움직이시니까 오다가 요 앞에서 그만……"

착한 여학생들이 금세 울음을 터뜨릴 것처럼 얼굴을 찌푸렸다. 요의가 없다더니 내가 떠나자마자 일이 시작된 것 같았다.

"아이고, 병 앞에 장사 없다더니, 내가 이런 꼴이 될 줄이야. 늙고 병들어 이런 신세가 될 줄이야……"

엄마는 민망해서인지 정말 서러워서인지 갑자기 쪼그리고 앉아 과장되게 곡을 했다. 혈당이 높은 달큰하고 깊은 지린내가 참기 어려웠다. 고맙다고 인사하고 여학생들을 다독여 내보냈지만 어떻게 해야 할지 모르기는 나도 마찬가지였다. 엄마는 추운지 부들부들 떨었다. 윗도리를 벗어 덮어주자 긴장을 잃고 그만 바닥에 주저앉아버렸다. 안아올리려다가 힘이 부쳐 함께 쪼그리고 앉으니 지린내 때문에 헛구역질이 올라왔다.

"비켜요."

모경이 여자 화장실로 들어오자 옆의 소란에도 아랑곳없이 침착하게 화장을 고치던 여자가 비명을 질렀다. 모경은 나를 밀어내고 어기적거리는 노인을 답삭 업고 내달렸다. 홍화문 밖으로 나온 모경은 명령했다.

"택시를 잡아요."

간신히 빈 택시를 잡고 양해를 구하려 하는데 모경이 뒷문을 왈칵 열고 엄마를 밀어넣었다. 나도 자동차를 점거하듯 조수석에 몸을 던졌다. 차 안엔 지독한 지린내가 물큰 터졌다.

"당신들, 뭐요?"

"환자요. 빨리 출발해요."

모경이 밖에서 눈을 부라리자 운전기사는 인상을 확 구긴 채 차창을 모두 내리고 급출발했다. 차가 달리자 나는 고개를 돌려 모경을 바라보았다. 모경도 나처럼 두 눈의 동공이 확대된 채 영문을 모르는 듯한 얼굴로 뻣뻣하게 서 있었다. 택시가 궁의 담을 따라 모퉁이를 돌자 모경은 더이상 보이지 않았다. 경황이 없는데다 순식간에 생긴 일이었다. 다행히 엄마는 한때 사위였던 모경을 알아보지 못한 것 같았다.

집에 들어온 엄마는 오줌에 젖은 옷을 벗으려고도 않고 마루에 퍼져 앉아 울기 시작했다. 집 안에 지린내가 퍼져나갔다. 나는 통곡하는 엄마의 등을 쓸며 달랬다.

"엄마, 욕실로 가요. 우선 씻어요."

"죽는 것도 무섭고 사는 것도 무섭고…… 아이고, 못살겠다. 이러고는 못살아. 어떻게 죽느냐! 어떻게 해야 죽느냐!"

"걱정 말아요. 엄만, 어차피 지금과는 다른 사람이 되어서 죽는 거예요. 다른 사람이 죽는 거라구요. 지금의 엄마도 예전 엄마는 아니잖아요."

나는 마음이 급해 엄마에게 핀잔을 주며 달랬다. 엄마를 씻기고 옷을 따뜻하게 입히고 이불을 펴 재운 뒤에도 나는 십 분쯤 꼼짝 않고 소파에 앉아 있었다. 그러다 별안간 대문 밖까지 달려 사방을 둘러보았다. 대문을 거는데 팔이 와들와들 떨렸다.

모경을 세번째 본 것은 일주일쯤 지난 뒤였다. 밤 아홉시, 나는 전철역 앞의 헬스장에서 내려온 길이었다. 모경은 이제 막 전철역에서 거리로 올라온 것 같았다. 몸이 오그라드는 것 같았다.

"맥주 한잔 해."

모경이 가볍게 권하는 것처럼 말했다. 하지만 그의 눈엔 거절해선 안 되지 하는 요구의 빛이 번쩍거렸다.

우리는 거리의 첫 맥주가게로 들어갔다.

"이 동네엔 어쩐 일이야?"

나는 최대한 예사로운 척 물었다.

"이사왔어."

모경은 그야말로 예사롭게 대답했다.

"……"

내 얼굴엔 놀란 표정 아래로 두려움과 근심과 불쾌감이 뒤섞인 얼룩이 모여들었을 것이다.

"네가 이 동네에 살 줄은 정말 몰랐어."

거짓말할 때면 늘 그렇듯, 말끝에 모경의 눈썹이 약간 올라가고 이마에 주름이 생겼다.

"그런데 우리 말이야, 그때, 왜 헤어졌지? 난 가끔 너를 만나 묻고 싶었어. 우리가 왜 헤어졌는지. 사랑의 절정에서, 왜 그렇게 되었을까?"

모경이 나의 손가락에서 빛나는 반지를 물끄러미 보며 말했다. 온몸에 소름이 쫙 돋았다. 이유를 모르겠다고 말하는 모경의 얼굴을 뜨악하게 쳐다보며 나는 아직도 반지를 끼고 있는 것을 후회했다. 나는 왜 반지를 빼버리지 않았을까…… 그런 비극을 겪고 파멸까지 경험해본 사람이 흔히 갖는 자학적인 자긍심일까. 아니면, 감당할 수는 없어 불난 집에서 뛰쳐나왔지만, 그 지독했던 시절에 대한 내성적인 승인과 옹호의 마음이 남아 있는 것일까? 혹은, 사랑의 욕망을 완전히 소멸시켜준, 그로 인해 인생의 유일한 연인이 되고 만 한 남자에 대한 기념일까? 혹은 같은 의미에서 주의를 요구하는 자기 감시용이나 경고용일지도 모를 일이다. 그 의미가 무엇이든, 그것이 비극이든 희극이든 반지를 빼버리면 공허하기만 했던 내 생애에서 선명하게 응축된 유일한 결정結晶도 영영 사라져버리고 말 것이었다.

"모르겠어. 난 아무것도 믿지 않고 안다고도 생각지 않아. 이 세계에서 그나마 명확하게 실재하는 건 하찮은 사물들이지. 그 반지 같은 것, 마치 일생에 한 번 가슴에 박혀버린 사랑의 맹세나 광신자의 순교처럼 한순간에 정지되어 있는 물질 말이야."

모경이 눈을 번쩍번쩍 빛내며 뭔가에 사로잡힌 듯 혼잣말을 했다.

"너와 헤어져 있는 동안에도 난 언제나 너를 옆구리에 끼고 살았던 거야…… 내 몸 속에 너의 숙소가 있다구. 넌 항상 거기서 살았어. 그런데 왜 우리가 헤어졌을까……"

그러자 옛날의 모호한 분노와 달아나고 싶은 두려운 감정이 똑같이 되살아났다.

"끝났기 때문에 헤어진 거예요. 할 만큼 했죠. 그걸 몰라요? 쌀독의 쌀이 비듯, 우물의 물이 마르듯, 산 하나가 불탄 듯, 텅 비어버렸기 때문에 헤어진 거라구요."

내내 어처구니없는 표정을 짓고 있던 나는 마침내 소리를 질렀다. 그러자 모경이 싱긋 웃었다.

"맞아, 쌀독을 다시 채우자구. 건배!"

말이란 결코 소통의 도구가 아니었다. 내 표현도 진실에 미치지 못하고 그의 이해도 진실에 다가오지 못했다. 이상한 건 그렇게 어긋나버리는 억지스러운 순간에 내가 그만 긴장을 놓치고 웃어버린다는 것이었다. 나는 화를 내야 했으나 피식 웃어버렸고, 그는 흡족해서 눈을 찡긋하며 의미심장한 미소를 보냈다.

나는 자리에서 일어서서 맥줏집을 나와버렸다.

"인희야, 인희."

모경은 따라나와 내 팔을 잡았다. 뿌리쳐도 소용없었다. 우리는 마을버스가 다니는 작은 길을 올라갔다.

"어디까지 따라올 거예요?"

"집까지 바래다줘야지."

그는 데이트하던 시절에도 반드시 집까지 바래다주곤 했다. 단 한 번도 거리에서 나를 혼자 보낸 적이 없었다. 결혼해서도 마찬가지였다. 나는 그것이 매너이고 배려라고 믿었으나, 알고 보니 나에 대한 의심과 자신의 불안 때문이었다.

"혼자 갈 거예요."

"싫은데. 자꾸 그러면 집에 들어가 어머니께 인사할 거야."

그러자 모골이 송연해졌다. 그는 생각보다 훨씬 더 가까운 거리에 있어왔는지도 몰랐다.

"집이 어디예요?"

"인희네 근처."

"당신 그동안 내내 나 따라다녔어요? 그래서 그날 고궁에 나타났던 거예요?"

"……"

모경은 대답하지 않고 내 손을 꽉 그러잡았다.

"우린 끝나지 않아."

"우린 끝났어요."

"난 늘 네 주위를 떠돌 거야. 살아서나 죽어서나, 나를 봐. 유령 같지 않아?"

"놔요."

나는 손을 뿌리치려 하고 그는 놓지 않으려 하고 길에서 옥신각신하다가 내 손이 그의 얼굴을 쳤다. 그가 손을 놓고 얼굴을 내밀었다.

"때려줘, 내 뺨을 때려줘, 제발, 때려!"

모경은 자신의 셔츠를 잡아뜯다가 길바닥에 드러누워 고개를 쳐들고 외쳤다.

"나를 밟아, 내 얼굴을 밟고 지나가, 구둣발로 내 눈을 밟아!"

행인들이 우리를 구경했다. 모경은 칠 년 전 그대로였다. 나를 붙잡기 위해서라면 혀를 땅바닥에 꽂을 수도 있는 사람이었다.

*

스물아홉 살까지 나는 한 번도 연애를 해본 적이 없었다. 당시 나는 아파트와 쇼핑몰을 짓는 작은 건축회사의 총무부서에서 일하고 있었다. 내 생활은 공허했지만 평화로웠다. 열한시경엔 잠들고 여섯시엔 일어나 신문을 본 후 잠시 산책을 했고 두부나 밤, 샐러드 같은 것으로 아침을 먹었으며 출근도 다른 사람보다 일찍 했다. 점심은 동료와 우동이나 초밥을 먹었고 퇴근할 때 장을 봐서 육류 위주의 저녁을 만들어 혼자 먹었다. 밤엔 독서를 조금 하거나 텔레비전을 보다가 잠들었다. 휴일에는 목욕을 하고 청소를 하고 구두나 옷을 쇼핑했다. 나는 공허했지만 안전했다. 하지만 곧 무슨 일인가 일어날 예감은 늘 느끼고 있었다. 예를 들면 동료를 통해 거래처 남자가 사귀고 싶다는 의사를 전달해올 때, 길을 걷는데 느닷없이 남자가 곁에 붙어서며 시간을 좀 내달라고 말을 걸 때, 식당이나 지하철 같은 곳에서 무심히 고개를 돌리면 남자가 얼굴을 붉히며 눈을 피할 때, 남자 몇이 자신이 초등학교 동창이라며 메일을 보내올 때…… 나는 무슨 일인가 일어나기를 기다리면서, 내가 기다리는 그것이 무엇인지 모르는 사람처럼 모든 것을 피했다. 남자들을 몇 번 만나보면, 막상 그 조용한 생활과 바꾸기에는 뭔가 미진하고 성가신 기분이 들었다. 우유부단하고 모호하게 대하다가 흐지부지해져서 끝이 나면 아무 일도 일어나지 않아서 다행이라는 생각이 들었다. 사람들은 내가 나이에 걸맞지 않게 평화로워 보인다고 걱정했다.

그러다가 모경을 만났을 때, 나는 해일이 이는 바다를 지나는 배처럼 가파르게 튀어오르기 시작했다. 그는 지방에서 삼 년 동안 근무하고 본사로 올라왔다. 장모가 병중이어서 아내와 아이들은 두고 혼자와 있었다. 남자들은 한 여자의 조용하면서도 분명한 시선을 이기지 못한다. 모경도 나를 바라보기 시작했다. 내 욕망은 너무나 명확하고 성급했다. 아직 데이트도 한번 하기 전에, 회식의 끝자리에서 술 취한 모경을 부축해 남몰래 택시에 태우고 혼자 사는 집에 데리고 와 재운 장본인도 나였다. 데이트는 그뒤에 시작되었다. 일 년이 지난 뒤에 모경은 이혼을 했다. 나는 가정을 박살낸 여자라는 구설수를 겪으며 직장을 그만두고 모경과 결혼했다. 그리고 우리는 겨우 삼 년을 함께 살았다.

모경은 번번이 그러지 않겠다고 약속하고도 점심시간마다 택시를 타고 집에 왔다. 점심을 먹고 낮잠을 자겠다며 침대로 나를 끌어들여 섹스를 하고 잠시 얕게 코를 골았다. 그리고 밤에는 술을 마시고 늦게 귀가했는데, 퇴근 후부터 귀가하는 사이에 집으로 세 번이나 네 번쯤 전화를 했다. 모경의 월급은 육십오 퍼센트가 전처와 아이들에게로 갔기 때문에 살림이 몹시 빠듯했다. 그러나 내가 직장을 구하려고 하면, 일을 하려는 게 아니라 남자들을 만나려는 핑계라며 억지를 부렸고, 온종일 집에만 있기를 요구하고 감시했다. 감시망을 벗어나 연락이 끊기면 폭력을 행사했다. 모경의 인식 속에서 나는, 아무 남자나 유혹하는 요물이며 남편을 스무 번도 더 속일 부정한 아내이며 피가 뜨겁고 달아서 밤낮없이 쩔쩔매는 여자였다. 나는 그를 사랑했었고 어쩌면 최소한 그에게만은, 그런 여자가 맞는지도 모른다. 그는 여행을 가는 것도 싫어했고 산에 오르는 것도 싫어했고 누군가 방문하는 것도 싫어해서 휴가나 일요일에도 집 안에서만 지냈다.

오직 서로만 바라보는 생활이 삼 년 동안 계속되자 두셋밖에 없던 친구도 멀어지고 가족과도 소원해졌으며 세상도 아득해졌다. 우리는 둘 다 수면장애에 시달렸고 하루 세 끼를 다 먹고 밤참까지 먹어도 야위어갔다. 말이 통하지 않는다는 생각이 들수록, 윤리관과 가치관과 욕망이 다르다는 것을 깨달으면 깨달을수록, 어긋나는 것을 느끼면 느낄수록 그는 더욱더 섹스에 집착했다. 그는 내가 더 자주 더 강한 섹스를 원한다고 착각했다. 그는 검게 말라갔고 밤마다 술을 마셨고 잠을 못 이뤘고 말이 없어졌다. 네 개의 눈동자만 끓는 콜타르처럼 번들거렸다.

모경은 시간이 나면 장난처럼, 순수한 호기심처럼 가장해서 나의 지나간 이성사를 유치원 때부터 시작해서 캐묻고 또 캐물었다. 섹스가 끝난 뒤나, 직전에, 잠들기 전에, 잠에서 깨어서 텔레비전을 보다가, 밥을 먹다가, 길을 걷다가, 맥주를 마시다가…… 장난 같은 말은 사소한 실마리를 잡히면서 어느 순간 잘못 밟은 지뢰처럼 폭발해 집을 날렸다. 유리창들이 깨어지고, 액자들이 부서지고 의자 다리가 부러지고 칼이 날아가 문에 꽂히고 내 몸에 멍이 들었다. 마침내 나는 아무런 생각도 더이상 떠오르지 않았다. 다만 절벽 끝에서 안개에 떠밀리듯 엄청난 피로감이 나를 끝으로 내몰았다. 절벽 끝에서 뛰어내리듯이, 오직 잠만 자고 싶었다. 그가 없는 곳에서, 혼자서 아무것도 하지 않고 평생을 지내도 그 피로를 나의 바깥으로 다 덜어낼 수 있을 것 같지 않았다. 삼 년을 산 후에 친정으로 돌아와 이혼하는 데 다시 이 년의 시간이 걸렸다. 나의 이혼 사유는 피로였다. 산더미만한 피로, 무덤 같은 피로, 증오 같고, 원한 같고, 뻐저린 후회 같고 타버린 재 같은 피로……

*

항공 경비는 나의 방문을 간절히 원한 하인리히가 댔다. 도착한 지 이틀째 날에 나는 내막을 알게 되었다. 처음엔 항공비를 물어주고 없던 일로 하자고 펄쩍 뛰었지만, 언니 말대로 이런 나이의 독신이 누군가를 소개받는 일 자체가 그처럼 기막힌 일만은 아닐 터였다. 이왕에 왔으니 경비를 댄 독일인에게는 예의를 갖추어 한번 만나주면 되고 그다음엔 친인척 방문 여행에 충실하면 되는 일이었다. 그런데 하인리히의 조금 특별한 형편을 듣게 되자 나는 호의적으로 변했다.

"저, 말이야. 네가 어떻게 생각할지…… 하인리히는 섹스 없는 결혼을 원해. 그는, 섹스에 관심이 없대. 단지 네가 곁에 있어주면 좋겠다고 하는구나. 네가 거기에 동의하기만 한다면, 너의 섹스 권리는 인정하겠대. 말하자면 자기와 안 하는 대신, 가정에 무리만 없는 선이라면 애인을 가져도 상관하지 않는다는 뜻이야."

"섹스 없는 결혼을 원한다구……"

아마 돌연히 내 눈 속에 희망의 빛이 돌았을 것이다.

"맞아. 넌 진담이라면서, 사랑이 너무 많은 결혼생활을 감당할 수 없어서 이혼했다고 말했잖아. 그러니, 너라면, 소위 말하는 백색 결혼이 문제되지 않을 수도 있겠다는 생각이 들더라. 싫으면, 그냥 우리 집을 방문했다고 생각하면 되니까, 이래저래 나쁠 건 없잖니."

"나쁠 건 없어."

말은 그렇게 했지만 나는 이미 하인리히라는 남자를 만나는 쪽으로 마음이 기울었다.

"여기 남자들, 사실은 결혼하기 무척 꺼려해. 결혼율이 세계적으로 가장 낮을걸. 이혼하게 되면, 여자가 직장이 없는 전업주부일 경우 그 여자가 다른 남자와 살아도 적지 않은 생활보조금을 일정하게 보내야 해. 그 법이 처음엔 여자들을 보호하기 위해 만들어졌겠지만, 지금은 여자들을 궁지에 몰아넣고 있지. 남자들이 사랑은 한다고 하면서도 결혼은 안 하려고 드니 말이야. 결혼할 때조차 자신들에게 맞는 계약서를 따로 만드는 커플도 많아. 그렇게 어렵게 결혼해도 이혼율도 무척 높은 게 또 현실이야. 여긴 한 사람이, 난 이제 너를 사랑하지 않는 것 같아, 라고 말하면 즉각 헤어지거든. 우리나라는 간통법에 매여 있어서 상대가 너를 사랑하지 않는 것 같아, 하고 누울 자리 모르고 다리 뻗었다가는 감방 신세가 되기도 하지만, 여기 사람들은 사랑하는 사람과 살지 못하는 고통보다 사랑하지 않는 사람에게 얽매여 사는 고통을 더 비인간적인 것으로 여기는 거 같아. 이 사람들은 일생 동안 평균 마흔 명 정도의 파트너를 갖는대. 대개 결혼하지 않고 움직이니까 순환이 되는 거겠지. 하지만 걱정 마. 결혼을 하면 무척 진지하고 성실해. 정말이야. 이혼은 각오를 단단히 해야 하는 일이니까, 결혼도 정말 심사숙고해서 하거든. 그러니 결혼생활이 오래되어 생활이나 마음은 편안해져도 늘 애정의 긴장감은 존재하지. 부부생활도 직장생활 하듯 아주 성실하게 하는 사람들이야. 난 하인리히를 신뢰해. 그는 신중한 사람이야. 혹시 하인리히가 너에게 청혼을 한다면, 일생일대의 감정적 행위인 동시에 엄격하고 신중하게 사무적 검토를 끝낸 이성적 행위일 거야. 그 말은 너로서도 심사숙고해볼 가치가 있다는 뜻이지."

나는 그만하면 알아듣겠다는 표정을 지으며 어깨를 으쓱했다. 직장생활 하듯이……라는 표현이 마음에 들었다. 하인리히는 차이니스 레스토랑과 언니의 집에서, 겨우 두 번 만난 뒤 충분히 인내심을 발휘했다는 듯 내게 청혼을 했다.

"하인리히는 계약동거 같은 게 아니라, 정식으로 합법적인 결혼을 제안했어. 다만 백색 결혼이라는 공증만 받으면 돼. 일이 이상할 정도로 가파르네. 하긴 잘되는 일일수록 이상하게 느껴지지. 하인리히는 우리집을 부러워해왔어. 우리의 뒤섞인 문화와 음식, 한국식 정원까지도. 파전과 낙지볶음을 너무 좋아해서 배워갔고 한국 봉선화꽃도 얻어갔어. 한국 여자가 좋고 특히 네가 정말 좋대. 그렇게 이상하게만 생각하지 마. 사람이 연인이 될 상대를 알아보는 데는 이십 초면 충분하다잖니. 그건 영감의 시간이지 논리적인 시간이 아니야. 그리고 심지어 사업에서도 논리보다 영감이 더 맞는다는 설이 있어. 인생이란 실은 다 납득할 수 없어. 말로 할 수도 없고. 온통 이상한 일투성이지. 나도 볼프강을 만났을 때, 그가 청혼하고 결혼하게 되었을 때, 시공간을 벗어나는 것 같은 현실불감증이 있었어. 나의 시간이 절단면을 드러내며 끊기는 다리처럼 떨어져내리고 내 존재가 아무 인과관계도 없이 다른 시간으로 이식되는 것에 대한 두려움…… 하지만, 아무것도 사라지지 않아. 다만 뒤섞일 뿐이지. 섞임 사이로 나는 면면히 흐르고 있고 이건 여전히 나의 생인 거야. 무엇보다 내가 곁에 있잖니. 난 무섭도록 혼자였어. 이런 경우 사실 언어는 얼마만큼 포기해야 해. 여기서 살면서 육 개월 정도 랭귀지 코스를 공부하고 텔레비전과 신문을 보며 부대끼다보면 기본적인 의사소통은 할 수 있어. 하지만, 십 년을 산다 해도 더 접근할 수 없는 경계가 있어. 평생을 살아도 이곳 사람들처럼 느끼고 꿈꾸고 생각할 수는 없으니까. 사실, 간혹은 나 자신이 섬에 혼자 사는 주민처럼 느껴질 때가 있어. 살아도 살아도 이 사람들처럼 내부에 있을 수는 없거든. 늘 바깥이야. 난, 옆마을에 네가 살면 숨이 다르게 쉬어질 거 같아. 바다에 홀로 갇힌 듯 속수무책으로 목이 마를 때면 배를 저어 네게 갈 수 있을 테니…… 우린 마주 보기만 해도 물을 흠뻑 마시는 기분이겠지…… 지내면서 잘 생각해봐."

언니는 호소하고 설득하면서도 동시에 신중하라고 충고했다. 우선은 S에서 생활하며 주말에 한 번씩 하인리히를 만나보고 느껴보라는 것이었다. 하인리히가 사는 이웃마을 P는 S와 거의 구조적으로 같은 곳이라 했다. 언니는 원래 신중한 사람이지만, 독일인이 된 후론 더욱 용의주도해졌다. 알프스로 떠나기 전날 언니는 몇 가지 당부를 했다.

"차이니스 레스토랑과 호텔 레스토랑에서 식사를 한 후엔 꼭 일 유로쯤 팁을 얹어주어야 해. 인도에 붉은 자전거길이 있는 곳에서는 도로 아래서 달리지 말고 그 위로 타야 한다. 그리고 횡단보도 표시 선에 서 있으면 자동차가 언제든 보행자를 위해 멈추니까 그곳을 이용해 도로를 건너고, 현금지급기는 카드를 먼저 넣고 영어를 선택한 뒤 잘 읽고 그린키를 세 번 누르면 돈이 나와. 집을 나서면 여기 사람들은 모두 공인들 같아. 하긴 집 안에서도 공인적인 자세를 쉽게 풀지 않지만…… 마트에서도 줄 잘 서야 하고 사람들과 눈이 마주치면 할로, 혹은 모르겐, 구텐 탁, 그리고 헤어질 땐 취스…… 그러면 문제 없어. 전혀 없어. 안전해. 그리고 자전거 타고 저쪽 끝으로는 가지 마. 그곳엔 엄청나게 큰 푸줏간이 있어. 소와 돼지를 잡는 도살장 말이야…… 그 바로 곁 공장에서 소시지 가공을 하기도 하지."

언니는 동쪽을 향해 막연히 턱짓을 했다. 그 정도로는 어느 쪽 길 끝으로 가지 않아야 하는지 알 수가 없었다. 북쪽 끝에는 위스키공장과 생선가공공장이 있었다. 공장 너머는 광활한 들판이 펼쳐져 있었다. 계속 자전거를 타고 가면 블랙홀 같은 정적 속으로 빨려들어가 그만 존재가 진공 속으로 사라져버릴 것만 같이 적요한 곳이었다. 가끔 점심을 먹고 있을 때 도살장으로 실려가는 듯한 격렬한 돼지 울음소리가 들려오기도 했다. 그런 때면 나는 씹고 있던 스테이크 조각을 꼭꼭 끝까지 씹기 위해 안간힘을 다해야 했다. 이곳에서 살기 위해서는 더욱더 육식동물이 되어야만 한다는 독일인의 조항이라도 있는 것처럼.

"너도 느꼈겠지만 여기 사람들 정확하고 무뚝뚝하고 한결같고 소박해. 얼마나 소박한가 하면, 예를 들어 명품백이 세상에 있다는 것도 모르고 살 뿐 아니라 그것을 드는 일부 사람에 대해서도 아무런 관심이 없어. 선망도 없거니와 질투나 열등감도 없어. 더구나 가짜로 흉내내기 같은 건 일절 없어. 그리고 남에겐 무뚝뚝하지만 제 사람 제 친구는 깊이 아껴. 여기선 공연히 상냥하게 굴 필요 없어. 여자가 별 이유 없이 상냥하게 말하면 남자들은 자기와 성관계를 가지려는 의사인 줄로 단박에 오해해. 엄밀히 말하면, 이곳은 사회주의사회야. 여자들도 한 사람 몫의 독립적인 개인으로 자라도록 교육받아. 부끄러워해서도 안 되고 약한 척한다는 건 있을 수 없는 일이야. 여기 여자들은 아무리 무거워도, 제 짐은 제가 들도록 어릴 때부터 교육을 받아. 제 짐을 남에게 맡기거나 의지하는 건 자기 모욕이 돼. 남자보다 짐을 적게 드는 것을 수치로 여길 정도지. 한국처럼 징징거리는 여잔 하나도 없어. 우리나란 미국식 교육을 받아 여자에 대해 자본주의적이지. 약한 척하고 무거운 것을 들어야 하는 것을 창피하게 여기지. 더구나 남자가 곁에 있으면서도 안 도와주면 모멸감까지 느끼잖아. 우습게도 남자들이 그런 여성관에 물들어 있기도 하지. 남자들도 여자들도 제 무덤을 파는 거야. 여긴 그렇지 않아. 남자들이 가부장적이지 않고 자기 권리를 남용하지도 않지만 자기 선 밖의 것에 대해선 확실히 노, 라고 해. 대신 여자의 본질적인 여성성은 국가에서 보호하고 복지 차원에서 지원하지. 예를 들면 육아휴가나 이혼법 같은 것처럼 말이야. 지금은 이곳도 자본주의화되어 얼마간의 대학 등록금까지 내게 되었지만 몇 년 전까지도 여성 공무원의 육아휴가가 이 년 유급이었어. 한국 여자들은 국가로부터 받는 보호나 지원이 미미한데다 한국 남자들, 여자가 좀 알랑거리고 제 마음에만 들면 한도 끝도 없이 다 해주려고 거품을 물다가 일 년도 못 가 집안일은 물론 육아와 아이 교육까지 여자에게 다 맡기고 나 몰라라 하지. 그때부터 부부싸움 시작이고. 여긴 애초에 안 그래. 그 대신 평생 한결같지. 합리적이고 변덕이 없고 성실하고 공평해. 공연히 남자에게 알랑거려보았자 오해만 받지 득 될 게 하나 없다구. 오히려 힘내서 제 앞가림이나 해야지. 너도 명심해. 한국 부모들이 문제야. 옛날뿐 아니라, 지금도 중산층에서는 딸을 그저 연하고 예쁘게 키워서 비싼 데로 팔아먹을 생각만 하니 말이야. 딸들도 그런 양육에 편승해 자신을 담보로 평생의 안정을 얻으려고 하지. 우리 엄마 아버지도 틀렸어. 난 여기 와서 그 묵은 때를 벗는데 십 년이 걸렸다. 하지만 아직도 스스로 누르고 있는 억압으로부터는 자유롭지 못해. 그건, 엄마 아버지보다 더 먼, 우리 역사로부터 온 것일 거야. 너를 보면, 너를 포박하고 있는 그 육중한 억압과 연약한 것들의 교태와 불안이 느껴져. 네가 이곳에서 조금 더 자연스러워지면 좋겠어."

나는 얼굴이 붉어졌다.

*

사람의 일생이란, 어린이놀이터와 마트와 집 정원과 묘지로 요약될 수 있을 것 같았다. 그 사이에 학교와 성당과 은행과 맥줏집과 작은 광장도 있었다. 길가엔 분홍빛 들장미가 피어 있어 코티 분 냄새가 바람 속에 떠돌았다. 해바라기와 제라늄, 협죽도와 장미, 망초꽃과 병꽃과 백합, 달리아와 무궁화같이 흔한 꽃들부터 처음 보는 커다란 보라색 꽃들까지, 나는 주택들의 안마당에 핀 꽃들과 현실 너머의 언어로 의사소통이라도 하듯 하나하나 눈을 맞추었다. 자전거를 타고 달리는 동안 자동차 속의 남자들과 거리의 노인들이 놀란 듯 동양 여자를 유심히 쳐다보았다. 성당 입구의 벤치에 앉은 얼굴이 불그레한 늙은 남자 하나가 손을 흔들며 나를 향해 뭐라고 외쳤다. 표정이 밝은 걸로 보아 인사를 한 것 같았다. 가게 안은 대개 텅 비어 있다. 슬로베니아 난민 같은 남자들이 줄지어 지나갔다. 그들은 머리카락과 눈동자와 피부색 전체가 흑연이 묻은 것처럼 검은 가루로 덮인 느낌이다. 어딘가 마을 외곽의 공장에서 일하는 사람들 같았다. 그러고 보니 거리엔 늙은 남자들과 외국인 노동자들과 슬로베니아 난민들과 흑인 여자만 보인다. 외국인 노동자들은 어딘가 냉소적으로 보이고 흑인 여자들은 웃고 있어서 행복해 보이고 난민들은 고독해 보인다. 이곳의 젊은 여자들은 대개 자동차로 이동한다. 날씨가 아주 좋은 시간엔 젊은 여자들이 아이를 데리고 주택지 근처 공원의 놀이터에 나와 있었다. 그리고 주택지를 지나갈 때, 집 안마당에서 정원일을 하거나 옆집 여자와 담화하는 여자들의 목소리가 들려왔다. 그 여자들은 나를 보면 어딘가 긴장한다. 긴장 속에는 신경질적인 경계심이나 관대한 우월감 중 하나가 틀림없이 비쳤다. 그들 눈에 나는 낯선 방문자이고 난민이고 망명자였다. 일 년을 살아도, 십 년을 살아도, 오십 년을 살아도 그럴 것이다. 숲속의 다리를 지날 때는 흐르는 물에 사과와 배의 낙과들이 떠내려와 썩어가는 시큼한 냄새가 풍겼다. 마트 곁 공원의 잔디를 깎는 중이어서 요란한 진동 소음과 함께 가슴이 미어지도록 떫은 풀 냄새가 짙푸른 멍처럼 공중에 떠 있었다.

마트의 넓은 주차장에는 색색의 차들이 서 있는데 입구 곁에 선 차가 눈길을 끌었다. 겉에 얼룩덜룩한 흐린 하늘색 페인트를 칠했지만, 그것마저 너덜너덜 닳아 부스러지는 녹슨 승합차다. 국적을 알기 어려운 댓 명의 남자들이 감자자루와 빵과 토마토와 양배추를 한 자루씩 들고 나와 승합차 뒷문을 열고 쑤셔넣었다. 언니가 말한 그 도살장에서 일하는 남자들인지 모른다. 나는 언젠가 자전거를 타고 도살장으로 꼭 가보고 싶어진다. 그곳에서는 돼지 울음소리가 들리지 않고 오히려 영원 같은 정적이 흐를 것 같다. 이제 막 도착한 자동차 안에서 뚱뚱하고 늙은 여자가 운전석의 남자와 입맞춤을 나누었다. 관습적인 인사가 아니라 섬세하고 열정적인 접촉이어서 나는 긴장했다. 쥐스. 여자는 등나무로 엮은 흰 장바구니를 들고 차에서 내려 마트로 들어갔다. 가슴과 엉덩이가 마구 늘어진 뚱뚱하고 늙은 농부 같은 여자이다. 부부인지 연인인지는 알 수 없지만 그 여자가 향유하는 애정적 권리에 경외심이 일었다. 선진문화는 인간의 권리를 더 확대시킨다. 더 오래 여자와 남자로 살 권리와 더 오래 사랑을 나눌 권리 같은 것도 포함될 것이다.

재색 구름이 몰려와 눈앞에 그늘이 지고 바람이 불고 숲의 나무들이 이리저리 흔들리고 새떼가 하늘을 가로질러 이동하면 곧 빗방울이 떨어지기 시작한다. 그런 비는 하루에도 몇 차례씩 지나갔다. 비구름에 쫓겨 집으로 돌아가니 이내 하늘이 컴컴해지더니 비가 쏟아졌다. 혼자 스테이크를 굽고, 아스파라거스 샐러드와 따뜻한 호밀빵으로 점심을 먹는 동안 비는 무섭도록 쏟아졌다. 그리고 카모마일차를 마시고 설거지를 끝내고 돌아서자 비는 그쳤다. 비가 지나간 후엔 잠시 햇살이 비쳐 정원의 꽃들과 나무, 숲과 들판의 풀꽃들이 젖은 채 싱그럽고 찬란하게 빛나고, 바람은 차갑고 달콤하고 푸르렀다. 딱히 할 일이 없기에 다시 자전거를 타고 나갔다. 공원 숲길을 지날 때 머리 위로 나무 잎사귀에 모인 물방울들이 제 무게를 못 이겨 툭툭 떨어졌다. 풀밭길을 지나서 밀밭과 말들이 풀을 뜯는 목장 사이로 난 석분이 깔린 좁은 오솔길을 달려나가니 빈 들판에 붉은보라색 자운영 무리가 가득히 흔들리고 있었다. 그러자 이곳에서 자전거나 타는 동안 평생이 다 지나가도 상관없다는 생각이 들었다.

*

엄마가 돌아가신 후 모경이 자꾸만 찾아왔다. 그는 재결합을 원했다. 나는 경찰을 부르기도 하고, 들어온 모경을 내쫓기 위해 물건들을 내던지거나 집 안의 유리를 깨부수곤 했다. 창가 책상 위에 얹혀 있던 선인장 화분이 창밖으로 던져졌고 책과 찻잔과 접시 들, 수저들과 시계, 오일병과 과일잼병이 내던져졌다. 마침내 칼 세 자루를 창밖으로 내던진 뒤부터는 가리는 것이 없었다. 내 화장품들이나 옷, 구두는 물론이고 심지어 의자까지 닥치는 대로 내던졌다. 내 육체의 일부 같은 사물들이 집 밖에서 이슬을 맞는 밤에 나는 잠들지 못하고 창가에 앉아 밤의 도시를 바라보았다. 붉고 파란, 노랗고 희고 주황인 불빛들은 거대한 괴물이 낮 동안 약탈해 비밀동굴 속에 쌓아올린 휘황한 보석들같이, 곧 쏟아져내릴 듯 흔들리며 점점이 명멸했다. 그러나 밤의 동굴에 갇혀서는 그 많은 보석조차 아무런 소용이 없고, 환한 낮에는 동굴 안의 보석 또한 아무 소용이 없었다.

모경은 내가 물건을 내던질 정도까지 화를 내면 사흘쯤 나타나지 않았다. 식탁 의자를 들어올려 내 스스로 액자의 유리들과 거울과 집 안의 유리창문들을 모두 깬 날, 그 많은 유리조각을 모두 치운 뒤에—나는 그 유리를 모경에게 손도 대지 못하게 했다. 그 유리조각은 남김없이 내 것이었다. 분명 일생에 단 한 번뿐일 내 사랑의 피투성이 잔해들이었다. 이상하게도, 유리조각을 가득 담은 박스를 쓰레기장에 내다버렸는데도 불구하고 그 많은 유리조각들은 마치 내가 삼키기라도 한 것처럼 뱃속에서 쨍그렁쨍그렁 소리를 내며 서로를 찔러댔다—언니에게 전화를 걸었다. 그리고 일주일 만에 오빠의 집을 떠났다.

*

마을에 음악축제가 있다더니, 빠른 전자음이 계속 울렸다. 밤 여덟 시가 넘었는데도 방 안은 희부옜다. 비가 오지 않는 밤엔 좀처럼 어두워지지 않았다. 내일은 하인리히를 만나기로 한 토요일이었다. 쾰른에서 대학을 다니는 아이와 점심을 먹은 후에 자기 아내의 무덤이 있는 P의 마을 묘지에 가자고 했다. 아이에게 그런 것처럼 아내에게도 나를 소개하고 싶다는 이유였다. 나는 순순히 응할 생각이었다. 직장생활 같은 결혼일 거라고 했던 언니의 말은 아무래도 마음에 들었다. 섹스 없이, 서로 다른 언어를 사용하면서 깊은 마음을 제 속에 간직한 채, 아이도 만들지 않고, 친척도 없이, 나로 인해 아무도 상처받는 사람도 없고, 더이상 아무것도 이루려는 것 없이 함께 살아가는 일은 그리 어려울 것 같지 않았다. 내일 무엇을 입고 갈지 궁리하며 얼마 안 되는 옷가지를 뒤적이다 등 쪽 지퍼 부분이 찢어진 흰색 블라우스를 찾아냈다. 엄마 장례식을 끝낸 날 찾아온 모경이 나를 침대로 끌어들이고 서둘러 옷을 벗기느라 찢어진 자리였다. 여행용 바느질함을 열어보니 흰색 실 자리가 비어 있었다. 노란색, 초록색, 검정색, 붉은색, 파란색……

나는 붉은색 실을 풀어 어스름 속에서 바늘에 끼웠다. 흰 블라우스에 첫 바늘을 찔러 실을 뽑아올리니 핏방울이 배어나오는 듯했다. 두

번째 바늘을 찔렀다. 세번째 바늘…… 지퍼 부분을 덮은 얇은 흰색 천 위에 붉은 실 자국이 삐뚤삐뚤 박혔다. 바느질하는 사이 방 안은 차차 어두워졌다. 찢어진 지퍼 부분을 따라 다 박은 뒤에도 나는 그 아래와 등 부분을 계속 기웠다. 몸판의 앞뒤가 붙어 입을 수도, 벗을 수도 없을 것이었다. 서울의 불빛들이 떠오르고, 뱃속에서 유리조각들이 쨍그렁쨍그렁 소리를 내며 서로를 찔렀다. 창 아래에 흩어진 내 몸의 일부 같은 물건들이 눈에 보이고, 먼 자궁 쪽에서 복통이 일어나는데도 생리통인지, 배란통인지 날짜를 계산해낼 수 없었다. 거대한 괴물이 약탈해 비밀동굴 속에 쌓아올린 휘황한 보석들같이, 곧 쏟아져내릴 듯 흔들리며 점점이 반짝거리던 붉고 희고 노랗고 파랗고 푸른 불빛들이 의식 속에서 명멸했다. 모경과 침대에서 사랑을 나눌 때 같았다. 몸이 아득히 소용돌이치며 하나의 점으로 빨려드는 순간 바늘이 왼쪽 엄지 끝을 깊숙이 찔렀다. 블라우스가 피투성이었다.

하늘에서 거대한 쇠공들이 굴러다니는 듯 드르르드르르 소리가 들리더니 콰광, 하고 천둥이 쳐 다시 바늘에 손가락을 찔렀다. 블라우스 위로 핏방울이 번졌다. 천둥이 몇 번 친 뒤, 벼락이 번쩍번쩍 내리더니 갑자기 캄캄해지며 자욱한 습기가 몰려왔다. 그리고 비가 퍼붓기 시작했을 때였다. 매듭도 짓지 않고 실을 끊고 바늘을 블라우스에 꽂은 채 테이블에 내려놓던 나는 석상처럼 굳어버렸다. 나의 양쪽 손끝에 반딧불 같은 빛의 방울들이 점점이 떠돌았다. 아연함 속에서 헤아리기 힘든 긴 순간이 지나갔다. 팔을 천천히 벌리고 손안의 것을 확인이라도 하듯 손가락들을 펴보았다. 손안엔 아무것도 없는데 빛의 방울들은 점점 많아지며 양쪽 손을 둘러싸고 반짝거렸다. 나는 팔을 활짝 벌린 채 빛의 출처를 찾아 두리번거렸다. 밖엔 폭우가 쏟아지고 빛이 들어올 데라곤 어디에도 없었다. 다만 나의 정면에 있는 장식장 위에 모경이 준 반지가 놓여 있었다. 빛방울들은 반지로부터 스스로 발광하듯 흘러나오고 있었다. 내 몸을 뚫고 방 안 가득 보이지 않는 광파가 흘렀다. 빛방울들은 벽과 천장으로 가서 매달리듯 희미하게 어리더니 어느 사이 하나씩 꺼져갔다. 나는 어둠을 더듬어 침대로 가서 누워 이불을 턱까지 끌어올렸다. 빗소리가 눈물처럼 귓속에 가득 찼다.

밤의 서쪽 항구

북쪽에 두루미 목만큼 좁은 육로를 빼면 통영 역시 섬과 별다름 없이 사면이 바다이다.* 유일한 육로라고 했으니 이제 막 들어선 곳이 통영 북문 쪽일 것이다. 긴 내리막길을 내려가 신호등에 걸렸을 때 전화를 넣었다. 저쪽으로 가는 벨소리를 듣고 있다가 문득 연료 경고등이 켜져 있는 것을 보았다.

P는 숙취에 젖어 아직 잠 속인지, 젖은 모래를 덮어쓴 것 같은 음성이었다. 한 시간 뒤 보자고 했다. 나는 신호등이 바뀌는 것을 보며 대뜸 여객선 터미널 앞으로 약속장소를 잡았다. 어디에 위치하는지는 모르지만, 강구안 어디에 있을 테니 쉽게 찾을 테고 주차하기도 쉬울 것 같았다.

전날 밤 열한시가 다 된 시간에 P가 전화를 했었다. 강남 고속버스

* 박경리, 『김약국의 딸들』 중에서.

터미널이었다. 통영 가는 버스를 탄다며 내일 시간이 되느냐고 물었다. 목요일이었다. 목요일과 금요일에 나는 하루종일 방송국 지하 편집실에서 지냈다. 통화중에 낯익은 음성 하나가 희미하게 섞여들었다. 누구와 오냐고 물으니, P는 혼자라고 시치미를 뗐다. 나는 그 말을 무시하고 곁에 누가 있느냐고 재차 물었다. 그제야, P는 정흔이라고 했다. 정흔이라니…… 그들은 서로 딴 자리에서 술을 마시다가 열 시쯤 문득 통화가 되어 갑작스럽게 터미널에서 만났다 했다. P는 내가 이곳 지방 방송국에서 근무하고 있는 동안 한번 내려오겠다고 잔뜩 벼르던 중이었으니 그러려니 했지만 정흔과 함께 오는 조합은 나를 긴장시켰다. 정흔을 본 지는 한참이나 되었다. 내가 안 뒤에도 정흔은 전화를 바꾸지는 않았다. 통화중에 끼어들었던 그 흐릿한 음성이 무어라고 했던가. 말이라기보다는 연기처럼 피부에 스며들었었다.

'이렇게 갑자기 가는데, 볼 수가 있을까……' 같은 말이었을 것이다.

정흔을 생각하면, 우산살이 어딘가에 부딪쳐 나던 타다다닥, 소리가 먼저 떠오른다. 상점의 셔터였거나, 혹은 도로 위로 솟은 지하철 환풍구에 부딪쳤을 것이다. 안개비가 내리던 새벽 거리였다. 우리는 초저녁부터 만나 밥을 먹고 일본식 선술집과 카페와 생맥줏집과 포장마차를 돌며 술을 마시고 한 사람이 잠시 잠들면 한 사람은 혼자 마시기를 교대로 하다가 나중엔 상점의 셔터들이 내려진 거리를 좀 오래 걸었다. 나는 우산을 받고 정흔은 안개비를 맞았다. 밤과 새벽 사이 입자가 굵은 안개 속으로 혼이 섞여나가는 듯 존재가 엷어지는 기분이었다. 우리는 서로의 집으로 가는 갈림길에 멈추어 섰다. 시에서 조성한 거리의 화단에 팬지꽃이 심어져 있었다. 습기 속에 흙과 봄꽃이 자리를 잡느라 뒤치는 냄새가 났고 어깨를 살짝 덮은 정흔의 검은 머리카락이 흰 얼굴에 축축하게 달라붙어 있었다. 우리는 너무 오래 망설이고 있었다. 나는 초조했다. 그때 내가 우산을 빙그르르 돌렸던가?

우산살이 내 의식의 겉창문을 긁으며 타다다닥 소리를 냈다. 그 소리에 정흔은 무슨 신호라도 받은 사람처럼 한 손을 들어올렸다. 그리고 등을 돌리고 곧장 도로를 가로질러갔다. 강폭처럼 넓은 직선도로 멀리 비안개에 젖은 푸른 신호등이 액체처럼 번지고 있었다. 정흔이 중앙선 근처에서 안개에 먹히듯 사라졌을 때 자동차 한 대가 빠르게 지나갔다. 나는 눈을 질끈 감았다가 뜬 뒤 우유병 속에 갇힌 것처럼 그 자리에 오래 서 있었다.

십 년쯤 전의 일이었다. 그때 우리는 한 이 년쯤 어울렸다. 그런데 안개 속에서 헤어진 기억이, 우리가 이제 막 알기 시작한 때의 일이었는지, 마지막 즈음의 일이었는지 기억나지 않았다. 우산살이 부딪치던 소리만이 선명하다. 그런 소리 하나가 십 년이 지나도록 기억에 남아 있는 것은 이상한 일이다. 어쩌면 한 시절이 그 소리로 축약되어 보관되어 있는 것 같기도 했다. 그 시절 이후로 우리는 몇 년에 한 번씩 얼굴을 보기는 했으나 늘 남의 자리에서 어수선하게 스치는 정도였다.

중앙시장 쪽으로 들어서니, 내비게이션이 느닷없이 내레이션을 시작했다. 김춘수 시인의 동호동 생가에 대한 소개였다. 시인의 생가는 없어지고 그 집터에 아무 연고 없는 사람이 집을 지어 산다고 했다.

아무 연고 없는 사람이라는 표현을 유독 강조해서 어색했지만 그보다는 여자 내레이터의 음성이 무엇에 놀란 듯 허둥대서, 혼자 듣는데도 헛웃음이 나왔다. 내레이션은 동피랑으로 이어졌다. 동피랑은, 복잡한 중앙시장 바로 뒤 언덕이었다. 시간을 보내기 위해 동피랑으로 차를 몰고 올라갔으나, 정혼과 다시 와야 한다는 생각이 들어 차를 세우지 않고 그대로 언덕을 넘어갔다. 언덕 위의 집집마다 벽화가 그려져 알록달록했고 자동차가 지나가는 길바닥은 검었다.

크고 작은 어선들이 묶여 있는 강구안 해안로를 지나는 동안, 마음속에서 뭔가가 꿈틀댔다. 형체가 불분명한 기억들이 깨어나는 것이 불편하여 한사코 누르는 심정으로 쓸데없이 양옆을 살폈다. 해안을 떠나는 배들이 뱃고동을 힘차게 울리며 연이어 바다로 출항했다.

여객 터미널 앞 삼십 년 전통 남도 복국집에 자리를 잡고 앉아 시계를 보니 아직 사십 분이나 기다려야 했다. 할 일 없는 동안 가져온 지도와 책을 살펴보니, 여객 터미널은 오목하게 들어간 강구안의 서쪽 끝이었다. 강구안 동쪽 동피랑 쪽은 동호동이고 여객 터미널은 서호동에 있었다. 서호시장 뒤로 쭉 올라가면 산복도로 위쪽에 충렬사가 있는 모양이었다. 옛 지명대로 하면, 안뒤산 기슭 아래 동헌과 세병관에서부터 충렬사 아래 일대가 『김약국의 딸들』의 주무대인 간창골이었다. 그러니까, 나는 김약국의 집이 있는 간창골을 등지고 앉아 있었다.

내가 맡은 다큐 프로그램 〈지역 공감〉은 마침 통영 기행을 기획중이었다. 오십 분짜리 교양 프로그램을 두 팀이 격주로 제작했다. 취재하고 준비하는 데 삼사 일, 찍는 데 일주일여, 편집에 이틀 정도가 꼬박 걸리니 서로 한 주 한 주 메우느라 급급했다. 미리 취재할 여유는 없지만 이왕 왔으니 훑고만 가도 방향 잡는 데 도움이 될 것 같았다. 이 도시의 국어교사들이 만든 '김약국의 딸들 지도'를 근거로 해서 소설 속 공간들을 카메라로 담아볼 계획이었다. 방영은 박경리 선생의 돌아오는 기일에 맞출 예정이었다.

고개를 박고 책냄새를 맡듯이 여기저기 넘기다가 말고 가게 앞 거리에 나갔을 때, 마침 건너편 길에 선 택시에서 정흔과 P가 내렸다. 온통 검정색 옷에 납작한 스니커즈를 신고 가방을 어깨에 멘 정흔은 여전히 얼굴이 갸름하고 몸은 마르고 피부는 반들거리면서도 창백했다. P가 앞서 길을 건너왔고 정흔은 길 건너편에서 나를 쳐다보고 서 있었다. P와 악수를 나누고 다가온 정흔에게도 손을 내밀었다. 정흔은 내 손을 당겨 가볍게 끌어안았다. 나를 잡았다가 풀어주는 정흔의 눈빛이 문득 날카로워졌다. 변한 것은 없는데 정흔의 뺨과 인중에 나 있는 작은 흉터들이 더 파인 듯했다.

정흔은 의외로 식당에도, 음식에도 별 관심이 없었다. 삶과 자신에게 날이 서 있던 세월이 지나간 것인가. 통영에 온 것은, 박경리 선생의 묘지를 찾기 위해서라고 선언하듯 말했다. 나는 새삼 정흔을 쳐다보았다. 정흔이 굳이 방문 이유를 언표하는 것 자체가 무언가를 숨기고 방어한다는 생각이 들었다.

정흔은 기묘한 인연으로 선생님을 두 번이나 만난 적이 있다는 말을 했었지만 나는 그 말을 믿지 않았다. 한 번은 서울에서 원주로 가는 고속버스 안에서였고, 다른 한 번은 원주 구시가지의 오래된 중국집에서였는데, 두 번 다 겨울이었고 선생님은 혼자셨다고 했다. 정흔이 원주 사람이니, 있을 법한 일이지만, 나는 있을 법한 거짓말이라고 여겼다.

"그 말 정말이었어?"

"정말이라니까."

"버스 안에서는 통로 건너 옆자리에 앉으셨어. 인사를 나눈 뒤 내게 몇 마디 묻기도 하셨어. 집이 무슨 동인지, 나이가 몇 살인지, 부모님이 무슨 일을 하시는지…… 그러고는 내내 눈을 감고 주무셨지. 하지만 나는 내내 깨어 있었어. 중국집에서는 인사를 했더니 나를 바로 기억하시고 우리 일행의 음식값을 내주셨어. 우린 그날 깐풍기까지 먹었는데."

"정말 같다?"

P와 내가 어이없는 표정으로 마주 보았다. 그런 식의 거짓말은 정흔의 유일한 애교였다.

"내가 아직 여자였을 때였어……"

정흔이 혼잣말처럼 하고 설핏 웃었다. 그러니까, 서른셋 전의 일이었던 것이다. 나를 만나기 전이었다. 정흔의 삼십대는 유방암과 유방 양쪽을 차례로 떼어내는 수술과 그 이후의 투병생활과 방황으로 채워져 있었다. 정흔의 표현대로 하면 여자를 거세당한 시간이었다.

내가 정흔을 만났을 무렵에 정흔은 연하의 남자들과 연상의 여자들과 클래식 음악과 맥주와 영화에 기대어 살았다. 그중 하나라도 없는 정흔은 상상이 되지 않았다. 인공호흡기와 링거와 배설관 같은 것을 매달고 겨우 살아 있는 중환자 같기도 했고, 양팔과 가슴과 두 다리에 튜브들을 끼고 물 위에 마지못해 떠 있는 시무룩한 피서객 같기도 했다. 그런데도 클래식이든, 맥주든, 영화와 예쁜 남자든, 여자든, 그 모든 것에 정흔은 신경질적으로 굴었다. 그것들은 위로의 끈이었지만, 한편 감각세포가 밀집한 부위마다 연결시킨 일종의 고문 전선이었는지도 모르겠다. 방사선 치료로 방전된 육체를 살아 있게 하는 나름의 처방이었던 것이다. 나 같은 사람은 지금도 정흔이 여자인지 남자인지 혼란스럽다. 확실한 것은 정흔이 창백하면서도 반들거리는 도색적인 피부와 사슴처럼 단단한 늑골을 가진 아름다운 사람이라는 사실이다.

미륵도로 넘어가기 전에 동피랑에 올랐다. 터틀넥 스웨터를 입은 두 사람은 외투를 벗어들고 통영의 겨울 날씨가, 햇볕이 두꺼워지는 5월 초처럼 덥다고 투덜댔다. 나는 정흔의 매끈한 절벽 가슴에 순간적으로 눈길을 주었다가 외면했다.

언덕길을 올라가 벽화가 그려진 벽들을 따라 좁다란 비탈길을 감고 돌았다. 걷다가 갑자기 뒤돌아보게 되는 길이었다. 그곳에서 보니 강구안의 양끝, 오므려진 디귿자 형태가 선명하게 보였다. 세월이 다가오고 지나간 그대로 퇴적된 무심하고 아득한 해안 정경이었다. 중국의 어느 소도시 항구 같기도 하고 일본의 소도시 항구 같기도 했다. 무엇이 바로 눈앞의 것을 머나먼 곳처럼 떼어놓는 것일까…… 나는 말없이 걸어가는 정흔의 뒤통수를 의문스럽게 쳐다보았다.

동쪽 벼랑길 꼭대기는 토질이 남루한 흙바닥인데다 여기저기 깨진 기왓장 조각들이 흩어져 있었다. 정흔은 그 붉은 흙을 자꾸만 툭툭 발로 찼다. 세월이 흘렀지만, 몸짓 하나하나 고독이 사무치는 것은 여전했다. 오래된 것이 먼 것인가 싶기도 했다. 정흔은 코가 닿도록 가깝다가도, 중국의 항구처럼 일본의 항구처럼 아득히 멀었다.

P는 내내 카메라 셔터를 눌러댔다. 나와 정흔을 담기도 하고 남망산 쪽을 찍기도 하고 강구안과 간창골 쪽을 찍기도 했다. 남망산이 바로 용란과 한돌이가 재회해 사랑을 나누는 장소이고 발아래 시장이, 나중에 용란이 미친년이 되어 헤매는 새터시장일 것이다. 한실댁이 비가 부슬부슬 내리는 심야에, 사위가 휘두른 도끼에 찍혀 비명횡사하는 무대인 북문 쪽을 가늠해보았다. 내 책에는 두 군데에 줄이 그어져 있었다. 나도 모르게 신음하듯 그은 줄이었다.

한실댁은 머리 위에 무엇이 쏟아지는 것을 느꼈다.
"아이구우!"
머리 위에 두 손을 얹었다. 그 손 위에 무엇이 또 쏟아졌다.
"아이구우! 사람 살려랏!"
한실댁이 푹 쓰러졌다.

사람이 정수리를 도끼에 찍혀 죽을 때, 그렇게 죽는 것일까. 죽은 사람 외에는 아무도 상상할 수 없는 장면을 그렇게 간명하게 쓴 것이 인상적이었다. 또하나의 줄을 그은 곳은, 용옥의 시아버지가 한밤중에 손자와 자는 며느리를 덮치는 장면이었다.

"누, 누가 보나. 아, 아무도 모른다. 가만가만……"

생의 소름 끼치도록 무섭고 깊은 안쪽이 그 문장에 있다. 대대손손 억겁을 살아도 아무도 모르는 채 흘러가는 인간의 일들, 그 안쪽의 것들은 소설 속에만 기록되는 것이 아닐까. 나는 정흔이 내 곁에 누워 있었던 밤을 떠올렸다. 정흔이 내내 등을 돌리고 누워 있었던 그 캄캄한 밤, 내 인생의 잠긴 서랍 속을.

동피랑의 산동네 할머니들이 운영하는 구판장에서 커피를 샀다. 정흔은 계단에 걸터앉고 나는 목제 테이블에 앉았다. 바람은 멈추고 햇빛이 환했다. 멀찍이 떨어진 우리 둘 사이의 어떤 것에 P가 셔터를 눌렀다. 그 사이에 아무것도 없었지만 나는 무엇이 찍히는지 알 것 같았다. 눈을 감자 눈썹과 눈썹 사이에, 눈과 눈두덩 사이에, 귀와 귀 사이에, 누적되어 있던 묵은 긴장과 피로가 삭은 실처럼 툭툭 풀려 바다로 날아가는 듯했다. 개운했지만, 백 년쯤 이미 살아버린 느낌이 들었다.

해안도로 뒤쪽 중심도로를 따라 대교 쪽을 향해 얼마쯤 가는 동안 불쑥불쑥 내비게이션에서 관광 안내를 했다. 녹음된 여자의 음성이 매번 무엇에 놀란 듯 허둥대서 그때마다 셋은 헛웃음을 터뜨렸는데 이중섭 이야기가 나오자 귀를 기울이게 되었다. 화가 이중섭이 1952년에 서귀포의 가난을 떠나 통영으로 와서 이 년여 동안 지내며 대표작 〈소〉와 같은 작품들을 발표했다는 것이다. 이중섭이 창작한 자리가 바로 그 일대 항남동이라 했다.

처음 듣는 이야기에 정흔과 내가 의아해하자, P가 백석 이야기를 꺼냈다.

"백석이 사랑한 '난'이라는 여자도 이 동네 어디 사람이라고 들었어. 백석이 친구 결혼식 때문에 통영에 왔다가 신부측 우인이었던 '난'에게 반해 상당히 오래 짝사랑을 했나봐. 명정골 어디 출신인데, 뒤에 백석이 그 여인을 만나려고 서울에서 마산으로 와서 배를 타고 통영에 들어왔다가 만나지 못하고 돌아갔다지. 그뒤 용기를 내어 청혼도 넣었지만 거절당했어. 자신이 불우하게 태어난 것이 죄라고 했다지."

"불우하게 태어난 것을 죄로 여기지 않으면 인생이란 거, 속수무책이지."

정흔이 중얼거렸다. 백석의 어느 시에 나오는 천희가 떠올랐다. 미역오리같이 말라서 굴껍질처럼 말없이 사랑하다 죽는다는 낡은 항구 마을의 천희들…… 천희는 배를 타고 나가 돌아오지 않는 뱃사람들의 젊은 아내들을 일컫는다고 했다. 백석은 통영에 사는 난이라는 귀한 여인을 사랑하고, 천희라는 슬픈 여인에 관한 시를 쓴 것이다.

"청마가 「행복」에 쓴 시구에 나오는 우체국도 여기 어디에 있을걸. 중앙동 우체국이라고 했는데."

P가 중얼거렸다.

"오미사꿀빵 알아? 그거 먹어보고 싶은데."

정흔이 말했다. 나는 정흔이 먹고 싶은 것을 구해주고 싶었다. 좁고 복잡한 거리를 지나는 동안 내비게이션 속의 내레이터는 계속해서 허둥지둥 떠들고 차 안의 잡담도 두서없이 오고갔다.

대교를 지나 미륵도로 들어섰을 때 차가 주춤했다. 거기 아직 해가 들지 않아 저녁처럼 어두운 서쪽 항구가 눈앞을 가로막았다. 오래전 어느 목요일에 한번 배를 탄 뒤로 까마득히 잊어버렸던 풍경이었다. 찢어져 흩어져버린 사진 조각 같은, 창자 속에 들러붙어 떨어지지 않는 꿈같은 서쪽 항구. 그곳이 인도양의 작은 항구라 해도, 대서양, 혹은 에게해의 작은 항구라 해도 나는 고개를 끄덕였을 것이다. 그곳에서 영국 여자든, 헝가리 여자든, 중국 여자든, 늙은 여자든 젊은 여자든, 어떤 여자가 배를 타고 떠나 돌아오지 않는다 해도 나는 수긍할 것이다. 그러나 그곳은 태평양의 끝, 낮 동안 햇볕이 들지 않는 외진 항구였고 배를 탄 그 여자가 나 자신이라는 점은 난감했다.

욕지도 같은 인근의 작은 섬으로 가는 배들이 그 항구에서 떠났다. 신년 첫 해를 보기 위해 어느 해에 나는 그곳에서 배를 탔다. 선후와 함께였다. 선착장 근처 여관에서 잠을 자고 아직 어두운 새벽에 방에서 나왔을 때, 긴 복도에 깔린 마룻바닥 틈에서 칼날 같은 냉기가 올라왔다. 완전무장을 했지만 드러난 뺨의 피부가 순식간에 얼어 결을 따라 찢기는 듯했다. 선후가 자기 목도리로 나의 얼굴을 친친 동여매주었다. 나는 장갑 낀 손으로 한번 더 두 뺨을 감싸고 욕지도의 오르막길을 올랐는데 도중에 수평선 위에 걸린 검은 구름이 길게 갈라지더니 해의 머리가 나왔다. 해는 피투성이처럼 붉고 그 앞으로 검은 새떼가 재처럼 어지럽게 날았다. 발길을 멈추고 오르막에 비스듬히 선 그대로 해를 맞았다. 해는 빠르게 올라오더니 시시각각 앞으로 다가

오는 듯했다. 믿어지지 않을 만큼 큰 해였다. 머릿속에서, 쇳소리가 울리고 해의 기세에 밀려 늑골이 뻐근하게 아팠다. 얼굴을 돌려 선후의 가슴에 몸을 기댔지만, 우리에겐 그 순간 외엔 아무 결속도 없다는 것을 알고 있었다. 감은 눈 속에서 해의 중심은 초록빛이었다. 초록색 나비가 해 속에서 몸부림치는 듯했다. 일출은 초록빛에서 청록빛으로 청록빛에서 연둣빛을 지나 분홍빛과 주황빛과 파란빛으로, 보랏빛으로 긴긴 스펙트럼을 만들며 감은 눈 속으로 번져갔다.

시간이 흐른 뒤, 항구는 항구대로 찢기고, 섬은 섬대로 찢기고, 해는 해대로 찢기고 온갖 색으로 물들며 번져가던 빛들도 따로따로 찢기어 소실된 뒤에, 사라져서 꿈속의 풍경과 같아진 뒤에, 내가 상실한 것은 항구도 섬도 해도, 그 많은 빛도 아니었다는 것을 알게 되었다. 내가 상실한 것은 무엇이라고도 부를 수 없었던, 그 모든 것 사이의 무엇이었다. 정흔과 나, 정흔과 선후, 선후와 나, 그 사이의 날카롭게 찢어져버린 자장磁場.

묘지 가는 길에 조금 헤맸다. 입구를 놓친데다, 기름 경고등이 내내 켜져 있었다는 것을 나는 그제야 알아챘다. 내가 당황하자 정흔이 다정해졌다. 우선 앞에 보이는 달아공원으로 들어가 차를 세우라고 하더니 내게 화장실에 가지 않겠느냐고 물었다. 화장실을 다녀오니 정흔은 안내소에서 주유소와 묘지길을 알아놓은 뒤였다. 달아공원에 올라 한려수도를 본 뒤 정흔의 안내대로 얼마간 되돌아가서 농협이 있는 동네로 들어가 삼거리에서 주유소를 찾아냈다. 내가 불안했던 그 삼십여 분 동안 정흔은 까칠함을 버리고 상냥해졌다. 심지어 농담하고 억지로 웃기기까지 했다.

처음 본 날부터 정흔은 그 차가움과 까칠함 때문에, 더욱 증폭되는 다감함으로 다가왔다. 그날 술자리에서는 가끔 바라보았을 뿐 내내 말이 없던 사람이었다. 어린 남자가 우리 사이에 앉아 있지 않았다면 통성명조차 못했을 것이다. 어린 남자 덕분에 우리 셋이 한동네 사람이라는 것을 알게 되었다. 우리는 슬며시 빠져나와 내 차를 탔었다. 어린 남자는 술에 취했고, 정흔은 꽤 마셨지만 멀쩡했다. 나는 운전을 생각해 마시는 척만 한 정도였다. 그런데도 술은 술인지, 어둑한 길가에 바짝 붙여 세워둔 차를 빼다가 시멘트 턱을 길게 긁고 나갔다. 휠은 물론이고 타이어도 쓸려 어처구니없게도 펑크가 나버렸다. 12월이었고 새벽 한시였다. 아직 보험회사가 극성스럽게 서비스를 하기 이전이었다. 택시를 타고 돌아갈 수도 있었지만, 다음날 찾으러 오기엔 너무 복잡하고 먼 길이었다. 정흔은 내 꼴을 보고 있더니 트렁크를 열고 스페어타이어와 장비들을 점검하고 끌어내렸다. 그리고 내가 한번도 써본 적 없는 삼각대까지 꺼내 길에 설치하고 목장갑을 끼더니 전등을 비추라고 지시했다. 정흔은 길쭉한 케이스 안에 있던 장비를 풀더니 농담까지 해가며 타이어를 갈았다. 다행히 그리 추운 밤은 아니었다.

그날 정흔과 나는 아는 사이가 되었다. 나는 정흔의 집으로 떠밀려가 술을 더 하고 부엌 곁 공부방에서 잤다. 정흔과 선후는 침실에서 잤다. 선후는 어린 남자의 이름이었다. 그때 선후는 겨우 스물여덟살, 대학을 졸업하고 이제 막 사회에 첫발을 디딘 애송이였다. 가만히 있어도 5월의 풀처럼 예뻤지만, 이유를 말하지 않고 혼자 웃을 때나,

눈 속에 수줍음이 어리면서도 또박또박 제 할 말을 다 하는 모습은 특히 사랑스러웠다. 게다가 가늘고 긴 눈이 더 길어지며 마치 체념하듯 웃을 때면, 이상하게 마음이 끌려갔다. 부러울 것 없이 젊은데도 어딘지 애절한 웃음을 가진 사람이었다.

동백꽃나무가 우거진 기념관 뒷길을 따라 돌에 새겨진 선생님의 시와 문장을 눈으로 읽으며 낮은 언덕 위 무덤에 도착했다. 이름이 새겨진 작은 표지석과 둥근 봉분과 상석뿐인 단출한 묘였다. 그래서인지 작은 숲을 뒤로하고 조금 떨어져 앉은 봉분이 더욱 둥글어 보였다. 담배를 좋아하셨으니 담배 한 개비 불을 붙여 올리고 소주를 치고 절을 하고 무덤을 빙빙 돌다가 셋이 둥글게 모여앉아 담배를 맛나게 피웠다. 담배를 좋아하신 분이니 싫어하지 않을 거라고 P가 변명했다. 그러다가 기일 이야기가 나와 잠시 혼선이 빚어졌다. P는 돌아가신 날이 5월 5일이었다고 하고, 정흔은 기일이 음력 4월 1일이라고 했다. 나는 올해는 4월 말경이 기일이라고 의견을 보탰다. 서로 아니라고 우겼지만 꺼내놓고 보니 다 같은 말이었다.

"고우시다."

기념관에 전시된 젊은 시절 사진들을 살피며 P가 혼잣말을 했다. 저리 고우셨으니, 바깥세상엔 늑대가 얼마나 많았을까, 단정해지기 위해 대문 빗장을 걸어버린 뜻을 생각하며 속웃음을 짓다가 전시된 작업실의 재봉틀에 눈을 빼앗겼다. 소설을 못 쓰면 바느질을 해서 먹고살겠다고 하셨다 했던가. 방 안에 들어박혀 한 땀 한 땀 바느질하는 것과 문장 잇는 일이 다를 것이 없으셨나보다. 돌아서니 정흔은 시가 든 액자 앞에 서 있었다. 곁에 가서 보니 '사마천'이었다. 그대는 사랑의 기억조차 없을 것이다…… 죽음을 면하는 대신 거세 형을 받고 남은 평생 방 안에 틀어박혀 중국 최초 역사서 『사기』를 쓴, BC 100년경 한무제 때의 사내였다. 선생님은 사마천에 의지해서 간신히 산 시절이 있었다고 했다. 아마도 유방암 수술을 받고 아물지 않은 가슴을 붕대로 묶고 글을 썼던 시절일 것이다. 정흔이 돌아서서 멈칫하더니 다음 전시관으로 들어갔다. 뒷모습이, 도로를 무단횡단하기라도 하듯, 긴장되어 보였다.

손금을 따라 뜨거운 열이 올라와 두 손바닥으로 번져갔다. 우유통 속에 빠진 듯 희게 떠오르는 십여 년 전의 봄밤, 세번째로 들른 생맥줏집의 칸막이 안에서 잠시 의식을 놓쳤다가 깨어났을 때, 나는 업힌 듯이 정흔의 어깨와 등에 머리와 몸을 온통 기대고 있었다. 정흔이 낮은 숨을 쉴 때마다 내 몸도 가볍게 오르내렸다. 서로의 깃을 덮은 참매처럼 같은 숨을 쉬고 있는 것 같았다. 나는 제멋대로 너부러져 있던 왼팔을 힘겹게 들어올렸다. 왼손이 주춤하다가 정흔의 가슴께로 다가갔다.

정흔은 그대로 있었다. 유방이 사라진 밋밋한 가슴이 천길 벼랑같이 아찔했다. 셔츠의 단추를 위에서부터 풀었다. 꿈속에서부터 그랬던 것처럼, 꿈에서 이어진 동작인 듯 자연스러웠다. 셔츠를 벗기고 속옷을 머리 위로 올려 벗겼다. 그리고 몸을 돌려 앉혔다.

상의를 벗은 정흔은 너무 낯설어서 정흔의 몸 안에 살던 영이 나온 것 같았다. 그리고 절벽 같은 가슴, 그것은 불로 지진 자리 같았다. 질린 듯이 새하얀 정흔의 얼굴이 그네를 타듯 다가왔다가 멀어졌다. 삽시간에 내 눈에 눈물이 고여 흘러내렸다.

정흔이 들어간 전시관으로 갔으나 정흔과는 엇갈리기만 했다.

일본어로 쓰인 『김약국의 딸들』 원고를 지나 1920년 강구안의 흑백 풍경사진 앞에 섰다. 초가와 낮은 목조집들과 흙길과 나지막한 언덕으로 둘러싸인 포구 풍경이 낡은 목면 천 위에 그려진 묵화처럼 애잔했다. 『김약국의 딸들』의 공간을, 간창골을 중심으로 미니어처로 만들어놓은 전시대로 가는데 정흔이 내게로 다가오는 듯하더니 그만 방향을 바꾸어 밖으로 나갔다. 나는 일부러 미니어처 앞에 오래 서 있다가 나갔다.

택시기사에게 알아낸 미수동 다찌집으로 가는 길에 정흔이 말했다.

"누구를 좀 불러도 괜찮을까?"

"누구?"

"지난해에 알게 된 사람이야. 날씨가 안 좋은 날이면 간혹 메일이 왔고, 내가 또 간혹 답을 했지. 불편하면 내일 따로 만나도 되고."

"괜찮아."

"그래. 여기까지 왔으니 보고 가려고."

정흔이 굳이 통영에 온 목적을 언표할 때부터 무엇으로부터 자신을 방어하는지 궁금했었다. 그러나, 사람이 한밤중에 갑자기 터미널로 가서 장거리버스를 타는 데는, 꼭 한 가지 분명한 이유 때문이 아니라 여러 이유가 모여들어 그 양을 채우기도 하는 것이다.

다찌집으로 온 손님은 키가 큰 여자였다. 짧은 커트머리에 검정 바지와 심플한 푸른빛 외투를 입고 온 여자는 눈 속이 먹처럼 검고 깊었다. 여자는 조용하면서도, 우리 일행을 배려하려는 듯 털털하게 굴었다. 뒤늦게 낯선 사람이 온 것 같지 않았다. 통영 세무서에 근무한다고 했다.

통영에 아무 연고도 없는 사람이 어느 해에 여행을 왔다가, 이곳에서 살기로 마음을 먹었다고 했다. 전근 신청을 하고 몇 해나 기다린 뒤에야 옮겨올 수 있었다. 가족은 아들아이가 하나 있다고 했다. 무전동의 어느 이층집에 세들어 산다는데, 여자가 그 말을 할 때 내 눈에 그 집의 초여름 풍경이 보였다. 대문간에 키 큰 오동나무가 서 있어서, 나뭇가지가 이층 부엌창까지 뻗어올라 커다란 잎사귀들이 바람에 너울거린다. 열린 부엌창엔 넝쿨잎 무늬의 초록색 커튼이 숭숭 구멍난 그늘을 드리우고 이 인용 식탁은 반짝반짝 닦여 있다. 풍경 속 시간은 오전 열한시이고 일요일이다. 좁은 마루에는 낡은 천소파가 덩그러니 놓여 있고 노란 쿠션 위로 비스듬히 햇살이 든다. 유리문 밖 베란다엔 이제 막 물을 주고 햇빛 속에 내놓은 제라늄 화분들이 놓여 있다. 화분이 꼬르륵 소리를 내고 잎사귀에서 물방울이 똑 떨어지고 아들아인 제 방 안에서 친구와 전화통화를 한다. 여자는, 푸른색 실크 원피스를 입고 화장대 앞에 앉아 머리를 빗고 있다. 라디오에서 음악이 흐른다. 기타 연주같이 선명하면서 잔잔한 음악…… 부엌창으로 샘물같이 차고 맑은 바람이 들어와 음악과 섞여 여자의 커다란 눈 속으로 스며든다. 여자의 눈동자는 미동도 없이 한 겹 더 검어진다.

여자의 이름은 신해였다. 앞에 앉은 신해는 군인처럼 단단하고 맑기만 한데, 나는 왜 레이스 커튼과 기타 연주와 푸른색 실크원피스와 제라늄 화분 같은 장식적인 것을 상상할까. 신해는 화장도 하지 않았고 반지 하나 끼지 않았다. 내가 상상한 것은 대체 누구의 집일까. 오래된 영화 속의 어떤 여자거나 낡은 엽서 속의 어떤 여자, 어쩌면 기억 속의 어떤 여자. 그 여자, 어쩌면 내가 보지 못한 예전의 정흔이 아닐까, 혹은 아직 다가오지 않은 시간 속의 내가 아닐까……

다찌집에서 나오니 바다 위로 참외 빛깔처럼 노란 만월이 떠 있었다. 신해는 그 달과 좀 아는 사이인 듯이, 이틀 전이 보름이었다고 말해주었다. 다찌집 바로 앞은 통영과 미륵도 사이의 운하로 들어가는 입구였는데, 바다 쪽으로 조금 더 나가 붉은색 등대가 하나 서 있었다. 그 등대를 가리키며 신해가 말했다.

"붉은색 등대는 오른쪽으로 돌아서 들어오라는 신호이고 흰색 등대는 왼쪽으로 돌아서 들어오라는 신호래요."

설명 그대로 바다에서는 오른편으로 돌아야 운하로 들어갈 수 있었다. 우리는 등대에서 등을 돌려 미수동 해안을 따라 산책했다. 목재로 짠 길은 바다 위에 떠 있는 듯 텅텅 울렸다. 다행히 난간이 있어 의지가 되었다. 밤이 되었는데도 공기가 포근했고 달이 쟁쟁하게 밝아 해수면이 환했다. 해안을 둘러싼 도시는 나지막하고 오밀조밀한 불빛들의 성채를 이루었고 바닷속엔 불빛 기둥들이 깊숙이 박혀 크기를 알 수 없는 생물처럼 흐늘거렸다. 소설 속 어딘가에서도 저렇게 달이 떠 있는 밤이 있었다. 해안가엔 야광충 같은 불빛떼가 반짝거렸고 부둣가에는 가스등이 밤안개 속에서 푸른빛으로 타올랐다.

요트와 어선 들과 일엽편주 같은 목선들이 묶여 출렁대는 선착장을 지나다가 어두운 도로 저편에 서 있는 김춘수기념관을 보았다. 공업사나 부품상점 들이 늘어서 있는 컴컴한 거리에 서 있는 희부연 이층집은 건물이 아니라 정신의 환영 같았다. 조선소 앞에서 가로등도 끊기고 목재로 짠 길도 끊겼다. 돌아서 걸을 때 정흔과 걷던 신해가 내 곁으로 왔다.

"세무서에서는 어떤 일 해요?"

"조금 전에 정흔씨도 물었어요."

"우리 같은 월급쟁이는 세금은 꼬박꼬박 내지만 세무서에 대해서는 아는 게 없거든요."

"세무서에서 일한다고 하면 사람들이 싫어해요. 월급 받는 사람들이 가장 싫어해요. 장사하는 사람들, 사업하는 사람들은 나를 붙들고 세금 줄이는 방법을 캐묻기도 하고요. 난감하죠. 제가 하는 일은 세원관리부서인데, 주로 체납정리 업무예요. 재미없어요."

신해는 말을 할 때 표정을 바꾸지 않는 사람이었다. 그래서 더 고요해 보였다.

"세무서가 세병관 근처에 있어요. 점심을 먹고 늘 가는데 평일에는 놀라울 정도로 한적해요. 그래서 세병관의 현판과 기둥들과 그것을 감싼 허공이 더 웅장해 보이죠. 그곳에 가면 압도되어선지 아무 생각이 안 나요. 저는 매일 그곳에 가요. 아무 생각 없이 쉬고 싶어서요. 그래야 또 오후에 숫자와 씨름할 수 있어요. 아마 통영에서 나와 가장 친한 분은 충무공일 거예요."

나는 웃음을 쿡 터뜨렸다. 그런데 웃음 뒤끝이 쓸쓸해지면서 말이 끊어졌다. 내가 말할 기미가 없자, 고개를 떨어뜨리고 걷던 신해가 자분자분 말을 이어갔다. 통영에 와서 얼마나 많이 걸었는지, 해저터널을 얼마나 여러 번 지나다녔는지, 미륵도 해안길을 몇 바퀴나 돌았는지, 용화산을 몇 번이나 올랐는지, 미래사 부처님을 얼마나 여러 번 뵈었는지……

"그제도 밤에 이 길을 걸었어요. 그날은 하얗게 달무리가 져 있었어요. 달무리를 처음 보았지요. 귀를 틀어막은 듯 가슴이 먹먹해지더군요. 내가 울고 있나 하고 눈을 비비기도 했어요. 부옇게 흐려진 달을 보지 않으려고 해도 자꾸 눈길이 닿더군요. 달이 한사코 내 마음속을 보는 듯했거든요. 고개를 숙이고 한참을 걷다가 참을 수가 없어서 걸음을 멈추고 두 손을 모아 입가에 대고 외쳤어요."

그렇게 말하고 신해는 몇 걸음이나 묵묵히 걸었다. 나는 멈추어 서서 난간에 몸을 기대고 신해를 보았다. 발밑에서 바다가 제 허벅지를 치듯 찰박거렸다. 몸이 큰 신해가 나를 내려다보았다. 신해는 커다란 눈을 아주 천천히 감았다가 떴다. 그리고 두 손을 입가에 대더니 소리쳤다.

"그래요, 달님. 난 혼자랍니다. 난 이렇게도, 혼자예요."

대여섯 걸음 앞서 가던 정흔과 P가 돌아보았다.

"웃기죠?"

나는 고개를 저었다.

"늘 힘든 것은 아니에요. 통영에 온 뒤로는 나의 고독이 뿌듯해서 가던 길을 멈추고 혼자 웃을 때도 많은걸요. 고독해서 그만 몸 안이 환해지는 그 기쁨, 아시죠?"

나는 고개를 끄덕였다.

"사람들은, 다른 사람들에게 시달리며 사는 것을 고독하지 않은 거라고 착각하지요."

사람들은 고독을 피하느라 먼지를 일으키고 더러워지며 살아가는데, 신해는 주변의 먼지와 소음 들을 정화해 티 하나 없는 고독을 재생산할 것만 같았다. 유빙을 타고 흘러가는 북극의 여자처럼. 그런 여자에겐 이 세상에 짝이 없을 것이다. 이상하게도 신해의 사연이 궁금하지 않았다. 너무 잘 헹구어져서 사연이랄 것이 있을 것 같지 않았다. 나는, 늘, 정흔의 근처에 있는 사람들이 좋았다.

해변길 중간에서 누가 그러자고 했는지 갑자기 노래방으로 몰려가 노래를 불렀다. 정흔은 옛날처럼 숨을 쏟아붓듯이 노래했다. 그 숨이 전부 내 몸으로 기울어지는 듯했다. 노래를 부르다가 슬금슬금 나가 운하를 끼고 올라갔다. 허술한 술집에 들어가 맥주를 마셨고 차례로 라이브 연주 무대에 올라 또 노래를 불렀다. 그리고 또 나가서 운하를 오르내렸고, 걷다가 이층 레스토랑에 들어가 와인을 마셨고 다시 나와 운하를 따라 배회했다. 역류하며 휘도는 운하의 물처럼 시간이 잘 흐르지 않는 밤이었다. 운하의 물을 자세히 보니 치어들이 소용돌이 속에서 방향을 잃고 하얗게 떠 있었다.

해저터널은 입구에 일본식 지붕이 씌워져 있었다. 카드뮴빛 조명이 가득 차 있는 내리막길을 따라 내려가니 거대한 절지동물의 내부처럼 무수한 환절環節이 보였다. P가 사진을 찍었다. 나도 휴대폰을 꺼내 처음으로 사진을 찍었다. 곁을 걷던 정흔이 피하지 않고 찍혀주었다. 정흔의 등뒤로 터널처럼 많은 분절分節로 이어진 십 년이 가파르게 휘어져 보였다. 십 년이 서로의 뒤에 있다는 것은, 어느 날 이렇게 바짝 다가올 수 있지만, 아득히 보이지 않을 만큼 멀리 물러설 자리도 있다는 의미이다. 정흔, 오늘은 네가 이렇게 가까이 다가왔다. 나는 화면 가득 정흔의 옆얼굴을 담았다. 작동이 잘못되었는지 사진이 아니라 동영상이 찍히고 있었다. 나는 그 자리에 서고 정흔은 지나갔다. 정흔의 빳빳한 뒷모습이 오른쪽으로 휘어진 터널을 따라가고 있었다.

자정이 넘으면 잠을 자려고 하는 나와 달리 정흔은 기어이 자려고 하지 않았다. 늘 그랬던 것 같다. 그래서 정흔과 만나면 새벽에야 집에 들어갔던 것이다. 통영 쪽 해저터널을 나와 또 술집을 찾아들어갔다. 그리고 포장마차 주인이 안주를 내놓기도 전에 급하게 소주를 몇 잔 더 마셨다. 그리고 나는 낚싯줄에 끌려가는 물고기처럼 비몽사몽 의식을 놓아갔다. 눈앞의 영상들이 툭툭 끊어졌다. 정흔이 머릿속까지 말끔하게 발라먹은 생선뼈, 전화로 콜택시를 부르는 P, 나를 부축하는 신해, 술집 입구의 의자에 걸터앉아 옆으로 기울어지는 나, 내 허리를 안는 P…… 가물거리는 의식만 남은 채 나는 택시에 실렸고 정흔의 부축을 받으며 호텔로 들어갔다. 침대에 앉았을 때, 신해가 방문 앞에 선 채 뭐라고 설명하며 화장품 샘플을 하나씩 꼼꼼하게 방바닥에 놓았다. 나는 그 모습을 보며 웃으려고 했다. 그러나 근육이 움직이지 않았다. 그리고 아웃…… 마지막에 정흔이 뭐라고 말을 했으나 들리지 않았다.

잠이 깼을 때, 방 안엔 불이 환하게 켜져 있고 나는 누군가가 분실한 물건처럼 침대 위에 부려져 있었다. 처음엔 가위로 자른 듯 아무 기억도 나지 않았다. 방문 앞에 쪼르르 놓인 화장품 샘플들을 발견하고야 마음이 조금 놓였다. 둘러보니 겉옷은 벽에 걸려 있고 가방은 침대 아래에 놓여 있었다. 어디에도 시계는 보이지 않았다. 가방에 손을 넣어 휴대폰을 꺼냈다. 네시 삼십분이었다. 방 안에서도 아무것도 할 수 없는 시간이었지만 밖으로 나간다 해도 꼼짝할 수 없는 캄캄한 시간이었다. 깨어나면 전화해, 마지막에 정흔은 그렇게 말했었다.

휴대폰을 놓고 다시 누워보아도 머릿속에 모래 한 알만큼의 잠도 없었다. 눈을 굴리고 있자니 터널 안에서 정흔을 찍었던 일이 떠올랐다. 휴대폰을 다시 잡고 재생 버튼을 누르니, 노란 빛이 가득한 굽어진 터널 안에서 정흔이 이쪽을 쳐다보고 있었다. 걷는 중이어서 조금 흔들렸다. 나는 걸음을 멈추었고 정흔은 계속 걸어갔다. 정흔의 뒷모습이 오른쪽으로 굽어진 터널 안으로 사라지려 했다. 거기 서봐. 내 음성이 녹음되어 있었다. 소리는 동굴에서처럼 울렸다. 정흔이 조금 더 걸어가다가 돌아보았다. 내가 몇 걸음 달려갔다. 발소리가 커다랗게 울렸다. 화면은 터널 바닥과 벽을 함부로 훑었다. 이리 줘봐. 정흔의 손이 화면에 나타나더니 흔들렸다. 그리고 내가 나타났다. 노란 빛 속의 노란 얼굴이 놀란 듯 커다랗게 눈을 치뜨고 입을 약간 벌리고 있었다. 그렇게 보지 말고 좀 웃어, 정흔이 명령했다. 나는 웃지 않았다. 웃지 않고 말했다. 나, 선후 봤어. 몇 달 전에, 식당에서 우연히…… 많이 변했더라. 머리 밑이 훤하게 비었어…… 화면이 갑자기 떨어져

바닥을 비추었다. 이거 꺼. 정흔이 중얼거리며 휴대폰을 내게 돌려준 것 같았다. 거기서 동영상은 끝났다.

"이제는, 물질의 현실보다 추상적 현실이 더 현실 같아."

휴대폰을 끌 때, 나는 그렇게 말했었다. 그때 나는, 이것만이, 지금만이 현실이라는 것을 선명하게 느꼈다. 그리고 이것, 지금은, 이상하게도 바깥에 있는 현실이 아니라, 내 존재 안에 있는 현실이었다.

"요즘은 자꾸 그런 소릴 듣는군."

정흔이 말했었다.

"얼마 전에 만난 화가가 그 비슷한 말을 했어. 예전에 소설 습작을 했었는데, 삶에 비하면 거짓이고 허구여서 싫어지더래. 그래서 독일로 공부를 하러 갔는데 어쩌다가 그림을 그리게 되었대. 그렇게 십오 년을 살았는데, 돌아보니 삶이 더 허구 같더래. 그래서 다시 소설을 써보려고 애를 쓰는데 써지지가 않는 거야. 지금은, 삶과 소설 사이에서, 써지지 않는 그것이 현실 같다고 했어."

우리는 그것에 대해 알고 있었다. 정흔이 수많은 팔 중에 하나를 고르듯 신중하게 내 어깨에 팔 하나를 올렸었다. 나도 수많은 팔 중에 하나를 고르듯 조심스럽게 정흔의 허리에 팔을 둘렀었다. 터널의 환절이 휘어질 때, 우리 속의 분절도 휘어지며 무릎들이 툭툭 부딪쳤었다. 터널은 겨우 사백육십일 미터였다.

정흔과 선후와 나, 우리는 늘 셋이 함께 어울렸는데 9월의 첫날 선후가 왔었다. 자정이 다 된 시간이었다. 당시에는 생각지도 않았던 남자가 찾아와 원룸 앞 거리에서 전화를 하는 일이 가끔 있었다. 일 때문에 두세 번 만난 남자나 방송국 동료나 선배의 친구들이었다. 대체로 세 번 정도 만났을 때 남자들은 불쑥 찾아왔다. 심지어 술집이나 길에서 따라온 모르는 남자들도 있었다. 뭔가 오해를 한 남자들도 있었고, 부끄러움을 타는 남자들도 있었지만, 대부분은 자신을 과신하는 뻔뻔스러운 남자들이었다.

당시 나는 자주 밥을 굶었고 잠을 설쳤고 한 달에 열흘은 편집실에서 야근을 했고 사람들과 어울려 자주 술에 취했다. 술자리에 늘 모르는 사람들이 섞여들던 시절이었다. 일은 고되고 나는 우울하면서도 들떠 있었다. 사람을 사귀지 못하고 어느 자리에서든 작별인사도 없이 갑자기 떠나버리곤 했다. 휴가 때는 이미 지친 채 대여섯 명씩 조를 짠 그룹에 적당히 끼여 산이나 바다로 가서 술과 낮잠에 빠졌다가 돌아왔다. 간단히 말하자면, 일도 힘든데다가 그 힘든 것을 자학으로 풀었던 시절이었다. 그때의 심정은, 세상이 겨우 이것뿐인가, 였다.

엘리베이터를 타고 내려가니 선후는 느슨한 반팔 니트와 무릎을 덮는 반바지를 입고 샌들을 신고 현관에 서 있다가 나를 보자 오히려 놀랐다. 눈 속에 수줍음과 기쁨이 엎치락뒤치락했다. 피부 아래를 채운 젊음이 케이크처럼 달콤하고 부드러웠다. 무성한 앞머리카락이 아무렇게나 이마 위에 흩어져 있었다. 늦더위가 기승을 부리던 때였다. 선후는 나를 보고는 인사도 없이 등을 돌렸다. 어깨 옆으로 다가가서 보니 사탕을 문 사람처럼 입을 다문 채 웃고 있었다. 왜 혼자 웃느냐고 물으니, 그냥요, 라고 대답했다. 그리고 차 앞으로 가서 서더니, 탈래요? 하고 물었다.

거리는 텅 비고 어두웠고 안개가 다가오고 있었다. 선후는 독일 출장을 갔다가 이틀을 남겨 베니스를 둘러보고 왔다고 했다. 그날 우리는 무작정 도심에서 빠져나가 자유로를 달렸는데, 통일전망대를 지난 뒤 선후가 실없는 농담을 했다. 이렇게 달리다 그만 북한으로 넘어가 버릴 것 같아요. 간혹 우리 수역에서 조업을 하던 어부들이나, 산에서 도토리를 줍던 할머니들이 자신도 모르게 북쪽으로 넘어가 억류되는 뉴스는 드물지 않았다. 강의 하구가 아득히 넓게 열려 바다와 닿고 있었다. 그 길을 자정 넘은 시간에 단둘이 달려가다보면 어떤 사이든 이유 모를 결속감이나 소속감 같은 것이 생길 것이다. 우리는 임진각 앞에서 검문을 받고 우회전해 문산 쪽으로 들어갔다. 문산은 등화관제라도 하는 듯 캄캄했다. 캄캄한 길에서 선후는 헤맸다. 선후는 몇 번 한숨을 쉬었다. 나는 선후가 무엇을 찾고 있는지 알 수 없었지만 물으면 안 될 것 같았다. 모텔들이 나타날 때마다 선후의 차가 주춤하는 듯도 했다. 몇 개의 모텔이 지나간 뒤 선후가 말했다.

"베니스에 갔던 것이 후회스러워요."

선후는 그곳에서 평생을 지고 갈 자기 고독의 정량을 만났다고 했다. 누구를 만나든, 어떻게 살든, 무엇을 하든, 자기 피부에서 끝까지 떨어지지 않을 치밀하고 차갑고 무겁고 어둡고 적막한 고독. 이슬비처럼, 식은땀처럼, 만성적인 습기처럼 평생 옷을 적실 고독. 그 말을 마치자 선후는 결심한 듯 헤매기를 멈추고 자유로로 다시 나갔다.

아파트 주차장에서 내렸을 때는 새벽 세시였다. 선후는 엘리베이터에 같이 올랐으나, 내 원룸 앞에서 손을 흔들고 떠났다. 그게 전부였다. 그리고 두 달이 지난 뒤에 정흔이 마치 사로잡은 포로처럼 선후를 앞세우고 내 원룸에 들이닥쳤던 것이다.

그것은 꿈이 아니었을까. 목요일이었고, 새벽 세시였다. 11월 새벽 세시는 도무지 현실의 시간 같지 않았다. 잠에서 깨 현관문을 열었을 때, 복도 안전벽 너머에 안개가 하얗게 차 있었다. 그 안개는 지혈을 위해 상처 속을 꽉꽉 채운 솜뭉치 같았다. 공기 속에는 철분 냄새가 떠돌았다. 정흔은 그렇게도 큰 상처를 배경으로 선후의 어깨를 안고 서 있었다. 정흔은 술에 취한 상태였다. 그러나 나는 정흔이 실제보다 더 많이 취한 척한다는 것을 알아챘다. 정흔은 내 침대에 대자로 누운 뒤 선후나 내가 다가가면 발로 찼다. 은은한 스탠드 불빛 속에서 세 사람은 순간적으로 침대를 차지하기 위해 푸다닥거리며 몸싸움을 벌였다. 마지막으로 정흔이 바닥으로 떨어졌다가 선후와 나를 밀어내고 다시 침대를 차지하자 교전이 끝났다. 선후와 내가 숨을 고르며 방바닥에 누워 있는 사이 정흔은 코를 골며 잠이 들었다. 혹은 코를 골며 잠이 든 척했다. 나는 바닥에서 잠을 이루지 못하는 사람이었다. 바닥에 누우면, 집이라는 속임수가 걷혀버리고, 지붕도 벽도 없이 광야에 누워 있는 것 같았다. 모래 돌풍이 소용돌이치며 몰려오는 것만 같고, 야생 짐승들이 발소리를 죽이고 다가오는 것만 같았다. 무엇보다, 내 몸을 둘러싼 세계가 너무 광막해 나뭇잎 한 장처럼 저절로 둥실 떠서 우주로 사라질 것만 같았다. 계속해서 새벽 세시 시간대였다. 시간은 속눈썹 위에 풀로 붙여놓은 듯 지나가지 않았다. 얼마간이 지난 뒤에 정흔을 벽 쪽으로 밀자 정흔은 몸을 돌리며 벽을 향해 모로 누웠다. 그러자 더블베드에 자리가 제법 생겼다. 나는 정흔의 등뒤에 누웠고 선후도 질세라 침대 끝에 걸치다시피 몸을 누였다. 나는 선후가 떨어질까봐 그의 등을 당겨안았다. 선후가 순순히 안겼다. 우리는 정흔을 돌아보고 장난스럽게 얼굴을 서로의 품안으로 밀어넣고 소리 죽여 웃었다. 그리고 소리 죽여 숨을 쉬다가 소리 죽여 입을 맞추었다. 어찌할 수가 없는 느낌이었다. 우리는 어떻게 끝내야 할지 모르는 듯 입맞춤을 계속했다. 그러다가 소리 죽여 옷을 벗었다. 막막한 강물 위로 뗏목을 타고 흘러가는 듯했다. 우리가 표류하는 동안 정흔은 끝까지 등을 돌리고 누워 있었다. 중간에 깼더라도, 혹은 처음부터 깨어 있었더라도, 정흔은 그 뗏목에서 내릴 수는 없었을 것이다.

다음날 깼을 때, 정흔도 선후도 없었다. 타다닥, 우산살이 부딪쳤던 그 부옇고 습기 찬 봄밤은 그다음 해 봄이었을 것이다. 겨울이 가고 봄이 올 때까지, 정흔과 나는 이따금 만나 취해서 정신을 잃을 정도로 술을 마셨다. 그리고 언제인지 정흔은 선후와 헤어졌다. 그런데 왜 정흔은 그날, 선후를 데리고 내 방에 왔을까? 세상엔 할 수 없는 질문이 너무 많다. 내가 굳이 물으면, 그냥, 이라고 대답할 것이다. 정흔이 그렇게 선후와 헤어지고 싶었는지, 정흔이 내게로 기울어버린 선후의 마음을 알고 있었는지, 내가 정흔과 선후 둘을 정하는 바도 없이 다가가 부딪칠 것을 걱정했는지…… 어쩌면 그 침대 속의 표류는 셋이 함께 꾼 목요일의 꿈이었을 것이다.

그후 선후를 두 번 우연히 만났다. 동료들과 3차로 들른 지하 맥줏집에는 테이블이 달랑 네 개였다. 선후는 친구들과 약혼녀와 함께 있었다. 결혼식 전 준비모임이라고 했다. 선후는 굳이 약혼녀를 나에게 소개했다. 삶아서 깐 계란 같은 흰 얼굴에 눈이 크고 입술이 작고 체구가 가느다란 여자였다. 나는 리포터가 애지중지 들고 다니던 와인을 빼앗다시피 빌려 선후의 테이블에 보냈다. 선후는 사양했지만 기어코 다시 보냈다. 리포터는 몽하세, 어쩌고 하며 부르고뉴산의 고가 와인이라고 투덜댔었다. 리포터는 그때 학원을 다니며 와인수업을 받고 있었다. 그것이 유행이던 때였다.

그리고 지난해에 어느 한정식집 마당에서 선후와 부딪쳤었다. 그 아이의 반짝이던 이마 위가 으슥하게 그늘져 있었다. 누가 파먹은 듯 머리카락이 뭉텅 빠져나간 것 같았다. 우리는 둘 다 입을 벌린 채 기막히다는 표정을 짓고 쳐다보았다. 남자들은 이마가 야위어지면서 늙는가보았다. 그리고 그애에게, 나는 어떤 모습이었을까. 선후의 눈빛과 웃는 모습과 손을 내미는 동작 속에 언뜻 예전의 애절한 웃음이 보였다가 깨어지듯 사라졌다. 치밀했던 고독은 이제 밀도가 달라져서 허전함 정도로 바뀐 듯 보였다. 그런데 왜 허전함이 더 고독해 보였을까? 우리는 거래처 사람끼리 하듯, 명함을 주고받고 헤어졌다. 내가 선후를 늙게 한 여자가 아닌 것이 다행스러웠다.

해가 뜨기를 애타게 기다리다가 새벽 여섯시에 호텔을 나서서 택시를 타고 기사에게 미수동 다찌집 이름을 댔다. 통영대교를 지나가 다찌집에서 차를 찾고 보니 뒷좌석에 정흔과 P의 가방이 실려 있었다. 다시 호텔로 돌아가는데 길을 찾지 못해 그 좁은 시내를 몇 바퀴나 빙빙 돌았다. 호텔 이름도 모른 채 나왔던 것이다. 거리를 돌고 도는 사이에 날이 밝았다. 호텔에 간신히 도착했을 때는 먼 도시에서 밤새워 달려와 이제 막 방을 잡고 쓰러져 자야 할 여행객처럼 새로운 피로가 몰려왔다. 정흔의 깊은 잠이 그리웠다. 그 건조한 잠 속에 파고들어 가라앉을 듯 무거운 몸을 의탁하고 싶었다.

로비에 들어서자 화장품 샘플을 챙겨주며 하나하나 설명하던 신해의 고요한 눈빛이 떠올랐다. 정흔이 어느 방에 들었는지, P와 한방에 들었는지, 신해와 한방에 들었는지, 알 수가 없었다. 호텔 직원에게 물어보려 해도 말이 나오지 않았다. 직원이 그런 나를 물끄러미 바라보았다. 나는 두 개의 가방만 맡기고 돌아나왔다.

정흔과 얼굴을 마주 댄 채 코끝에 서로의 호흡을 느끼며 잠들고 싶었었다. 아직 허물 벗지 못한 뱀처럼 둘 다 소매 긴 겨울옷을 입은 채, 얼굴과 손가락과 발가락만 내놓고 팔다리가 얽혀 조금 간지럼을 타며 잠들고 싶었다. 정흔이 남자여도 여자여도 상관없었다. 가슴 같은 거, 몸통 같은 건 없어도 좋았다. 풀냄새 같은 체취와 초봄 같은 체온과 감긴 속눈썹과 흉터가 있는 흰 뺨과 긴 목과, 옷에 감싸인 팔다리로 충분했다. 목과 팔다리만 그리움을 간직하며 더 길어지고 싶었다. 그렇게, 그리움끼리 끌어안고 한잠을 자고 나면, 우리의 마지막 허물이 벗겨질 것이다.

북문 바깥, 육지와 연결되는 유일한 육로는 두루미 목처럼 좁다고 했다. 내 자동차는 장대고개일 그 좁은 목을 아프게 올라가 신호를 받고 섰다. 그때 한 여자의 외침이 먼 곳을 돌아온 메아리처럼 귓속에 울렸다.

"그래요, 달님, 난 혼자랍니다. 난 이렇게도, 혼자예요."

소설 속에서도 어느 장면인가 참욋빛 달이 떠 있었던 것 같은데, 어디쯤인지 기억할 수 없었다. 등장인물들이 분주하게 파국을 향해 달려가던 모든 장면들 뒤로, 외로운 달이 적막하게 떠가고 있었다.

흰 깃털 하나 떠도네

1

밤 열시였다. 병원에서 운영하는 지하 장례식장은 귀성 인파가 몰린 버스터미널의 대합실처럼 붐볐다. 열두어 평 남짓한 홀에 좁은 통로만 남기고 단을 올려 칸칸마다 영정을 모셔놓았는데, 사람들은 좁은 칸 안에서 나뭇잎 위의 개미처럼 바글댔고, 통로 바닥의 신발들은 파먹힌 논고둥 껍데기처럼 나뒹굴었다. 양복 차림의 남자들과 상복 차림의 상주들, 알루미늄 접시에 수육과 김치를 차려내는 여자들이 뒤엉켜 뭐라고 소리를 지르고, 우르르 마주 앉으며 절을 하고, 음식을 입에 밀어넣고 선 자리에서 술잔을 비웠다.

그 복잡한 홀에서 할머니의 영정사진이 놓인 칸을 찾기는 쉬웠다. 그곳만은 뻥 뚫린 것처럼 적막했기 때문이었다. 검은 원피스를 입은 야윈 여자 하나가 할머니의 영정을 약간 비낀 채 오도카니 앉아 있을 뿐이었다. 그에게 부음을 전해준 간병인이었다. 계영은 그제야 소란 속을 일정하게 흐르는 불경 소리를 들었고 음식 냄새와 뒤섞인 향내를 맡았다. 재채기가 날 것처럼 콧등이 간지러웠다.

계영이 신발을 벗고 올라서자 여자가 너무 오래 한 자세로 앉아 있었는지 힘들게 일어섰다. 일어선 여자의 두 발 끝이 눈에 띄게 안쪽으로 모여 있었다. 좀 심한 O자형 다리였다. 계영은 참았던 재채기를 하고 말았다. 이런 여자는 어떤 느낌일까, 보기엔 좀 딱하겠지만 느낌은 확실히 다르겠지…… 재채기를 수습하고 목례를 하는 그 짧은 순간에 성적인 연상이 허술한 매듭이 풀려 실이 당겨져나가듯 당혹스럽게 비약했다. 계영은 두 눈에 드러날 수 있는 동요를 지그시 누르며 향을 피우고 술을 쳤다. 속으로 제 뜻과 관계없이 상스러워진 중년의 나이를 탓하며……

할머니 영정사진은 늙은 호박색으로 바래 얼굴을 알아보기 어려웠다. 삼십 년 전 환갑 기념일 오후에 찍었던 사진이었다. 그날 방문객은 전혀 없었다. 외아들인 아버지가 죽었고 엄마는 재혼을 해 떠났기 때문이었다. 학교 갔다 온 계영은 할머니를 따라 사진관에 갔었다. 영정사진과 단둘뿐인 가족사진을 찍고 일어설 때 할머니의 눈에서 눈물이 새어나왔다. 결막염을 앓는 오른쪽 눈 때문에 눈물은 구정물처럼 탁해 보였다. 내 새끼를 키우고 죽어야 할 텐데…… 할머니는 늘 계영을 걱정하고 죽음을 걱정했다.

그리고 불과 몇 달 뒤, 엄마가 계영을 데리러 왔다. 엄마는 할머니가 좋아하는 카스텔라를 빵가게의 비닐봉지가 가득 차도록 사왔었다. 엄마가 절을 하려 하자 할머니는 앉은 자세 그대로 몸을 돌려버렸다.

엄마는 데운 우유 한 잔과 카스텔라 세 개를 까서 접시에 담아 내놓고 고개를 떨구고 앉아 있었다. 흡사 비닐장판의 칸들을 세듯 가만히 앉아 있던 엄마는 괘종시계가 다섯시를 치자 과장되게 놀라며 상표도 뜯지 않은 두툼한 코트를 계영에게 입히고 새 장갑을 꺼내 한 짝으로 묶인 끈을 함부로 당겨 끊고 손에 끼워주었다. 그리고 계영의 책과 옷가지 몇 개를 보스턴백에 성급하게 밀어넣었다. 그런 기척에도 할머니는 여전히 등을 보인 채 앉아 있었다. 엄마와 계영은 할머니 등을 향해 작별의 절을 했다. 양손에 가방을 든 엄마가 먼저 나간 뒤 계영이 신을 신고 현관에 서자 할머니가 더듬더듬 다가왔다. 얼마나 울었는지 눈을 못 뜰 지경으로 붓고 주름이 접힌 목까지 흠씬 젖어 있었다.

할머니는 젖은 손으로 계영의 왼쪽 손을 아프도록 꽉 잡았다. 손을 불구덩이에 넣은 듯 뜨거웠다. 계영은 간신히 손을 빼내고 문을 밀치고 나가 냅다 복도를 달렸다. 영아, 영아…… 할머니가 부르는 소리를 들으며 계영은 엄마를 놓칠세라 계단을 뛰어내려갔다.

곧 열두 살이 될 계영은 엄마와 언덕을 내려가 버스를 탔다. 기차역에 도착해서 만두를 먹고 지루하게 기다려 밤기차를 탔다. 남쪽 지방의 어수선한 소도시에 내렸을 때는 아침이었다. 그리고 삼십 년이 지나가버렸다. 어릴 때는 엄마와 할머니가 등을 졌기 때문에 할머니를 찾아갈 방법을 몰랐고, 좀더 자라서는 마을 이름도 돌아가는 길도 잊어버렸고, 어른이 되어서는 살기가 바빠 찾지 못했다. 마음 한켠에서 걸리지 않은 건 아니었으나 할머니가 아직도 그곳에서 살겠는가, 어딘가에서 돌아가셨겠거니 생각했다. 할머니의 부음을 들었을 때, 할머니가 죽었다는 사실 때문이 아니라 여태껏 살아 있었기 때문에 계영은 어리둥절했었다.

"일 년 반쯤 할머니와 지냈어요. 마지막엔 거동이 불편해서 사람이 필요했거든요."

묵묵히 마주 앉은 채로 수십 분이 지난 뒤 여자가 처음으로 말을 했다. 발음에 모음 'ㅗ'가 많이 섞여 어색했다. 일 욘 반쯤 할모니와 지냈오요, 하는 식이다.

"저는 손자 됩니다."

"이야기 들었어요. 유일한 혈육이시죠."

여자가 비난한 것은 아닌데도 계영은 듣기가 난감해 얼굴을 쓸어내렸다. 여자는 눈을 내리뜨고 있었다. 삼십대 후반쯤으로 보였는데 피부가 몹시 창백하고 얼굴이 납작했다. 끝이 말린 머리카락이 어깨까지 덮였고, 앞가슴 쪽으로 커다란 단추들이 달린 구식 원피스를 입고 있었다. 간신히 색은 맞추었으나 영안실에 걸맞은 디자인은 아니었다. 입술 끝과 긴 눈의 끝이 무너지고 있어 만만찮은 피로가 느껴졌다. 여자는 한 시간에 한 번꼴로 나갔다가 들어왔고 계영도 물을 마시거나 화장실을 가거나 담배를 피우거나 혹은 그냥 접었던 다리를 펴기 위해 들락거렸다.

병원 주변은 삭막하고 번잡했다. 영안실에 들른 조문객들이 방을 얻어 밤을 새우는지 정문 옆의 여관에도 들락거리는 사람이 끊이지 않았다. 반쯤 열린 창문으로부터 갑자기 여러 사람의 웃음소리가 터져나오기도 했다. 여관 출입문을 들락거리는 사람들의 얼굴은 졸립거나 슬픔에 지쳤거나 화가 났거나 심지어 유쾌해 보이기도 했는데, 그

표정의 배면에는 공통적으로 기묘한 결의와 흥분이 깔려 있었다. 그것은 계영도 마찬가지일 것이다. 그는 졸다가도 문득 할머니가 남긴 낡은 아파트를 떠올렸다.

계영이 두번째 커피를 마시러 나갔을 때, 여자는 좁은 화단가에 서서 담배를 피우고 있었다. 그는 별생각 없이 여자의 곁으로 다가가 화단 턱에 엉덩이를 대고 앉았다. 그러자 여자는 갑자기 담배를 끄고 지하 장례식장 계단을 서둘러 내려갔다. 무릎 아래서 안으로 휘어진 두 다리가 도망이라도 치듯 불안정했다.

무심했던 계영은 여자의 경계심이 어처구니없었다. 그는 젊은 시절부터 가난과 우수를 잘 구별할 수 있었다. 우울한 여자라면 노력해볼 수도 있지만, 가난한 여자에겐 전혀 흥미가 없었다. 가난이란 일종의 불구와 같이 해결될 수 없는 성질의 문제인 것이다.

"그만 들어가서 쉬세요."

새벽 세시였다. 계영은 앉은 채 고개를 떨구고 조는 여자에게 말했다. 여자는 간밤에도 영안실에서 지냈을 것이다.

"여긴, 내가 지킬게요."

생각지도 않은 아파트 한 채를 고스란히 상속받은 행운아는 마땅히 그만한 도리를 해야 한다. 하지만 간병인은 이야기가 달랐다. 가족이 왔으니 그녀의 공식 업무는 끝난 게 아닐까…… 여자가 천천히 고개를 들고 맞은편에 앉은 계영을 쳐다보았다. 계영은 조금 놀랐다. 정면을 향해 있으면서도 기묘하게 방황하는 시선…… 사팔뜨기 눈동자였다. 계영은 공격이라도 받은 듯 시선을 외면했다가 이내 다시 쳐다보았다. 각기 다른 곳을 향해 있는 동공 속엔 호소와 두려움이 꼭 절반씩 떠올라 있었다. 계영은 갑작스러운 두통을 느끼며 한 손으로 이마를 짚었다. 여자가 왜 그런 눈으로 바라보는지 이해할 수 없었는데도 동시에 무언가 알아챈 것 같은 모순된 느낌에 사로잡혔다. 어쨌든 여자는 들어가서 쉴 생각이 전혀 없다는 듯 몸을 돌리더니 모로 누웠다. 영정 앞에서 그래도 되는지 모르지만, 계영으로선 상관없는 일이었다.

2

영구차는 아침 일찍 화장터로 떠났다. 시신을 실은 커다란 버스에 계영과 여자 단둘만 중간자리에 앞뒤로 앉아 실려갔다. 버스기사는 〈회심가〉를 틀어놓았다. 할머니가 그 집에서 어떻게 혼자 삼십 년이나 더 살아 있었는지 상상하기가 어려웠다. 계영이 엄마를 따라 떠났던 그 무렵에 이미 할머니의 삶은 모든 문을 닫아건 상태였다. 누군가를 만나지도 않았고 찾아오는 사람도 없었으며 공공요금 청구서나 각종 전단지 외에는 우편물도 없었다. 한 달에 한 번 은행에 가기 위해 아래 큰길로 내려가는 외출이 전부였다. 찬거리는 트럭이 실어오는 푸성귀나 생선을 사두었다 먹었고 9월이 되면 벌써 연탄을 잔뜩 넣었다. 일용품은 아파트의 구멍가게에서 조달했다. 할머니는 겨울숲의 늙고 병든 곰처럼 몸을 질질 끌며 나머지 생애를 견뎠을 것이다.

그대로 저승까지 달려갈 것 같았던 영구차는 도심을 벗어나 길가에 거대한 석상들을 전시해놓은 묘지 조경가게들과 가족 납골당 등을 지나 화장터에 도착했다. 그곳도 붐비는 터미널 같기는 마찬가지였다.

화장 차례를 기다리는 동안 둘은 식당에서 설렁탕을 먹고 벚나무가 그늘을 드리운 화장장 앞 벤치에 앉았다. 화장장의 굴뚝에서 피어오르는 기름진 검은 연기가 주위의 소란을 흡수하는 듯 붐비는 중에도 정적이 감돌았다. 완벽하게 무위인 채 금박가루같이 쏟아지는 햇빛을 바라보고 있으니 존재로부터 이탈해 허공 속의 순수한 원형질로 환원되어가는 느낌이었다. 그때 어디선가 흰 깃털 하나가 날아와 거짓말처럼 눈앞에서 멈추었다가 바람에 뒤집히며 높이 솟아올라 유유히 날아갔다. 깃털이 보이지 않을 때까지 눈길을 주고 있는 사이에, 순간 속에서 인생을 온전히 붙잡을 수 있을 것 같은 갑작스러운 가능성이 차올랐다. 스물두 살에 엄마가 죽은 뒤로 숨쉴 틈 없이 그를 쫓아왔던 육식동물의 이빨들이 툭툭 부러져 발등 위에 떨어지는 듯했다. 계영은 놀라 여자를 쳐다보았다. 여자는 각기 다른 방향으로 달아나는 사팔뜨기 눈으로 묵묵히 계영을 마주 보았다.

군대를 다녀온 뒤 새아버지의 집을 나왔었다. 한 달 치의 단칸방 월세와 등록금이 전부였다. 살기가 힘들다보니 그때부터 여자들을 만나 일 년씩 이 년씩 함께 살아왔다. 여자들은 그에게 밥을 해먹였고 옷을 사입히고 정을 주었다. 그렇게 사는 동안 그는 여자들을 지치게 하는 법을 터득하게 되었다. 늘 여자들이 먼저 떠났기에, 다음 여자를 만나는 일도 간단했다. 그러다 처가 살림이 꽤 괜찮은 여자를 만나자 결혼도 했고, 지금의 회사로 옮겨오기 전에 몇 차례 이직을 하며, 사이사이 작은 사업을 벌여 처가 재산을 들어먹기도 했다. 처가로부터 신용을 잃어버렸지만, 그다지 불편할 것도 없는 것이 장인장모 죽은 후로 아내의 언니와 두 남동생이 다 같이 호주로 옮겨가버린 덕분이었다.

욕심은 많아도 눈앞이 어두운 아내는 계영이 적잖은 빚을 내어 주식을 사서 날려버리고 이자를 카드로 돌려막는 것도, 이 년이나 여자를 숨기고 있는 것도 전혀 눈치를 채지 못했다. 다만 계영이 제풀에 빚도 지겹고 여자도 지겨워서 어떻게 끝을 내나 궁리하는 중이었다. 방법이라고는 둘 다 아내에게 토설하는 수밖에는 없었다. 그러던 차에 할머니의 부음을 듣게 된 것이었다.

할머니의 아파트를 팔아치우면 지겨운 이 땅을 떠날 수 있었다. 그는 장례가 끝나는 즉시 이민수속에 들어갈 것이다. 미련이라고는 없는 것이, 어차피 더 나아갈 곳이 없었다. 인생이 단애처럼 잘려버린 느낌이었다. 친구놈 하나가 몬트리올에 자리를 잡고 있으니, 모든 것이 순조로울 것이다. 뜻밖의 유산 상속 소식을 받고서도 좀체로 실감할 수 없었던 안도감과 기쁨이 처음으로 타액과 섞이며 넘어가는 음식처럼 생생하게 내장을 채웠다. 그가 떠나고 나면 영선은 많이 놀랄 것이다. 헛된 약속을 믿고 어느 나라로든, 이 땅을 떠나게 되면 가족이 아니라 저를 데리고 갈 줄로 철석같이 믿고 있는 순진한 여자이니 말이다. 그것이 아무리 지겹다 해도 남자의 허리는 결국 가족에게 묶여 있다는 것을 그 여자는 모른다.

계영으로선 영선도 이제 빚이었다. 몬트리올이 될지, 밴쿠버가 될지 혹은 돈이 부족해서 동부지역으로 정할지 아직 분명하진 않지만, 그곳에서는 아이들 앞에서는 물론이고, 어디에 내놓아도 찔릴 것 없는 안정되고 근면하고 정직한 삶을 살 것이다. 캐나다는 그런 곳이니까. 일이 뜻대로 풀리지 않을 때에야 변칙적인 방법 외에는 자기 위로의 방식이 없지만, 형편만 풀리면, 굳이 숨어서 즐기고 싶지도 않았다. 심지어는 단조롭고 외롭고 조금 쪼들리더라도 사는 일을 그대로 받아들일 것이다. 빚만 없으면, 삶 자체가 공격적이지만 않으면 그도 얼마든지 소박하게 살 수 있었다. 정말 그곳에서는 주말에 이웃들과 바비큐 파티나 하고, 묽은 커피 맛에 길들고, 골프를 치고, 일 년에 한 번쯤 단풍이 절정인 때에 메이플 가도를 따라가 퀘벡과 나이아가라 폭포까지 긴 여행을 할 것이다. 하긴 그 큰 나라에서는 어느 쪽으로 떠나더라도 장거리 여행이 될 테니 체력도 키우고 마음의 여유도 가져야겠지.

계영은 맑은 햇빛을 향해 고개를 치켜들며 흐뭇한 미소를 지었다. 빛이다. 돈은 빛인 것이다. 계영은 침이 고일 지경으로 행복했고 억제할 수 없이 할머니가 고마워졌다.

"할머닌 어땠어요?"

"……"

여자가 대답은 하지 않고 막막하게 그를 쳐다보았다. 낮에 보니 먹처럼, 앞이 보이지 않을 것만 같이 검은 눈동자였다. 핀셋으로 그 얇은 막을 떼어내주고 싶은 충동이 들었다. 그러면 그와도 퍽 닮은 눈이 될 것 같았다. 그는 그만 웃고 말았다. 여자가 움찔 놀랐다. 그러자 순식간에 긴장이 감돌고 어색해졌다. 여자는 대답하지 않을 작정인 듯했다. 하긴 계영도 자기 행운에 취한 나머지 공연히 해본 질문일 뿐이었다.

할머니가 죽었고, 여태까지 그 아파트에 그대로 살았다는 소식을 들었을 때, 그는 부음을 아내에게 전하지 않았다. 아내는 그에게 할머니가 있었다는 사실을 알게 되면 오히려 의아해할 것이다. 그가 어리둥절했던 것처럼. 무엇보다 결혼생활 내내 그의 무능을 빌미로 은근히 괄시해온 아내의 헤벌어질 입안에 냉큼 행운을 밀어넣어주고 싶지 않았다. 상속과 이민이라는 새 역사는 계영이 집안의 헤게모니를 장악할 수 있는 결정적인 계기가 되어야 했다.

그는 여느 날과 똑같이 아침에 출근하는 모습으로 나왔다. 그리고 집 근처 세탁소에서 전에 맡겨두었던 검정 양복을 찾아 차에 실었다. 그리고 유유히 소도시를 빠져나와 고속도로를 달렸다. 마치 구렁이처럼 긴 허물을 스스스슥 벗는 기분이었다. 그다지 서두르지 않았다. 장례식을 하루 앞둔 날이니까.

장거리 운전을 하는 동안 그는 음악도 듣지 않았지만, 라디오 뉴스 따위도 듣지 않았다. 전날까지만 해도 라디오 뉴스는 불쾌한 가운데서도 기묘하게 그를 위로했었다. 이 나라의 신용불량자 수가 삼백오십만이라느니, 자살률이 OECD 가입국 중 4위이며 상반기 빈곤 자살자가 사백오 명이라든가, 청년 실업률이 전체 실업의 반이며 올해 대졸자 사십여만 명 중 취업자는 이만 명에 불과하다든가 하는 소식을 들으면 이상하게도 안심이 되는 것이다. 다들 같은 지경이야, 다들 죽을 지경이라고, 하는 식이다. 심지어 어떤 아파트가 한 달 사이 천만 원이 올랐다거나, 최상층의 재산이 일 년인지 이 년인지 사이에 두 배로 불었다거나, 일 년 사교육비 시장이 삼십억 규모라거나, 정치인이 기업으로부터 십일억을 받았다, 백억을 받았다는 뉴스까지도 분노보다는, 그러니 이 지경이지 하는 식의, 자신의 패배를 납득시키는 모종의 위로가 되었다. 도심 한가운데 쇠몽둥이를 든 강도가 날뛴다거나, 국민의 반은 사기꾼이라거나, 가임기 여성 넷 중 하나가 매춘녀라거나 하는 과장된 소문까지도 그렇고말고 싶었다. 빚 때문에 일가족이 자동차를 몰고 저수지로 달려들었다, 병고와 생활고를 비관한 끝에 자기 아파트에 불을 질렀다, 장기매매계약을 했다, 하는 소식을 들어도 위로가 되었다. 저 지경은 아니니 다행 아닌가 하며…… 그러나, 이 모든 것도 이제 끝이다. 그와는 상관없는 일이 될 것이고 작은 분노나 절망은 물론 위로조차 되지 않을 것이다.

고속도로에서 빠져나가 국도를 달리기도 했고 작은 저수지 가에서 두어 시간 동안 멍하니 앉아 있기도 했고 갓길에 차를 세우고 펄쩍펄쩍 뛰어보기도 했다. 가망 없던 어둠의 시간이 지나가는 것을 그런 식으로 마음껏 실감하고 싶었다. 이젠 아무도 그를 뒤쫓지 않을 것이다. 어떤 회사의 카드도 그를 괴롭히지 않을 것이다. 아무것도…… 계영은 장례식장에 들어가기 직전에 집으로 전화를 걸어 갑자기 출장을 왔다고 둘러냈다. 한 이틀 걸릴 거라고.

"할머니가, 뼈를, 고향 바다에 뿌려달라고 부탁했어요."

여자가 한참 생각을 한 뒤 또박또박 말했다. 그도 할머니 분골을 어떻게 처리해야 할지 생각하던 중이었다. 납골당을 쓰는 것이 그중 간단할 것 같았다. 그가 여자 쪽을 돌아보았지만 여자는 붐비는 화장장에만 눈길을 두고 있었다. 대기실 의자에 앉아 있던 중년 여자가 갑자기 몸부림치며 통곡하기 시작했다. 아들과 딸인 듯한 남녀가 여자를 붙잡았다.

"다른 이야기는?"

"……당신을 찾아서 전화하라고 했어요. 혈육이니까, 아마도 올 거라고 말했어요."

아마도, 라는 말의 뉘앙스와 혈육이라는 말에 계영의 얼굴이 붉어졌다. 자신의 존재가 오랜 옛날 할머니로부터 비롯되었다는 사실을 강조하면서 혈육의 도리를 모른 채 살아온 비정함을 지탄하기 위해 사용된 단어 같았다. 몸부림치던 중년 여자가 문득 정신을 놓은 듯 조용해졌다. 젊은 여자가 생수를 자기의 얼굴에 뿌리고 병째 입에 흘려 넣고 있었다.

"고향이 어디랍니까?"

"강화도요. 강화도에서도 배를 타고 들어가야 한다고 했어요. 여자가 태어나기엔 아주 모진 땅이라고 하더군요. 전화번호부 뒤에 적어두었는데, 경황이 없어서 확인 못 하고 왔어요. 바다가 내려다보이는 큰 절이 있다고 했는데요."

보문사를 말하는 것 같았다. 그는 고개를 끄덕였다.

남해 보리암과 속초 낙산사와 함께 삼대 관음 도량이라는 말은 들었지만 가본 적은 없었다. 길도 모르는 곳을 찾아가 분골을 뿌려야 한다니, 막상 귀찮아졌다. 여자가 진작 말했더라면 그의 차를 몰고 뒤따라왔을 것이다. 분골을 받아 바로 강화도를 나갈 수 있으면 모르지만, 일이 이렇게 되었으니 오늘 하루에 다 끝내기는 어려울 것 같았다. 두 시간이 지났는데도 할머니의 관은 대기중이었다. 새삼스럽게 고향이라니……

"할머니가 돌아가신 곳은 숲이었어요."

여자는 계영이 귀찮아하는 것을 눈치챈 것 같았다.

"거의 꼼짝도 못했는데, 마지막 날 아침엔 기분이 좋고 몸이 가볍다며 목욕을 하고 옷을 갈아입고 복도로 나가 서성댔어요. 그러다 숲에 가겠다고 나섰어요."

"숲?"

여자가 고개를 끄덕였다.

"할머닌 무엇을 찾는 듯 숲으로 자주 들어갔어요. 그날은 약수터까지밖엔 갈 수가 없었지만. 페트병 세 개에 물을 담고 돌아보니 벤치에 앉아 있던 할머니가 가만히 옆으로 쓰러졌어요. 너무나 가벼워서 등 뒤에서 나비 한 마리가 살짝 미는 것 같았어요."

"……"

말하고 있는 동안 여자의 얼굴에 나무 그림자가 끊임없이 아른댔다. 나무 그림자 때문에 여자가 계속해서 현란하게 표정을 바꾸는 것만 같았다. 말하는 여자는 교묘한 생각을 하며 소리없이 웃고 있는 것 같기도 했다. 당신은 누구요? 계영은 너무 놀라 하마터면 그렇게 물을 뻔했다. 여자의 얼굴에서 퍼져나오는 모자이크 같은 파문이 그에게 말을 걸었기 때문이었다. 그 말을 자칫 알아들을 것만 같았기 때문이었다.

분골을 받아든 계영은 병원으로 돌아가 차를 몰고 할머니가 살았던 아파트로 갔다. 길을 몰라 여자의 안내를 받아야 했다. 오층짜리 아파트는 산속에 있었고 도로는 가팔랐다. 주차할 자리도 없어 몇 바퀴를

돈 뒤에야 간신히 끼워넣었는데 파킹한 자리가 워낙 급경사라 뒷바퀴에 돌을 고여야 했다.

그는 분골을 안고 커다란 미루나무들이 늘어서 있는 길을 걸었다. 아파트 꼴은 그래도 공원부지로 지정되어 보상을 받게 될 것이라니 값이 적잖이 나갈 것이었다. 그러나 부동산에 내놓더라도 당장 팔릴지 어떨지 걱정이 되었다. 이민수속을 밟아놓고 상속받은 아파트를 파느라 목이 빠지게 기다릴 생각을 하니 헛웃음이 나왔다. 그의 복잡한 마음과 달리 노랗게 물든 미루나무 잎사귀들은 바람을 타고 팔랑팔랑 흔들리며 넋처럼 가벼이 공중을 떠돌았다.

여자도 묵묵히 아파트 계단을 올랐다. 밖으로 돌출된 시멘트 계단을 세 칸째 올랐을 때 문득 옛날의 기억이 이마에 부딪치듯 떠올랐다. 하지만 그건 기억이 아니라 흔들림이었다. 계단을 오를 때의 당혹스러운 흔들림. 아무래도 세번째 계단이 다른 칸에 비해 높거나 낮은 모양이었다. 기억은 흔들리기만 할 뿐 불러오기에는 턱없이 까마득했다.

할머니 집은 복도 끝이었다. 끝이라는 점을 활용해 집 앞 복도에 온실처럼 유리창들을 댄 집이었다. 숲에서 파도 소리가 쏴아쏴아 들려왔다. 다른 곳에 비해 유독 바람이 많이 이는 곳이었다. 여자가 문을 열고 옆으로 비켜섰다. 몸을 구부리고 안으로 들어서니, 향냄새가 훅 끼쳤다. 유리를 댄 베란다에는 커다란 화분이 여러 개 놓여 있었다. 영산홍 나무와 노인들이 좋아하는 군자란, 프리클리페어 선인장들과 불꽃처럼 타오르는 포인세티아, 꽃이 진 제라늄 들이었다. 모두 여러 해를 묵은 늙은 식물들이었고, 화분마다 어김없이 뿔소라 껍데기 서

너 개가 얹혀 있었다.

실내는 깊고 우묵하고 어둑했다. 벽들이 코에 닿을 것처럼 좁았다. 계영은 당황했다. 왜 아파트가 작다는 생각을 하지 못했는지, 이상했다. 열한 살의 기억으로만 고집을 부린 모양이었다. 계영은 실망에 겨워 집장수처럼 한숨을 내쉬었다. 얼마나 오래되었는지 짐작조차 하기 어려운 세 짝짜리 싱크대와 벽에 걸린 찬장과 소형 냉장고와 가스레인지…… 다행히 간병인 여자가 단정한지 낡았음에도 불구하고 청결했다.

안방엔 창의 크기에 딱 맞추어 짜서 건 듯한 황금색 레이스 커튼이 드리워 있어 가난한 살림에도 빛이 환했다. 방 안엔 두 짝 베니어 장롱과 문갑과 문갑 위의 텔레비전과 사진 액자 하나가 전부였다. 액자 속엔 사진을 찍던 날 할머니가 계영의 어깨를 안고 찍은 누런 사진이 들어 있었다. 남자아이의 얼굴엔 우울이 멜라닌 색소처럼 짙게 덮여 있었다. 계영은 연민을 억제하며 멍한 얼굴로 사진을 들여다보았다. 사진에 박힌 남자아이도 할머니와 함께 늙어서 죽어버렸을 것만 같았다. 벽에는 달력도 한 장 없고 나무를 댄 못에 죽은 할머니의 치마와 여름 웃옷이 걸려 있었다.

압도적으로 무거운 향냄새 때문인지, 아흔한 살의 노파가 삼십 년이나 살았던 방인데다 마지막 일 년 정도는 투병까지 했음에도 불구하고 별다른 냄새는 읽히지 않았다. 여자는 잠시 머뭇거리더니 계영이 들고 있던 분골함을 받아들고 작은방으로 들어갔다. 벽지의 무늬마저 증발되어버린 누런 방엔 서랍장과 불단이 차려진 상 하나가 놓여 있었다. 두 개의 촛대와 종이연꽃과 황금빛 부처상과 향로와 불경이 놓여 있었다. 그 방은 아주 작아서 그것만으로도 가득 찼다. 여자는 분골함을 불단 위에 올린 뒤 방문 앞에 그가 서 있는데도 단호하게 문을 닫았다.

세찬 바람에 나뭇가지들 뒤집히는 소리가 파도 소리처럼 쏴아쏴아 울렸다. 계영도 큰방으로 들어가 앉았다. 몹시 고단해 벽에 등을 기댔고 얼마 후엔 비스듬히 누워 눈을 감았다가 그대로 잠들어버렸다.

오후의 잠은 밤까지 이어졌다. 파도가 밀려와 등이 다 젖는 꿈을 꾸다가 깨어났다. 계영은 현관문을 열고 밖으로 나갔다가 복도 가운데 우두커니 서버렸다. 숲에서 바람이 몰려와 머리카락을 헝클었다. 그는 다시 집으로 들어와 작은방 문을 두드렸다. 여자가 문을 살짝 열고는 마루의 불빛 때문에 얼굴을 찌푸렸다.

"화장실, 어디 있죠?"

여자는 고개를 조금 더 내밀고 손짓했다. 바로 옆문이었다. 계영은 수초가 흐른 뒤에야 그 말을 알아들었다. 작은방 옆의 문을 열자 세면대와 변기만 달랑 놓인 좁은 화장실이 있었다. 전에 연탄보일러실 자리였다. 가스보일러로 교체하고 화장실을 들이는 등 집을 좀 수리했던 모양이었다. 방 안에서 한잠 자고 깬 탓인지 옛날 일이 또렷하게 떠올랐다. 옛날엔 복도 중간에 공동 화장실이 있었다. 잠들기 전에 어린 계영의 오줌을 누이기 위해 할머니는 소형 플래시를 들고 앞장섰었다. 불을 켜면 쥐들이 화들짝 놀라 대각선을 그으며 몸을 감추곤 했었다. 늦봄부터 여름 내내 허연 구더기들이 변소 바닥을 기어다녔다. 어린 계영은 한밤중에 오줌을 누러 가지 않기 위해 저녁엔 국이나 물을 마시지 않았고, 아침엔 된똥을 누게 되어 항문이 찢어지곤 했다.

그가 세수까지 하고 나가니 여자가 라면을 끓이고 있었다. 그들은 작은 상에 마주 앉아 뜨거운 라면을 먹었다. 걷어올린 면을 입안으로 빨아들일 때면 두 사람의 머리가 부딪치기도 했지만 여자는 무신경하게 굴었다. 포만감은 몸을 더 무겁게 풀어놓았다. 젓가락을 놓자마자 계영은 아래로 끌고 내려가는 듯한 수마에 휩싸였다. 여자도 마찬가지인지 상을 버려둔 채 방 안으로 휘적휘적 들어가버렸다.

자는 동안 열이 올라 식은땀이 방바닥을 적셨다. 고열 속에서 계영은 해일처럼 덮치는 숲의 바람 소리와 지진처럼 흔드는 자신의 흐느낌에 놀라 화들짝 깨어났다. 자는 동안 목이 아프도록 운 게 분명했다. 머릿속에 물이 찬 듯 먹먹했다. 아직도 새벽 한시였다. 시간이 흘러가지 않고 오히려 거슬러올라간 기분이었다.

잠이 깬 채 누워 있는 방은 좁고 깊은 상자 속 같았다. 계영은 불을 켜고 담배를 피웠다. 기를 쓰고 의젓한 척했지만 어릴 때 계영은 이런저런 공포증을 안고 살았었다. 방문을 닫지 못하는 폐소공포증, 인적 없는 모퉁이를 돌 때면 작은 여자아이가 서 있는 환상을 보는 모퉁이공포증, 길에서 무심하게 움직인 어떤 동작이 신호가 되어 정체불명의 물체가 접근해 암호를 묻는 외계인공포증……

그중에서도 벽지공포증이 있었는데, 자신도 모르게 무늬를 자세히 들여다보는 것으로부터 시작되었다. 처음엔 분명히 꽃다발 무늬였던 것이 보면 볼수록 하나하나 모양을 제멋대로 바꾸어가는 것이다. 길바닥에 깔려 납작해진 쥐가 되었다가, 털실 스웨터처럼 해진 고양이 시체가 되었다가 탱크 같은 무기가 되었다가 음험한 수초가 되어 일렁거리다가, 몸속의 심장이 되어 두근거리다가, 마침내는 물렁물렁하고 꿈틀거리는 점액질 괴물이 된다. 그리고 점액질 속에서 끓어오르는 기포들이 점점 커지면서 톡톡 터지고 터진 구멍들 중 하나가 어느 순간 계영을 벽지의 무늬 속으로 빨아들여버리는 것이다. 계영은 고독하게 공포에 시달렸지만 그렇다고 불을 끌 수도 없었다. 불을 끄면 해일처럼 덮치는 숲의 바람 소리 때문에 숨이 막혀왔다. 두 손으로 귀를 막아도 몸속에서 귀신들이 우는 것처럼 잉잉 울렸다.

계영이 불을 껐다가 켰다가 하며 오래 뒤척이면, 할머니는 잠에 취한 노곤한 음성으로 소라나무 이야기를 해주었다.

'영아, 무서워할 것 없다. 저 숲엔 아주 커다란 소라나무가 있단다. 소라나무 가지엔 커다란 뿔소라들이 잎사귀처럼 주렁주렁 달려서 흔들리지…… 상상해봐라, 뿔소라들이 바람에 흔들리며 쏴아아쏴아아 파도 소리를 내는 것을…… 숲의 바람은 모두 거기서 시작된단다. 자거라, 내일은 커다란 소라나무가 있는 곳으로 가보자.'

계영은 소라나무를 상상하다가 잠이 들었지만 거짓말이라는 걸 알고 있었다. 숲속에 들어가면 할머니는 늘 그랬던 것처럼 소라나무 있는 데로 가는 길을 잊어버렸다고 말했다. 할머니가 이따금 숲에서 뿔소라 껍데기를 주워왔었지만 믿지 않았다. 심지어 할머니를 따라갔다가 숲길에서 뿔소라 껍데기를 밟고 깜짝 놀라기도 했었지만.

3

눈을 떴을 때는 오전 열시였다.

여자는 집 안에 없었다. 계영은 담배를 사기 위해 집을 나서다가 화분에 얹힌 뿔소라 껍데기 하나를 집어들었다. 하필이면 입구 맞은편이 깨어져 앞뒤가 열린 것이었다. 자세히 보니, 기둥을 중심으로 네 개의 층을 따라 나선형의 결이 가파르게 돌며 아래로 흘러가고 있었다. 네 개의 마디를 가진 소라의 등에는 약간씩 아래로 휘어진 길고 튼튼한 뿔들이 돋아 있었다.

가게 앞에서 계영은 멈칫 섰다. 안에서 여자 특유의 음성이 들렸다.

"삐지만 않았다면 멍든 상처엔 소고기를 얇게 떠서 붙이면 잘 낫는대요."

"소고기를 바른다고? 난생처음 듣는 소리네. 정말 소고기가 들을까?"

"하지만 삐었으면 침이라도 맞아야 할걸요."

"여기서 어떻게 침 맞으러 가? 아이고 죽겠네…… 아이고, 통증이 점점 더하는 거 같으니……"

"콜택시 불러서 같이 침술원에 가볼까요? 아니면 병원에 가든지."

"하루 더 견뎌보고…… 이참에 아예 가게문을 닫든지 해야지. 아랫길에 마트가 생긴 뒤로는 인수하려는 사람도 안 나서니…… 그런데, 이제 어떻게 해? 장례식도 치렀고 손자도 왔다니, 어디로 가?"

여자는 대답 없이 선반 위의 통조림을 줄 세우듯 반듯하게 정리하기 시작했다.

"처음 우리 가게에서 할머니를 따라나갔던 게 엊그제 같은데 어느새 할머니는 돌아가시고…… 또 정처가 없어졌네…… 어디 가지 말고 그냥 여기서 나하고 지내자. 지금처럼 내 일도 좀 거들어주고. 나 정말 꼼짝도 못하겠다. 이대로 문 닫으면 손해가 막심해……"

계영의 왼손에 불덩이 같은 열이 고였다. 계영은 손을 부드럽게 쥐었다가 풀었다가를 반복했다. 가게에 들어가니 안티푸라민 냄새가 코를 찔렀다. 여자는 생리대 상자를 풀어 선반 위에 쌓고 있었다. 여자가 그렇듯 계영도 인사를 하는 둥 마는 둥 하고 담배와 라이터를 사들고 나왔다. 등뒤에서 가겟집 여자가 물었다.

"할머니 손자라는 사람이야?"

"예."

"아주 훤하게 생겼네. 그런데, 간밤엔?"

"……"

"둘이 같이 지냈어?"

"……"

"갈 데 없으면 당분간 가겟방이라도 써."

"그럴게요."

여자가 기어드는 소리로 대답했다.

계영은 가게 바로 앞 나무벤치로 가 앉았다. 담배를 하나 다 피우고 나자 가게에서 여자가 나왔다. 손에 캔이 하나 들려 있었다. 여자가 지나간 뒤 가게 안에 전화벨이 울렸다. 늙은 주인 여자가 전화를 받는 소리가 들렸다.

"나 어제 저승 갈 뻔했어. 저 계단을 내려오다가 완전히 발목을 접고 자빠졌시 뭐야. 내가 운동이라도 늘 하는 몸이니까 이만하지, 다른 사람 같았으면 뼈를 분질렀을 거야…… 척추라도 다쳤어봐, 죽느니만 못하지. 그럼, 아파서 꼼짝 못하고 있다. 그래…… 그런데 그저께 꿈이 이상하더라. 네가 이상한 신을 신고 어딘지 모를 길을 걸어가더라. 나무로 만든 신이 어떻게나 높은지 위태위태하더라. 너도 몸조심해라. 하기는, 니 꿈 땜을 내가 했는지도 모르겠다. 소고기를 붙이면 낫는다니 한번 해봐야지…… 나도 처음 듣는 소리다…… 요 앞에 너도 봤잖아, 할머니 병구완하면서 함께 지낸다던 여자. 응, 그래, 그 여자가 그랬어. 또 오갈 데 없는 신세지 뭐. 그럼, 일가붙이도 하나 없나봐. 무슨 사연인지는 말을 하나, 말이 통 없어. 그래도 할머니한테는 끔찍하게 했지. 할머니도 퍽 아껴주었고. 착해, 여자가 착해서……"

가겟집 여자는 다정한 음성으로 끈질기게 전화기를 붙들고 있었다. 계영은 벤치에서 일어나 왼손을 몇 번이나 쥐었다가 풀며 가게로 들어갔다. 가겟집 여자가 수화기를 귀에 댄 채 방 안에서 고개를 빼고 내다보았다. 머리를 밝은 갈색으로 물들인 쉰 살 후반의 여자는 한 평 방에 금고를 끼고 앉아 있었다. 다쳤다는 발은 몇 년이나 지난 여성지들을 포개어 그 위에 올려놓았는데 발등에 보라색 피멍이 들고 퉁퉁 부어 있었다. 계영은 피멍 든 부위를 만져보았다.

"아얏!"

여자는 비명을 지르면서도 기대하는 표정으로 올려다보았다.

멍 가장자리가 자주색으로 변해가고 있었다. 계영은 왼손으로 발목을 쓰다듬다가 단번에 안쪽으로 비틀었다. 여자가 뱃속에서부터 비명을 내질렀다. 계영이 발목을 좀 주무른 뒤 손을 떼자 여자가 긴 숨을 내쉬었다. 그러고는 발목을 이리저리 돌리더니 환한 얼굴로 올려다보았다.

"어마, 안 아프네. 감쪽같네."

계영은 싱긋 웃었다.

"아이구, 고마워요. 이게 무슨 일이래? 신기하게 안 아프네…… 이봐요, 음료수라도 하나 마시고 가지……"

응? 아니야, 그게 아니고…… 여자는 다시 통화를 시작했다. 계영은 가게에서 나와 걸으면서 손을 펴 이리저리 살펴보았다. 계영의 왼손에는 통증과 상처를 낫게 하는 비밀스러운 힘이 있었다. 하지만 그건 엄마가 살아 있던 때의 일이었다. 어른이 된 뒤엔 까맣게 잊고 있던 능력이었다. 손의 힘을 알게 된 것은 엄마의 집으로 간 지 일 년 정도나 지났을 때였다. 의붓아버지와 그쪽에서 온 남동생과 누나와 한집에서 사느라, 말과 표정은 없어지고 눈치만 잔뜩 늘었을 무렵이었다.

스케이트장에서 누나가 넘어지는 사고를 당했는데, 왼쪽 다리의 뼈가 휘어지면서 부러져버렸다. 순간적으로 정신을 잃었다가 깬 누나는 누가 생살을 뜯어내기라도 하는 듯 끔찍한 비명을 내질러댔다. 둘러선 사람들이 우왕좌왕하고 주인은 구급차를 불렀다. 그러나 누나의 비명은 처절함을 더해갔다. 구급차만 기다리고 있을 수만은 없었다.

계영은 그때 왼손으로 이상한 확신이 흘러오는 것을 느꼈다. 그는 사람들이 말리는데도 불구하고, 불덩이처럼 뜨거워진 손바닥으로 부러진 다리를 덮었다. 차차 비명이 잦아들었다. 구급차가 도착했을 때까지 얼마의 시간이 흘러갔는지 알 수 없었다. 얼음판 위에 쓰러진 누나의 눈이 계영을 바라보았다. 여전히 눈물은 흐르고 있었지만 고통이 사라진 눈이었다. 의심과 적대감이 지워진 순수한 응시였다. 그후론 집안에서 지내기가 한결 수월했다.

돌아가니 여자가 아침도 점심도 아닌 밥상을 차리고 있었다. 가게에서 가져온 참치캔으로 찌개를 끓였고, 김과 깻잎과 명란젓갈과 계란찜을 차려냈다. 보기보다 실속 있는 살림살이였다. 그는 창을 향해 앉았다. 마주 앉은 여자의 모습이 역광을 받아 얼굴을 분간하기 어려웠다.

첫 숟가락을 떠 흐물흐물한 계란찜을 입안에 머금는 순간 펑, 하고 병마개가 열리듯 몸 구석구석으로 슬픈 김 같은 것이 아릿하게 퍼져나갔다. 누군가가 언제 가장 행복했었느냐고 묻는다면, 열 살과 열한 살의 이 년 동안이라고 대답할 것 같았다. 할머니와 밥을 먹었던 그 나날들이었다고…… 고개를 들어보니 마루 창에 초가을 빛이 체로 친 금박가루처럼 쏟아지고 있었다. 역광을 받으며 조용히 젓가락을 부딪치는 여자의 얼굴 선이 잎사귀 속의 잎맥처럼 가녀렸다.

4

강화도에 들어설 때부터 하늘에 검은 구름이 몰려들어 마음이 초조했다. 나중엔 저녁처럼 어두운 길을 달리며 되는대로 하자고 마음을 먹었다. 섬으로 들어가는 배에 올랐을 때는 그날 계획 따윈 완전히

버린 뒤였다. 금세 바다를 건너갈 듯싶은 가까운 거리였다. 수십 마리 갈매기들이 배 주위를 에워싸고 어지럽게 선회하고 있었다. 그들은 석모도를 향해 난간에 기대서서 담배를 피웠다.

"비예요."

배가 막 출발할 때, 여자가 가느다란 비명을 질렀다. 눈 속으로 빗방울이 떨어졌는지 계영을 쳐다보는 왼쪽 눈 속에 물기가 그득했다. 여자는 담배를 쥔 손바닥으로 눈을 덮었다. 아무도 알 수 없는 이유로 우는 것처럼 보였다. 첫 빗방울에 부딪쳐 존재가 부서질 수도 있을 것 같이 연약한 모습이었다. 여자가 눈에서 손을 뗐을 때 계영은 낯익은 감정에 와락 빠져들었다. 빗장뼈에 뭔가가 걸리는 것 같은 통증까지 동반한 기억의 병목현상…… 그러나 재채기 같은 미묘한 간지러움과 횡격막 근처의 아픔 외에 말로 할 수 있는 기억은 건져지지 않았다.

비는 곧 굵어져 선실 안으로 들어가야 했다. 선실 벽에 대어 만든 긴 의자에 섬 주민인 듯한 늙은 남자 둘과 중년 여인과 어린 소녀가 앉아 있었다. 남는 자리엔 초록색 비닐 커버가 길게 찢어져 스펀지가 내보였다. 비가 와서 그런지 먼지 낀 유리창문과 페인트 칠이 벗겨져 나간 쇠기둥과 군데군데 밀린 싸구려 바닥재의 낡은 질감들이 유독 선명했다. 계영은 사물들을 외면한 채 열린 창을 향해 섰다. 여자도 앉을 생각은 않고 불안정한 자세로 그의 옆에 서 있었다.

계영은 샌들 끝에 밀려나온 여자의 발가락을 좀 놀란 눈으로 보고 있었다. 밀가루로 빚어놓은 듯, 금세 짓이겨질 것같이 미숙해 보이는 발가락들과 비늘처럼 얇은 발톱이 튀어들어오는 빗방울에 젖고 있었다. 발등이 싸늘하게 식어 있을 것 같았다. 긴소매의 검은색 원피스

차림에 비해 샌들은 허술해 보였고 계절에도 맞지 않았다.

배에서 빠져나온 계영은 선착장 바로 앞의 식당에 차를 세웠다. 쏟아지는 빗속에서 할 수 있는 일은 없었다. 그리고 더 나은 식사를 하기 위해 공연히 차를 몰고 다니고 싶은 마음도 없었다.

냉랭한 방에 방석을 대고 앉아 꽃게탕을 시켰다. 여자는 가방을 뒤적여 검고 동그란 고무줄을 꺼내더니, 축축해진 머리카락을 가볍게 흔든 뒤 하나로 모아 느릿느릿 묶었다. 유난히 볼록한 뒤통수의 형태가 선명하게 드러났다. 여자의 손이 움직일 때마다 풀줄기가 베이는 듯한 내음이 났다. 그러자 계영의 머릿속 한 부분이 익은 석류처럼 쩍 벌어지는 듯했다. 그는 여자를 알고 있었다.

기억 속의 여자는 계영과 같은 열한 살이었다. 아이가 이런 여자로 자랐다는 것이 신기했다. 얼굴도 없었던 것처럼, 입술 아래의 점은 물론이고 따로 방황하는 두 눈조차 기억나지 않았다. 그러나 낯선 얼굴을 지나 몸의 움직임들을 지나, 무엇이 한 인간의 기호가 되는 것인지 몰라도 그는 알아보았다. 마치 심장으로 본 것처럼. 이상한 감응이었다. 유난히 볼록하게 도드라진 뒤통수가 단서였을까…… 그러고 보니, 좀 심한 O자형 다리도 기억났다.

계영은 담배를 꺼내 물었다. 질문 따위를 던질 필요는 없어 보였다. 언제인지는 모르지만, 적어도 여자가 먼저 계영을 알아본 게 분명했다. 할머니의 방 문갑 위에 환갑 기념일에 함께 찍었던 사진이 놓여 있지 않았던가. 여자는 그가 장례식장에 도착하기도 전에 이미 알고 있었을 것이다. 식당 한켠에는 작은 여자애가 인형과 살림살이를 펴

놓고 혼자 속살거리고 있었다. 여자의 시선은 두 갈래로 나뉘어 아이와 문 바깥의 빗줄기를 동시에 보고 있었다. 아이는 세일러문 로고가 그려진 핑크색 플라스틱 가방 속에서 작은 빗과 거울을 꺼내고, 빗줄기는 화살처럼 팽팽하게 떨어져 포장도로 위에서 부러지며 튀어올랐다. 조금 전 배를 뒤따라온 갈매기들이 낮은 허공에서 배회하고 있었다. 두 개의 시선으로 벌어져 있는 여자의 동공이 뺨 위로 굴러떨어질 것만 같았다.

어린 여자는 일본에서 전학을 와서 같은 반이 되었다. 발음과 옷차림 때문에 심하게 놀림을 당했었다. 입안 어딘가를 동그랗게 오므리는지 모든 발음에 'ㅗ' 소리가 섞여나왔고, 받침 발음은 'ㄹ' 외엔 모두 흐지부지했다. 일고, 요도올, 아호, 욜…… 하는 식이었다. 입고 오는 옷은 정교하고 단단했음에도 불구하고 색깔과 무늬가 몹시 낯설었다. 그때 계영은 몰랐지만 O자형 다리와 사팔뜨기 눈도 놀림거리였을지 모른다. 아이들은 오, 발음을 길게 늘여 오오사카상이라고 놀렸다. 어린 여자는 계영의 앞자리에 앉았다.

어린 여자는 수업시간에 가끔 필통에서 고무줄을 꺼내 머리를 하나로 묶곤 했다. 풀 베이는 냄새가 나고, 갑자기 희디흰 귀와 목덜미와 유난히 볼록한 뒤통수가 드러나면 계영은 나머지 수업에 집중할 수가 없었다. 어느 날 아침에 그의 앞에 가만히 다가와 멈추어 섰던 안쪽으로 모아진 두 발…… 계영이 신발이 든 비닐봉지를 걸이에 끼울 때였다. 어린 여자는 낯선 색깔의 천조각들을 꼼꼼하게 기워 만든 주머니를 내밀었다.

계영은 그날부터 주머니 안에 신발을 넣었다. 어린 여자의 것과 구별하기 어려울 만큼 비슷한 것이어서 신발걸이 앞에 서서 주머니를 자주 바꾸어야 했다. 자연히 하교할 때 운동장을 가로질러 나란히 걷는 횟수도 잦아졌다. 그런 날은 계영이 여자애의 집까지 따라 걷기도 했고, 중간의 공원에서 헤어지기도 했다. 또 여자애가 계영의 집까지 온 적도 있었다. 추석 뒷날, 여자애가 송편을 접시에 담고 비닐로 덮어 가져왔을 때는 할머니와 숲을 산책했었다. 그날도 할머니는 소라나무가 있는 곳으로 데려다주겠다고 거짓말을 했었다.

계영과 어린 여자와 다른 여자애 하나가 같은 조가 되어 일주일 동안 도서관 청소를 함께한 뒤로 아이들은 둘을 한데 묶어 오오상과 사카상이라고 놀려댔다. 화장실과 교문 벽에 이상한 그림을 그린 낙서 소동도 일어났었다. 낙서한 아이를 찾느라, 전교생이 하교한 싸늘하고 적막한 토요일 오후에 반 전체가 두 시간 동안이나 책상 위에 꿇어앉아 팔을 들고 서 있기도 했다. 그 일로 계영과 어린 여자는 반 아이들 전체의 미움을 샀다. 오오상 사카상, 오오상 사카상, 아이들 놀림에 둘은 눈도 마주칠 수 없게 되었다. 계영은 여자애가 준 신발주머니를 옷장 서랍 속에 감추고 비닐봉지를 썼다. 계영은 늘 혼자였고 자주 코피가 터지도록 싸웠다. 그리고 겨울방학이 되었고 엄마를 따라 역으로 가 기차를 타고 먼 남쪽으로 떠났다.

생각이 나지 않았던 것은 아니었다. 사는 일을 도무지 이해할 도리가 없었던 열두 살에도 혼자 오오상으로 불리고 있을 어린 여자를 생각하면 가슴속을 때리며 급한 물살이 돌듯 아팠다. 열세 살에도, 열네 살에도, 몇 년 동안 늘 그 이름은 우물 속에 빠뜨린 새하얀 깃털처럼 의식의 표면을 떠돌았다. 언젠가 꼭 완료해야 할 일이 있는 것처럼 어린 여자의 유독 흰 얼굴과 볼록한 뒤통수와 안쪽으로 모인 두 발이 생각났었다.

의붓아버지의 집에서 밥을 먹고 학비를 타 쓰며 열일곱 살이 되고 열여덟 살이 되면서, 얼굴도 지워지고, 뒤통수와 발도 사라지고 특유의 발음도 더이상 들리지 않았다. 하지만 그건 망각이 아니었다. 오히려 너무 반복해서 떠올린 나머지 모든 것이, 심지어 자신의 열한 살조차 실체가 아니라 착각이거나 몽상이 파내려간 통로조차 없는 검은 우물처럼 존재의 깊은 곳에 매몰되어버렸다.

누구에게나 그런 흰 깃털 같은 존재가 하나쯤 있지 않을까. 그래서 이따금 이유도 없이 횡격막을 들썩이며 아픈 재채기를 하게 되고 뇌 속의 신경 하나가 매듭진 듯 걸려 갑작스러운 두통을 앓는 것이다. 꿈과 생시의 중간에서 존재하는 사람, 언젠가 만나면 그 시간은 꿈도 아니고 생시도 아니어서 함께 갈 곳도 없고 나눌 이야기도 없고 지을 표정조차 없을 사람……

여자는 꽃게살 같은 건 먹어본 적도 없는지 맨밥과 국물만 떠먹었다. 그렇다고 달리 뭘 해본 게 있을 것 같지도 않았다. 무심한 것인지, 초연한 것인지, 냉정한 것인지, 선량한 것인지, 좀 모자란 것인지…… 계영은 게껍데기를 뜯어 손에 쥔 채 머뭇거렸다. 밥을 비벼 먹어보라고 권하고 싶었지만 목이 콱 막혀 말도 못 한 채 다리들을 분질러 쵭쵭 소리를 내며 빨아먹었다. 꽃게살을 파먹는 동안 계영의 이마에서

땀이 삐질삐질 흘렀다.

아내가 가진 행복의 기준은 리빙잡지와 패션잡지의 코팅된 화보 속에 있었다. 리빙잡지의 실내 인테리어와 새로운 패션과 요리와 신상품을 향유할 수 있는가 없는가에 따라 무력해지고 절망하고 자부심을 느끼기도 하고 불행해졌다. 그녀의 언니와 친구들도 마찬가지였다. 같은 기호를 교감하고 공유하는 패션잡지의 정기구독자들. 결혼 후 계영은 아내와 아이들에게 아파트와 냉장고와 침대보와 마룻바닥과 유행에 맞는 백과 옷과 훌륭한 학원들을 제공하는 방법적 존재였다. 아무리 뛰어도 언제나 부족하고, 무능했다.

노력은 추상적인 것이고, 직접적인 것은 늘 상품이었다. 더 나쁜 것은 실제로는 아무것도 실감하지 못한다는 사실이다. 소유는 일회적으로 충족된 뒤에 이내 권태로 이어지며 권태는 더 비대한 결핍을 생산한다. 계영은 때로 아내 때문에 인생이 허비되고 있다는 환멸과 구토증에 시달렸다. 삶과 너무 멀어진, 마치 쇼룸에 설치된 모델하우스같이 상품으로 구성된 공백의 삶. 교활하게 코팅되어 그 속으로는 도저히 스며들 수 없는 삶…… 계영은 그렇게 탕진되어왔다. 계영이 집안에서 가장다운 헤게모니를 쥔다 해도 마찬가지일 것이다. 그것은 꿈이 이루어져 몬트리올로 떠난다 해도, 아니 지구 끝까지 간다 해도 변하지 않을 것이었다.

계영은 한숨을 푹 쉬었다. 여자가 묻는 눈으로 쳐다보았다. 여자는 아내와 달리 큰 것을 요구하지 않을 것 같았다. 새 아파트나 명품 핸드백, 공부 잘하는 아이, 자랑할 만한 직위를 가진 남편, 홍콩과 유럽

여행 대신 여자는 치약이나 식빵 혹은 고기나 생리패드, 간장이나 식초, 비닐구두 같은 것들을 사달라고 하겠지. 크기가 다양한 바늘과 색색 가지 실을 사고, 겨울 동안 따뜻하게 보내기 위해 보일러에 기름을 가득 넣자고 하겠지……

그리고 그가 진짜 좋아하는 고등어구이와 풋고추만 잔뜩 넣은 된장으로 저녁밥을 먹은 후 소라나무를 찾아 밤의 숲으로 갈 것이다. 보름달이 없다면 플래시를 들고 나가겠지.

그 숲에서 어쩌면 소라나무를 찾을 수 있을지도 모른다.

"할머니가 부르던 노래 기억나세요?"

여자가 물었다. 노래라니, 전혀 떠오르지 않았다.

"노돌 강본 봄바람에 휘휘 놀오진 가지에다가 무정세월 한 호리를 친친 동요서 매오나볼까……"

여자가 할머니 흉내를 내듯 낮은 소리로 노래했다. 특유의 'ㆍ' 소리가 많이 들어간 노래…… 계영은 그만 여자의 이름을 부르고 싶었다.

"맞아요. 어릴 때 들은 그 노래, 생각나요……"

계영이 고개를 끄덕이자 여자가 고개를 안으로 숙이고 머리를 흔들며 웃었다.

소주를 곁들인 긴 식사가 끝나자 계영은 식당에 앉은 채로 방을 잡았다. 근처 민박집 여주인이 우산을 들고 손님을 끌러 왔던 것이다. 여자를 먼저 보낸 뒤에 계영은 다시 소주를 시켰다. 그리고 화장실에 가서 거울 속의 낯선 얼굴을 쳐다보았다. 붉게 충혈된 눈, 자주색 입술, 두꺼워진 얼굴 피부, 불어난 체구, 더러운 손…… 그토록 뻰뻰스럽게 버텨왔으나, 처음으로 존재 전체가 순순히 부끄러웠다.

5

이른 아침인데도 섬의 모퉁이 선착장엔 먼저 온 무리가 있었다. 관광버스 운전석 아래에 '영천사'라는 사찰명이 붙어 있었다. 그들은 길고 긴 흰색 나일론 천으로 역트라이앵글을 만들고 바다를 향한 밑면에 음식들과 작은 상자들을 줄지어 차려놓았다. 그리고 서른 명쯤 되는 신도들이 트라이앵글의 두 변을 따라 서서 합장하며 경을 외우고 연신 절을 하였다. 방생의식이라고 했다. 광택이 나는 희디흰 승복 위에 핏빛 천을 두른 스님이 삼각형 쪽지점에 서서 징을 두드려 산신을 부르고 북을 두드려 용왕을 오래 불렀다.

배를 잠시 빌려주기로 한 선주는 방생이 끝날 때까지 기다리자고 했다. 계영과 여자는 선주와 함께 선착장에 걸터앉았다. 스님은 이제 양 손등에 황금바퀴 같은 커다란 바라를 끼고 파랗게 민 맨머리 위로 번갈아 올리고 내리고 휘휘 돌리며 춤을 추었다. 바라가 빙그르르 돌고 뒤집어질 때마다 아침빛이 번쩍번쩍 반사되어 스님의 머리와 얼굴에 황금빛 반사광이 칼날처럼 지나갔다. 춤은 역동적이면서 유연하고 땅을 딛는 스님의 발은 목화솜처럼 가벼웠다.

바라춤이 끝나자 잠시의 휴식도 없이 이번에는 두 손등에 커다란 종이연꽃을 끼웠다. 신도들은 합장한 채 굳게 입을 다물었다. 음악도 없고, 바람도 없었다. 생연기가 타오르는 듯한 정적이었다. 해변의 정적 속에서 스님의 춤은 무아지경의 한가운데를 벌리고 들어가는 듯했다. 느리면서도 날카롭고, 가볍고도 깊었으며, 무의미하고도 팽팽했다.

잠이 부족했던 계영은 앉은 채로 잠시 존 것 같았다. 문득 눈 속으로 새하얀 비둘기 한 마리가 날아들었다. 여자가 아, 하는 비명을 질렀고 계영은 반사적으로 얼굴을 돌려 피했다. 그의 다리 아래 바위틈으로 새끼 비둘기 한 마리가 흰색 휴지뭉치처럼 떨어졌다. 그리고 잇달아 대여섯 마리의 비둘기가 비틀거리며 낮게 날다가 선착장 시멘트 바닥에 내려앉았다. 신도들이 방생하려고 가져온 생물은 물고기나 바다거북이 아니라 뜻밖에도 비둘기였다.

상자들이 계속 열리고 곧 해변의 빈터와 선착장은 비둘기로 하얗게 덮였다. 하늘엔 사나운 울음소리를 내는 육식성의 갈매기떼가 회색 덩어리로 뭉쳐 떠 있었다.

비둘기 한 마리는 낮게 날다가 내려앉을 수 없는 파도 위에서 경악하는 듯 허우적대더니 급선회해 선착장 쪽으로 돌아와 떨어졌다. 새는 옆으로 누운 채 푸른 배설물을 쏟으며 꽁지를 바들바들 떨었다. 유독 희고 어린 비둘기였다. 아마도 바다는 처음일 것이다. 계영은 두 날개를 잡아올렸다. 왼손에 불덩이 같은 열이 흘러들었다. 생각했던 것과 달리 날개가 두꺼운 마분지로 만든 것처럼 딱딱했다. 계영은 엉성한 폼으로 새를 가슴에 안고 왼손으로 쓰다듬었다. 새가 도망갈 생각도 않고 머리를 들고 배추씨앗같이 검은 눈으로 그를 바라보았다.

여자가 계영을 향해 처음으로 부드럽게 웃었다. 의미가 미궁으로 가라앉는 듯한, 한없이 깊은 동의와 공감의 웃음…… 비둘기들은 계속해서 어둡고 좁은 상자 속에서 풀려났다. 그리고 멀리 가려 하지 않고 태풍에 떨어지는 풋과일처럼 해변 여기저기에 떨어졌다.

할머니의 분골을 바다에 뿌리고 돌아오니, 관광버스는 떠나고 없었다. 그사이 선착장과 그 아래 바위틈에 죽은 비둘기들이 흩어져 있었다. 더러는 벌써 갈매기떼의 공격을 받아 붉은 핏자국과 새하얀 깃털 더미로만 남아 있었다. 바람이 불자 흰 깃털들이 바다로 날아갔다. 계영은 어울리지 않게도, 작은 비둘기 한 마리를 아직도 가슴에 끌어안고 있었다.

6

절에다 제를 맡기고 의식을 치른 뒤 배에 올랐을 때는 오후 세시였다. 전날과 달리 쾌청했지만 바람이 심했다. 배의 선실로 들어서자 여자는 헝클어진 머리카락이 귀찮은지 가방에서 고무줄을 꺼내 하나로 묶었다.

"할머니는 어떻게 알게 되었어요?"

당신은 오유자지요? 나는 김계영입니다. 그 말을 어떻게 해야 할지 몰라 잔뜩 망설이다가 불쑥 해버린 질문이었다.

"슈퍼에서요. 물건을 고르면서 할머니의 이야기를 듣게 되었어요."

여자는 배의 엔진 소음 때문인지 얼굴을 찌푸리며 조금 시간을 흘려보냈다. 여자의 동공들이 이리저리 방황했다.

"할머니가 간병할 사람을 찾는다고 하더군요. 그래서, 그길로 할머니를 따라갔어요. 가서, 좀 놀랐죠."

"왜?"

"……그냥요. 방에, 그냥……"

엔진 소음에 묻혀 마지막 말은 잘 들리지 않았지만, 여자가 애써 숨기는 것이 무엇인지 알 것 같아 계영은 웃었다. 여자는 안방 문갑 위에 놓인 액자 속에서 계영을 발견하고 놀랐을 것이다. 틀림없이 그 때문에 놀랐을 것이다……

"할머니와 난, 혈육 같았어요."

여자가 갑자기 커다란 소리로 외쳤다.

"혈육 속에 존재하는 어떤 원망의 부분조차 없는 진짜 혈육요."

여자는, 모든 혈육은 태어나자마자 원망을 시작한다고 확신하는 태도로 말했다. 왠지 화를 내는 것 같기도 했다.

"가족은 없어요?"

여자는 대답 대신 그의 가슴에서 비둘기를 받아 앉았다.

"……아이들을 먼 친척집에 맡긴 지 이 년이나 됐어요."

여자의 얼굴에 어리는 고통이 어찌나 급작스러우면서도 격렬한지 계영은 움찔했다.

"이제, 아이들을 데리고 올 거예요."

여자가 그를 향해 거의 도전적으로 눈을 떴다. 각기 다른 의지를 가진 듯한 두 눈에 파란 불꽃이 일어나는 것 같았다. 그토록 결연한 일인 모양이었다. 여자의 입술이 황야에서 겨울을 보낸 듯 하얗게 말라 있었다.

"거처는 정했나요?"

주제넘은 질문이지만, 가겟집 여자의 말이 생각나 물었다. 여자는 입을 꾹 다문 채 눈으로 경고하는 것 같았다. 더이상 묻지 말아요. 그러나 다른 쪽 눈은 어딘가 다른 곳을 방황하고 다른 말을 하고 있었다. 계영은 마침내 하고 싶은 말을 했다.

"나는, 당신을 알고 있는 것 같아요."

이상한 문장이지만 그렇게밖에는 표현할 수 없었다. 이리저리 불안하게 움직이던 여자의 눈동자들이 전면을 향해 멈추었다.

"이름이 오유자지요?"

"아뇨. 잘못 아셨어요."

여자는 지나칠 정도로 냉담하게 말했다. 계영은 당황했다. 여자는 그가 알아봐주기를 기다렸던 게 아니었던가…… 그가 알아보는 순간 여자는 계영의 둔감함을 질책하는 눈길로 가면을 벗듯 일시에 표정을 바꾸며 방긋 웃어주어야 했다. 그래서 둘은 잠시 어색한 순간을 흘려보낸 뒤 이내 당시의 아이들처럼 오오상, 사카상, 하며 서로를 놀려주어야 했다. 그리고, 하루, 이틀, 사흘, 나흘…… 그 어둡고 우묵한 아파트에서 함께 자고 일어나다보면 몸을 섞기도 할 것이다. 차차 그는 돈을 벌러 나가고 여자는 살림을 하며 인생의 바깥에서 나날을 흘려보낼 수도 있었다. 일 년이 가고 이 년이 가고 삼 년이 흘러가면 언젠가는 가족이 그를 잊고 그도 가족을 까마득히 잊을 것이다. 남자들은 그렇게 사라지는 것이다.

계영이 난감해하는 사이에 배가 선착장에 도착했다. 그는 서둘러 차를 몰고 배에서 내려야 했다. 계영이 여객 터미널 사무소 앞 주차장에서 담배를 피우는 동안 여자는 긴 선착장을 천천히 밟고 왔다. 여자의 품안에 어린 비둘기는 없었다. 배의 꽁무니를 그악스럽게 따라왔던 갈매기떼가 한 덩이 먹구름처럼 하늘에 떠 있었다. 배의 좌측 파도 위에서 흰 깃털 두어 개가 반짝이며 날아오른 듯도 했다.

다 저녁인데도 아파트에 도착하자마자 여자는 다급하게 가방을 들고 나섰다. 할머니 장례식이 끝났으니 하룻밤을 더 지내자고 붙잡을 핑계도 없었다.

"간병하느라 오래 고생했는데, 사례는 받았나요?"

"물론이죠."

여자가 사무적으로 대답했다.

"충분히요?"

여자가 아픔을 참는 표정을 지으며 계영의 몸과 턱 사이쯤을 잠시 바라보더니 고개를 끄덕였다.

"이제 어디로 가세요?"

"기차를 탈 거예요."

"데려다줄게요."

계영이 검은 웃옷을 다시 입었다.

"아뇨, 그러지 마세요. 중간에 볼일이 남아 있어요."

여자가 서운할 정도로 단호하고 차갑게 말했다. 어쩌면 그 여자는 오유자가 아닐 것 같기도 했다. 그가 착각한 것이다. 열두 살의, 아직 얼굴도 없었던 여자를 삼십 년이나 지난 뒤에 어떻게 알아본단 말인가, 방황하는 사팔눈조차 기억에 없는데……

계영은 뭔가 몹시 미진했지만 결국 작별인사를 했다. 여자는 따라 나오는 것마저 거부한다는 듯 단호하게 현관문을 닫았다. 그러자 어둑한 집 안으로 숲의 바람 소리가 쏴아 밀려왔다. 커다랗고 우묵한 소라껍데기 속에 갇힌 기분이었다.

계영은 우두커니 서 있다가 할머니 방으로 들어가 서랍장의 세번째 칸을 열었다. 어린 계영이 사용했던 서랍이었다. 컴퍼스와 자, 크레용 같은 학용품과 쓰다 만 공책들 아래에 천을 조각조각 기워 만든 신발주머니가 아직 그대로 있었다. 퇴색했지만 여전히 어색한 색깔과 무늬 들이었다. 그리고 그때는 몰랐는데, 신발주머니 아랫부분에 초록색 실로 삐뚤삐뚤 글자가 새겨져 있었다. 오유자. 계영은 신발주머니를 들고 밖으로 뛰어나갔다. 밖은 이미 어두웠다. 가겟집에도, 어느 곳에서도 여자는 보이지 않았다.

그날 밤 계영은 납득할 수 없는 붕괴의 불안과 두려움을 끌어안고 눈을 감았다. 밤 내내 자신의 몸이 갈매기에 파먹힌 비둘기의 흰 깃털처럼 피를 묻힌 채 파도에 밀려다니는 꿈을 꾸었다.

7

다음날 계영은 열시가 되기를 기다려 아파트에서 가장 가까운 부동산중개소를 찾아갔다. 그곳에서부터 인근 부동산에 일제히 아파트를 내놓을 생각이었다. 계영이 아파트 호수를 말하자 영감이 고개를 갸웃했다. 그러고는 매매 서류를 훌렁훌렁 넘겼다.

"이상하네, 그 아파트 팔렸는데…… 일주일 전에 잔금까지 치르고 모레 오전에 도배해서 오후에 이사 들어가기로 되어 있는 집인걸…… 그런데 또 팔겠다니 그게 무슨 소리요?"

무슨 소린지 그가 묻고 싶은 말이었다. 계영은 의자에서 벌떡 일어섰다.

"누가 그 아파트를 팔았단 말이에요?"

머릿속이 하얗게 비는 것 같았다.

"그 집에 살던 조그만 여자가 팔았지. 그 주인 할머니 조카라던가…… 등기부등본상에는 그 여자가 삼 개월 전에 할머니한테서 증여를 받았더라고. 이것 봐요. 여기 등기부등본과 계약서 사본 있으니…… 판 사람이…… 오유자라고 되어 있지……"

그는 계약서를 뚫어지게 쳐다보았다. 오유자의 주소는 할머니의 아파트로 되어 있었다.

"읽어보면 알겠지만, 이 서류는 전혀 하자가 없어요. 정 미심쩍으면 구청에 가서 알아봐요."

계영은 소송을 떠올렸다. 당장 변호사를 찾아가야 했다. 계영은 차를 탔다. 소송을 의뢰할 것이다. 그리고 일단 집으로 돌아가 기다려야 할 것이다. 집…… 그러자 발작적으로 구토가 일어났다. 계영은 손으로 입을 틀어막고 차에서 나와 길바닥에 쭈그리고 앉아 구역질을 했다. 그리고 차에서 티슈를 꺼내 손과 입을 대강 닦은 뒤 허둥지둥 걷기 시작했다. 검은 상복에 허연 얼룩이 길게 묻어 있었다. 한 걸음 한 걸음 옮길 때마다 한 자 한 자 하늘이 내려오는 듯 눈앞이 어두워졌다.

계영은 조금만 걷자, 조금만 걷자고 중얼거리며 걸었다. 어린 여자와 그의 집 사이에 있었던 작은 공원을 지났고 주택가가 밀집한 언덕을 올랐다. 심장이 터질 것같이 부풀어올랐다. 집, 빚, 아내, 여자, 상속, 이민, 소송, 오오사카 같은 단어들이 공중에서 재처럼 흩날렸다.

계영은 숲속 아파트로 가는 가파른 길을 걸었다. 조금만 더 걸으면 될 것이었다. 조금만 더 걸으면 그 서류에 하자가 없다는 데에 동의할 수 있을 것이었다. 계영은 아파트를 지나 숲으로 들어갔다. 숲의 초입에는 금세라도 찢어질 듯 얇아진 나팔꽃들과 눈처럼 흰 등골나무 풀꽃들이 바람에 흔들렸다. 너무 많은 보라색 나팔꽃들과 흰 등골나무 풀꽃들과 핏빛으로 물든 나뭇잎…… 걸음은 멈추어질 기미가 없이 더 빨라졌다. 계영은 쫓기듯 걸으며 이 숲 어딘가에 소라나무가 있으면 좋겠다는 생각이 들었다.

여름 휴가

고속도로 톨게이트를 빠져나와 T읍 방향으로 국도를 달리다가 늙은 수양버들이 늘어서 있는 읍의 초입에서 좌회전 신호를 받고 철도 건널목을 지났다. 그리고 어둠 속에 물안개가 부옇게 피어오르는 하천 둑길을 따라가니 다리가 나왔다. 모든 것이 Y가 일러준 그대로였다.

묘정은 다리 한가운데 차를 세우고 차창을 열었다. 참외 썩는 냄새와 더운 물비린내가 울컥 들어왔다. 다리 아래로 검은 물이 쿨럭쿨럭 소리를 내며 흘렀다. 담과 처마 사이로 흐릿한 불빛이 새어나오는 마을 집들을 지나 숲길로 들어가면 오층짜리 아파트 몇 동이 숨어 있을 것이다.

아이들은 목이 꺾인 채 배를 내밀고 잠들어 있었다. 내려오는 사이사이 휴게소에서 먹은 음식이 아이들을 더 고단하게 만들었을 것이다. 묘정은 몸을 뒤로 기울여 피자롤과 감자튀김과 핫도그와 탄산음료가 장을 가득 채우고 있을 아이들의 배를 쓰다듬었다.

"다 왔어."

"아빠 집이야?"

작은아이가 잠이 덜 깬 얼굴로 되물었다. 틈틈이 쉬느라 일곱 시간이나 걸린 여정이었다. 들뜬 작은아이에 비해 큰아이는 난감한 표정을 지었다.

묘정은 Y에게 전화를 걸었다. 통화는 간단했다. 그는 오층 계단을 내려올 것이다. 헤드라이트에 언뜻 비친 마을 집들은 저마다 곰팡내 나는 빈방들을 안고 있는 듯 캄캄하고 적막했다. Y는 지난 몇 년 동안 해마다 집을 옮겼다. 그때마다 변두리로 나가더니, 결국은 시골 소읍까지 밀려났다. 일을 하고는 있었지만, 그것이 늘 도모중이기만 해서 막상 뚜껑을 열면 성과는 없었다. 팔 개월 도모해 시작하면 한 달 만에 끝이 나는 식이었다. 마지막에 동업자에게 배반당하다시피 사업을 실패한 후로는 크게 한번 터뜨려 만회할 생각뿐 차근차근 일할 줄을 모르게 되었다. 그러니 아이들 양육비를 보내주겠다던 약속도 지키지 못했다. 삼 년 동안 세 번이 다였다.

차를 세우자 아들은 냉큼 내려 아빠에게로 달려들었다. 부자 상봉 뒤에 좀 어색한 부녀 상봉이 이어지는 사이, 묘정은 곁눈으로 Y를 흘깃 보았다. 이번에도 묘정은 허방을 디딘 듯 놀랐다. 얼굴은 표나게 변하는 것 같지 않은데, 해마다 키가 줄어드는 것 같았다. 저렇게 작았었나…… 적어도 함께 살 때는 작다는 생각은 해본 적이 없었다. 묘정과 세상 사이를 가로막고 선 가늠되지 않는 높이의 벽이었고, 조금 비켜놓을 수도 없는 압도적인 무게로 버티던 태산이었고, 밖으로 나갈 수 없었던 긴긴 울타리였고, 세상으로부터 바랄 수 있는 모든 것이 오직 그를 통해서만 오던 유일한 통로였고 희망이었다. 그렇기 때문에 한편으로는 여지없는 절망이기도 했다.

아이들 가방을 양손에 들고 계단을 올라가는 Y의 뒷모습을 묘정은 유심히 보았다. 약간 휘어진 등과 허리와 엉덩이, 그 사이에 Y의 키를 접어넣는 비밀장소가 있을 것만 같았다. 그곳에서는 돌이킬 수 없는 슬픔이 푸른 독이 되어 척추의 연골들을 녹일 것이다.

묘정은 뒤돌아 떠나고 싶은 마음을 누르며 Y의 집으로 들어섰다. 실내의 공기엔 모기향과 칼칼한 곰팡이 냄새와 퀴퀴한 먼지 냄새 외에도 뭐라 말하기 힘든 상실과 슬픔과 회한의 냄새가 끈적하게 배어 있었다. 어딘가에 영원히 사라질 수 없는 수천 필의 폐비닐이 차곡차곡 쌓인 채 허옇게 부식되고 있는 것만 같았다. 환기를 위해선지 방문들을 활짝 열어놓았고 잡동사니를 쌓아놓은 베란다 문도 열려 있었다. 두 개의 사용하지 않는 방엔 여전히 옛날 살림살이들이 가득했다. 묘정이 버리고 갔던 장롱과 화장대와 서랍장, 카펫과 커튼, 아이들 책상과 책장, 봉제인형들과 운동기구들과 장난감, 부엌살림들과 등나무 의자들과 소파, 벽에서 내려진 거울과 액자들…… Y는 한 칸 방만 쓰지만, 늘 짐을 넣을 두 개의 방을 더 얻곤 했다. 그러느라 시골 읍으로까지 밀려나오면서도, 아픈 고집을 버리지 않는다.

묘정은 못 본 척했다. 묘정이 제 아픔에 급급해 미처 헤아리지 못했던 어떤 격렬한 아픔이 Y로 하여금 저 짐들을 끌고 다니게 할 것이다. 그게 다 삭아 없어질 때에야 저 짐들도 사라질 것이다. 그리고, 저 짐들이 사라진 뒤엔 지금 Y가 받쳐주고 있던 아픔이 묘정의 몫으로 고스란히 돌아오고 말 것이다.

아이들은 여름방학 중 이 주를 아빠와 함께 보내기로 했다. 아들은 즐거워하지만, 딸은 내키지 않아 한다. 이제 아빠를 어떻게 대해야 할지 모르겠어…… 떠나기 전에 딸아이는 그렇게 말했었다. 아마 내년 여름엔 아빠에게 오려 하지 않을지도 모른다.

묘정은 Y가 내준 차를 마셨다. 그의 손등과 팔에 모기 물린 자국들이 나 있었다. 묘정은 차 한 잔을 다 마시지 못하고 나섰다. 여동생에게 갈 길이 멀다는 핑계를 대고. 아이들이 작별인사를 했다. 아들의 얼굴엔 어색한 슬픔이, 딸의 얼굴엔 막막한 저항감이 어려 있다. Y는 내다보지 않았다. Y는 묘정이 돌아서자 기다렸다는 듯 곁눈으로 묘정의 뒷모습을 쳐다보았다. Y의 눈에 놀라움이 어릴 것이다. Y 역시, 묘정이 그의 뒷모습에서 발견한 것을 보게 될 것이었다.

다리 위에서 묘정은 차를 세우고 두 손으로 가슴을 눌렀다. 손바닥에 피가 흥건하게 고이는 듯했다. 장판도 다 여미지 못한 어둑한 방안에 주린 짐승처럼 놓여 있던 빈 장롱과 서랍장, 거울이 흐릿한 화장대, 둘둘 말린 채 세워진 카펫과 커튼, 커다란 봉제인형들과 빈 책상과 거꾸로 쟁여져 있던 등나무의자들…… 하나하나, 묘정과 눈이 맞아 그녀의 집 안에 들어선 것들이었다. 그녀의 계획 속에서 자리잡고 질서를 유지하고, 그녀의 시선과 손길과 음성과 호흡을 흡수하며 무슨 생각이라도 하듯 추억과 감정을 저장해온 사물들…… 버림받은 사물들은 묘정의 인기척 없이 천년도 더 고집을 부리며 존재할 수 있을 것 같았다.

시멘트 다리의 난간 사이사이마다 허연 실뭉치 같은 거미줄이 끼어 있었다. 거미줄은 여기저기 찢어진 채 여름 바람에 조금씩 흔들거렸다. 거미는 떠나고 없는 빈 거미집들이었다.

묘정은 버려진 것을 힘껏 바다로 내밀어보내듯 힘주어 차를 출발시켰다. 다리 위에서 차가 왈칵 튀었다. 현실을 과거로 만드는 결단, 그 외에는 삶을 바꿀 방법이 없었다.

교육공무원인 여동생은 신도시에 아파트를 분양받아 살고 있었다. 정리정돈과 청소에 강박증이 있는 여동생의 집은 모든 내용물이 안으로 수납되어 호텔처럼 텅 비어 보였다. 살림을 깔끔하게 감출 수 있는 것이 자존심이라는 사실을 묘정은 새삼 깨달았다. 그녀는 취직하면서부터 독립해 서른두 살이 되도록 독신이었다. 이마와 볼이 동그랗고 눈이 커다란 여동생은 조용한 듯하지만 이 년 전엔 유부남과 연애를 해 양쪽 집안이 발칵 뒤집힌 적도 있었다. 다행히 고소까지 당하지는 않아 직장은 잃지 않고 넘어갔었다. 부모를 대신해 장녀인 묘정이 남자를 만나러 갔었다. 남자는 동생에 비해 키가 작고 야윈데다 눈코입도 작아 날렵해 보였다. 묘정은 그에게 엄마 아버지의 당부를 전했다. 그는 헤어지라는 청을 거절하며 몇 년이 걸리든, 꼭 이혼하고 동생과 결혼하겠다고 결심을 밝혔다.

샤워를 하고 몇 마디 안부를 서로 묻고 나니 벌써 자정이었다.

"작은언니, 내일 올 거 같아. 또 눈이 빠지게 맞았대."

굳이 자신의 침대를 내주고 선풍기의 예약 타이머를 누른 여동생은 지나가는 말처럼 툭 던지고 작은방으로 건너갔다.

묘정은 화장대 서랍을 다시 열어보았다. 조금 전 거울로 쓰기 위해 뚜껑을 들어올렸을 때 본 콘돔 상자가 그대로 있었다. 상자를 열어 세어보니, 네 개가 비었다.

다음날 여동생이 출근해버린 빈집에서 깨어난 묘정은 맞은편 벽에 걸린 액자의 그림을 물끄러미 쳐다보았다. 보나르의 〈전원의 식당〉. 그 그림은 처녀 시절 묘정의 방에 있던 것이었다. 붉은 벽과 활짝 열린 창문, 출입문 밖은 일년초들이 꽃을 피운 뜰이고 그 너머는 낮은 숲, 그 너머에는 강인지 호수인지 푸른 물이 가득했다. 그리고 식탁 위엔 디저트가 담긴 접시 둘, 장식장 위엔 칸나 같은 붉은 꽃이 꽂힌 화병, 문 바깥을 향해 놓인 흔들의자엔 고양이 한 마리, 상냥한 보나르 부인은 바깥에서 창턱에 몸을 기대고 실내의 고양이에게 말을 걸고 있었다. 보나르 부인은 말이 없고 욕조에서 지내기를 좋아하고 언제나 슬리퍼를 신으며 외출을 싫어한다. 단 한 명의 친구와 단 한 명의 남편이 있으며 세상에 없는 듯 모호하지만 보나르의 그림 속에서 보석처럼 영원히 반짝인다.

묘정은 말토를 사랑했다. 원하기만 한다면, 나중에 그런 식탁쯤은 가질 수 있으리라고 믿어 의심하지 않았던 시절이었다.

그 식탁에 날마다 음식을 차리고, 그 자리에 앉아 편지를 쓰고 전화를 받고 남편과 차를 마시고 가족의 기념일을 달력에 표시하고 선물을 포장하고 여행을 계획하리라고 꿈꾸었다. 그런 식탁을 중심에 둔 삶은 잘못될 리가 없다고 생각했었다.

무엇이 어디에서부터 어긋났을까…… 삶이 주무르는 대로 머리를 들이밀고 호락호락 반죽되지 못한 것이 잘못이었을 것이다. 삶에 대해 미리 상상하고 꿈꾸었던 것이 잘못이었을 것이다. 그러나 균열의

뿌리는 질기고 독하게 그들을 끌고 갔다. Y와의 첫 만남으로, 만남 이전 각각의 성장기로, 각각의 출생으로, 출생 이전으로…… 그리고 그들의 생이 끝날 때까지, 생이 끝난 뒤에도 얼마든지 끌고 갈 것이다.

마루와 부엌 사이를 서성이며 커피를 세 잔이나 마신 뒤 언젠가 가본 적이 있는 근처 강가에 나가보기로 했다. 곧 비가 올 것같이 흐린 날씨였다. 마분지로 만든 것같이 얄팍하고 각진 신도시는 비를 맞으면 가만히 녹을 것만 같았다. 묘정은 신도시를 빠져나가 외부순환도로를 타고 구도시 쪽으로 달렸다.

강 상류 쪽에 옛날엔 나룻집이었다는 조그만 찻집이 하나 있었다. 긴 진입로에 먼지와 거미줄을 잔뜩 뒤집어쓴 희부연 측백나무들이 서 있고 근처 밭엔 배추와 시금치가 잔설에 발을 묻고 있었다. 삼 년 전 겨울 오후였다. 별사탕 모양의 녹색 열매가 다닥다닥 붙어 있는 측백나무들을 지나가니 잔디 덮인 마당에 비치테이블과 의자 들이 뒤집어져 있었다. 인적이라곤 없어 장사를 하는지 의심스러웠지만, 차가운 강바람에 쫓겨 묘정은 무거운 나무문을 밀었다.

테이블 세 개가 간신히 놓인 좁은 실내에도 의자들이 쓰러져 있기는 마찬가지였지만 공기는 따스했다. 스토브에서 김이 올라오고 오디오에서는 한영애의 노래가 흘러나왔다. 머리를 중학생 남자애처럼 바짝 자른 여자 하나가 강물이 내다보이는 창가자리에 오도카니 앉아 담배를 피우고 있었다. 눈자위와 볼이 붉게 부어올라 있었다.

쉰 살을 살짝 넘겼을 여자는 넘어진 일 인용 소파 하나를 세우고는 묘정을 앉혔다. 묘정은 모과차를 주문했다. 차를 가져온 여자는 묘정이 앉은 소파를 창가 쪽으로 바짝 당겨주었다. 강의 얼음덩이 위에 청둥오리들이 앉은 채 둥둥 떠내려가는 게 보였다. 커다란 해오라기는 강 가장자리에 발을 담그고 물밑을 골똘히 내려다보고 있었다. 그 새 때문에 강은 더욱 깊은 정적에 잠겨 있었다.

"애들 아버지가 왔다 갔어."

눈이 마주치자 찻집 여자가 이해하라는 의미를 던지며 실내를 눈으로 가리켰다. 마치 속을 터놓고 지내온 친구를 대하듯 했다. 여자와 앉아 있는 동안 두 통의 전화가 왔고 낚시꾼 한 사람이 컵라면을 먹기 위해 끓인 물을 얻어갔다. 남편에게 얻어맞은 뺨이 다 식지도 않은 채 여자는 교태를 떨며 전화를 받았고 낚시꾼에게 김치를 담아주며 눈웃음을 지었다.

여자는 쉰세 살이라고 했다. 한때 은행원이었던 남편은 뇌물수수에 걸려 계속 내리막길을 걷다가 마지막엔 곰탕집을 열었다가 완전히 끝장이 났다. 남편은 채권자에게 넘어가버린 집에 아직 살고 있고, 큰아들은 대학 근처에서 하숙을 하고, 작은아들은 군대에 가 있고 그녀는 강가의 오두막 찻집에서 살며 장사도 하고 낚시꾼들과 연애도 하며 세월을 보낸다고 했다. 주방 뒤에 침대 하나 겨우 들어가 있는 어두운 침실이 있었다.

이런 외딴 곳에서 자면 무섭지 않으냐고 물으니, 가진 것이 없으니 겁나는 게 없다고 대답했다. 차라리 완전히 망하고 나니, 걸리는 게 없어 좋다고…… 이왕 이 꼴이 되었으니 하는 말이지만, 전 재산을 자진 헌납하고라도 사볼 만한 자유라고 했다. 천원 한 장을 내줄 때도 계산기를 두드리던 좀팽이 남편에게 매여 세숫물에 익사해 죽을 팔자인 줄 알았는데, 말년에 이렇게 뭇 남자들에게 사랑받고 살 줄 상상이나 했겠느냐고 부어오른 볼이 아프도록 깔깔깔 웃었다.

강가로 가서 마른 갈대가 솜털처럼 따스해 보일 둑길을 걷다가 아직 오두막 찻집이 있으면, 불쑥 들어가보아도 좋을 것이었다.

박물관에 간 건 뜻밖이었다. 구도시를 몇 바퀴나 빙빙 돌았으나 끝내 강으로 나가는 출구를 찾지 못하고 그만 박물관 방향으로 진입하고 만 것이었다. 야외 스피커에서는 거문고 산조가 흘러나오고 있었다. 강이나 박물관이나, 시간만 좀 보내면 될 뿐 상관은 없었다.

느티나무 아래 설치된 고인돌 무덤을 지나 휠체어길로 들어서버려 혼란스러운 방향지시표를 따라 이리저리 기웃대다가 간신히 입구를 찾았다. 날씨가 흐려서인지 인적이라고는 없었다.

박물관 회랑의 정적 속으로 발을 딛자 새하얀 샌들이 바닥을 밟는 소리가 또각또각 울렸다. 발소리가 밖으로 나가지 못하고 빙빙 돌며 공명현상을 일으켰다. 속이 텅 빈 거대한 악기 속에 들어선 것 같았다. 회랑 곁 야생정원에 개망초꽃이 새벽 같은 부연 밝음 속에서 꿈처럼 흔들리고 있었다. 저 멀리 회랑이 끝나는 어둠 속에 티켓을 파는 조그만 여자가 인형처럼 앉아 있었다. 또각또각…… 두꺼운 벽 안에서 나선형으로 휘도는 샌들의 울림 소리는 묘정을 다른 곳으로, 점점 더 다른 곳으로 이끌고 갔다.

아홉 살 무렵, 작은아이는 밤에 잠자는 동안 나무들이 다른 곳으로 갔다가 온다고 믿었었다. 가구들도 자리를 바꾸고 인형들도 외출한다고 상상했다. 낮 동안과 다른 일들이 밤에 일어나고 물건들도 낮과 밤에 각각 다른 역할을 한다고 상상했다. 그래야 나무들은 다른 나무들을 만날 수 있고, 가구들도 운동을 할 수 있고, 물건들도 낮 동안 노동한 보상을 받을 수 있다고 했다. 작은아이는 아빠와 엄마도 자신이 잠든 밤엔 낮과는 퍽 다른 일을 할 거라고 추측하는 듯했다.

지난해 여름부터 올봄까지 십 개월여 동안 묘정은 뿌리를 뽑고 나가는 나무처럼 모두가 잠든 밤에 다른 곳을 헤매었다. 묘정의 발소리는 밤의 계단을 울리고 골목을 울리고, 아스팔트길을 초조하게 울렸다. 사람들이 잠든 거리는 밤이라는 악기의 거대한 내부같이 공명현상을 일으키며 다른 골목과 다른 계단들과 다른 거리로 가서 부딪치고 다시 울렸다. 집에서 가장 가까운 모텔은 비상문에 들어서서 한 층을 오르면 붉은 카펫이 깔려 있었다. 발소리를 흡수하는 카펫을 밟는 순간 묘정의 두 발은 녹아 거품이 되는 듯했다.

마지막날 밤에도 사랑을 나눈 남자는 이내 깊은 잠에 빠지며 코를 골았다. 그와 함께 옆방에서 뒤치는 소리가 들리기 시작했다. 옆방 젊은 여자는 머리카락이 뽑히는 듯한 얄팍하고 신경질적인 신음소리를 냈다. 여자의 몸이 마구 밀리고 끝이 나는 듯하더니, 뒤이어 옆방 남녀가 다투기 시작했다. 아직 응석이 남아 있는 젊은 남자는 좀 다르게 해보자고 조르고 여자는 아파서 싫다고 거절하기를 계속했다. 그런 틈틈이 짧고 신경질적인 여자의 신음소리가 났다.

새벽 세시 삼십분경이었다. 묘정은 잠든 남자의 가슴에 귀를 파묻었다. 그날따라 남자는 유난히 연약해 보였다. 어깨도 좁고 가슴도 작고 살은 물렀다. 남자는 다음날 또 고단한 하루를 보낼 것이고 묘정도 마찬가지였다. 완전히 이완되어 넋이 빠져나간 듯한 남자를 혼자 두고 떠날 때마다 묘정은 그가 깨어나지 않을 것 같아 두려웠다. 묘정은 또 보자고 속삭이고 이마와 뺨과 손에 입을 맞추어 작별했다. 복도로 나갔을 때 옆방 남녀는 아직도 투닥거리고 있었다. 묘정이 붉은 카펫이 깔린 계단을 다 내려갔을 때 여자의 날카로운 비명이 새어나왔다.

5월이었다. 이슬이 맺히는 축축한 공기 속에 찔레꽃 내음이 새하얀 망사 너울처럼 얹혀 있었다. 세시 사십오분의 깊은 어둠 속으로 묘정의 샌들 소리가 또각또각 스며들었다. 산부인과와 수예점과 마트와 부동산중개소와 화장품가게와 미장원, 비디오가게와 구두수선집과 중국집 들이 있는 상점거리를 초조하게 걸었지만 무엇인가 뒤에서 당기기라도 하는 듯 나아가기가 힘겨웠다. 약국과 문구점과 사진관…… 어느 지점에서 리플레이라도 되는 것처럼 묘정은 상점거리를 벗어나지 못했다. 이상한 밤이었다. 샌들이 바닥에 닿을 때마다 거대한 악기를 타건하듯 공명현상이 일어났다. 찔레꽃 내음은 더욱 짙어져 바로 머리 위에 꽃을 이고 가는 듯했다. 서두르느라 묘정의 걸음이 규칙적인 리듬을 잃고 허둥댔다. 요의가 엄습했다.

묘정이 간신히 피아노학원 근처에 왔을 때 남자 둘이 맞은편 건강원 앞에 서 있는 것이 보였다. 묘정은 피아노학원 앞을 지나쳤다. 마을 피아노학원 선생이 밤이슬을 맞고 다니더라는 소문을 내고 싶지는 않았다. 묘정은 산 쪽으로 올라 풀이 무성한 공터로 달려들어갔다. 공터 끝 플라타너스나무 뒤에 찔레꽃 덤불이 달빛을 받아 하얗게 형광빛을 발하고 있었다. 풀숲에 이슬이 덮여 있어 치맛단이 금세 젖었다. 묘정은 새하얀 찔레꽃 덤불 속으로 들어갔다. 굴뚝새들이 후다닥 자리를 바꾸었고 그때마다 이마에 이슬이 후드득 떨어졌다.

찔레꽃 내음이 붉은 젖내처럼 뭉클뭉클 흘러나왔다. 묘정의 체온이 빠르게 하강했다. 정수리에 떨어진 이슬이 흘러 뒷목과 가슴을 적실 동안 하나의 예단이 몸 중심을 베듯이 서늘하게 지나갔다. 밤이슬을 맞는 외출은 그렇게 끝이 났다. 남자는 묻고 또 물었다. 만나지 못하는 이유를 설명해달라고, 어떻게든, 무슨 말로든 자신을 좀 납득시켜 달라고. 발소리, 찔레꽃 내음, 밤이슬, 잃어버린 체온…… 그런 단어들이 떠올랐다가 흩어져갔다. 찔레꽃 내음 때문이에요, 라고 해도 그는 영문을 알 길 없을 것이다.

발소리가 너무 무거워 갈 수가 없어요. 피아노 배우러 오는 아이들이 내게 말했지요. 내가 치는 피아노 소리는 건반 위에 빗방울이 떨어져 저절로 울리는 소리 같다구요. 내 발소리가 너무 무거워서, 그래서 그래요…… 묘정은 끝내 이유를 말하지 못했다.

박물관의 특별 전시실엔 '선사시대부터 통일신라까지'가 기획전시되고 있었다. 그곳에서 묘정은 뜻하지 않게 고향과 마주 섰다. 읍내 전경이 파노라마 기법으로 찍혀 있고 넓은 들 한가운데에 솟은 머리산은 헬기로 위에서 찍어 특별히 확대해놓았다. 아라가야의 시조가 이 머리산에서 등장했고, 역대 왕들이 이 산에 묻혔다. 거대한 봉분마다 일련번호가 붙어 있었는데, 그중 제34호 고분은 봉토 지름이 34.5미터, 높이가 9.7미터로 가장 큰 규모의 왕릉이었다.

무덤 속엔 풍부한 철기가 부장되어 있었다. 미늘쇠와 다량의 덩이쇠에 이어 최근 고분군 끝자락에 있는 마갑총에서는 고구려 벽화에 그려진 것과 같은 말갑옷이 출토되었다. 성산패총에서는 목관이, 제

8호 고분에서는 다섯 사람의 순장 유골이 확인되어 더욱 관심이 높아졌다고 소개되어 있었다.

글자들을 읽으면서도 묘정의 머릿속엔 읍사무소 전경만 선연했다. 고향은 이제 읍사무소와 그녀 사이의 긴장으로 함축되었다. 불꽃무늬의 창을 낸 굽다리접시 앞에서 묘정은 걸음을 멈추었다. 어린 시절 마당가에 뒹굴던 그릇들이었다. 묘정은 도자기들로 소꿉놀이를 했고, 엄마는 줄지어 놓아 화단 턱을 만들었고, 할머니는 재떨이로 썼으며, 그중 말짱한 것들은 장독이나 아버지 방 장식대 위에 놓이기도 했다. 묘정은 뒷마당에 쪼그리고 앉아 불꽃무늬 창에 눈을 붙이고 반대편 창과 프레임을 맞추며 그 너머의 봄과 여름과 가을과 겨울을 보려 애썼었다. 천오백여 년의 시간을 지나가는 창인 줄도 모른 채…… 어린 묘정은 불꽃무늬 창 너머로 현실이 아득히 함몰되는 시간의 마술을 즐겼었다.

박물관을 빠져나왔을 때, 빗방울이 떨어지고 있었다. 빗방울 사이로 거문고 산조가 여전히 울렸다. 묘정은 가슴이 빠근해지는 가벼운 협심증 증세를 느꼈다. 머릿속에서 읍사무소 전경이 지워지지 않았다. 탱자나무 담과 둥근 정원의 자갈 깔린 마당과 늘 물걸레질이 되어 있어 미끄러운 사무소 바닥과 허리 위까지 올라오던 차가운 시멘트 턱과 서류 냄새와 커다랗게 소리를 지르며 아는 사람을 맞이하는 쾌활한 공무원들과 울려대는 전화벨 소리, 그리고 친척이거나 아버지 동료이거나 이웃이거나, 엄마의 계원이기 마련인 네댓 명의 민원인들……

그곳엔 아버지의 호적부가 있고 묘정은 불명예스럽게도 서류를 더럽히며 되돌아가 있었다. 읍사무소 직원의 삼촌인 이웃사람으로부터 묘정의 이혼 소식을 듣게 된 아버지는 이혼한 딸은 친정에 발을 들이지 못하게 하겠다는 원칙을 밝혔다. 아버지는 딸의 이혼 소식을 부끄러워했고 자신의 호적이 더럽혀진 것을 용서하지 못했다.

"그 꼴로 운전을 해오다니, 앞이 보이기는 하니?"
"한쪽으로 보는 거야."
여동생의 한쪽 눈은 자주색 피멍이 든 채 흉하게 부어올라 있었다.
"어떻게……"
묘정은 말을 이을 수가 없었다. 가늘고 긴 목과 유난히 흰 팔과 다리, 곳곳에 피멍이 들어 있었다. 전체적으로 여리게 생긴 묘정과 달리 이목구비가 또렷해 처녀 시절엔 딸들 중 가장 예뻤는데, 자주 맞다보니 코뼈와 광대뼈가 솟아 인상을 사납게 만들어놓았다. 어릴 때부터 짐승처럼 본능적이고 쾌활하고 다정하고 때로는 사나운 애였다.
"그 인간이 유리컵을 던졌는데, 피하지를 못하고 눈에 정통으로 맞아버렸지 뭐야. 이번엔 하도 더러워서 비는 시늉도 하지 않고 마음대로 해보라고 들이밀었더니, 진짜 잡아먹을 개 패듯 가리지 않고 차고 밟고 패더라……"
"신발가게는 어떻게 했니?"
"닫아두었어. 이 꼴로 어떻게 나가겠어. 가게 하지 말라더라. 아파트 분양받은 중도금을 내가 애들 실내화 팔고 아줌마들 슬리퍼 팔아서 차곡차곡 넣는데도 고마운 줄을 몰라. 내 돈은 돈인 줄도 모른다구. 가게도 하지 말고, 술도 한잔 마시지 말고, 친구도 만나지 말고, 친정도 가지 말고, 죽은 듯이 집구석에만 들어앉아 있다가 퇴근해오면 제 시중이나 착착 들고, 시댁에나 잘하라는 거야. 겨우 입에 풀칠이나 하게 벌어다주는 주제에, 종 부리는 왕처럼 살려고 해. 쪼들리면 아이들 학원도 보내지 말고 보험도 해약하고 집도 늘이지 말고 콧구멍 같은 집에서 평생 살재. 그냥 눈도 코도 생각도 없는 무뇌아처럼 살라는 거야."

묘정은 그 남자 뜻대로 사는 게 그리 어려우냐고 물을 수 없었다. 눈 맞아 희희덕대던 젊은 한때는 그렇게들 살았지만 젊음도 사랑도 통장의 돈처럼 탕진되고 만다. 이젠 잔액이 없는 폐통장처럼 소통 불능, 지급 불능이다.

"이번엔 왜 그랬어?"

"마시지 말라는 술 마셨다고. 딱 생맥주 오백 시시 두 잔 마시고 개 맞듯이 맞은 거야. 아들 데리고 재혼한 친구가 가게에 찾아와서 힘들다고 울지, 마침 잘 아는 사람이 생맥줏집을 개업해 인사라도 해야 했지…… 그렇게 되니, 조심해야지 하면서도 마시게 되었지 뭐야. 한 잔 마시니, 또 한잔 마시게 되고 안 마시던 술이라 왈칵 취해버렸고…… 그런데, 그럴 수도 있는 거 아냐. 마누라 몸이 지 거야? 마누라라는 여자는 제 기분에 입각해서, 제 이유에 입각해서 술도 못 마시냐고! 이따금 취하면 안 되냐고! 다른 집들은 마흔 가까이 되면 좀 풀어준다는데, 이 인간은 나이가 들수록 더해. 마누라를 개 패듯 패고, 저는 밤이라고 침대에 뻗어져 코를 골고 자는데……, 정말 식칼 잘 갈아서 심장에 콱 찔러넣고 싶더라."

여동생이 울기 시작했다. 폭력을 쓰는 남자들은 모를 것이다. 여자들이 그 한 대 한 대 맞은 기억을 잊을 수 없어 평생 괴로워한다는 것을. 묘정도 몇 번인가, Y에게 돌아가려 한 적이 있었다. 그러나 묘정의 발목을 붙든 것은 폭력의 기억이었다. 몸이, 내장이, 골수가 잊지 않았다. 마음이 돌아갈 수 없는 섬처럼 몸에 포위되어 있는 줄을 Y는 모를 것이다.

"이러고 산 게 십 년이야. 이젠 그 인간 용서가 안 돼. 내 몸이 그 인간에게 진저리를 친다구…… 이웃집 남자가 밤사이에 죽었어. 자다가 보니 죽어 있더래. 그 소식 듣고 얼마나 부러웠는지…… 그 집은 부부지간에 좋아서 죽고 못 살았어. 그런데 저승사자가 덜컥 잡아간 거야. 보험도 잔뜩 들어놓았다데. 나도 그 인간 앞으로 종신보험까지 넣어놓고 소식 없이 늦는 밤마다 제발 어디서 교통사고가 나 즉사하게 해달라고 촛불 켜놓고 비는데…… 죽으라는 놈은 안 죽고…… 이렇게는 못 살아. 언니, 나, 아버지가 심장마비로 넘어가더라도 이혼할 거야."

쏟아지던 말이 뚝 끊어졌다. 말이 끊어지자 여동생은 쇼핑봉투를 풀어 맥주를 꺼냈다.

"이놈의 술, 오늘밤에 실컷 마실 거야. 마시고 죽어버릴 거야."

막내여동생은 시종일관 눈살을 찌푸린 채 작은언니를 쳐다보고만 있었다.

"뭘 쏘아보니? 그 난리를 겪고도 아직도 유부남이랑 놀아나면서, 누가 모를 줄 아니? 너도 잘난 체하지만, 그 수렁에서 못 벗어나. 제발 너라도 그렇게 살지 말아라, 응?"

"내가 왜? 이렇게 사는 게 어때서? 그 사람 몇 달 전에 이혼했어. 이제 도덕적으로도 하자 없는 거지? 그런데 난 결혼할 마음이 없어. 뻔한 짓을 왜 하겠어. 적어도 난 결혼을 할 만큼 안정되고 현명한 사람이 아니라는 사실을 알고 있거든. 언니들은 무엇보다 스스로 일을 저질렀다는 걸 인정해야 해. 지금 현재에 대해 피해자인 척하며 일방적으로 원한을 갖기엔 책임이 너무 막중하단 말이야."

막내여동생은 토막토막 끊어지는 짧은 말들을 남기고 작은방으로 들어가버렸다. 다음날 출근해야 하니 자야 했다.

"독한 년, 누가 그걸 모르냐…… 그래도 이만큼 맞았으면 누가 흰 수건을 던져주고 엉겨붙은 연놈을 좀 떼어줘야지. 잘못 시작해서 실패했다는데, 그걸 인정한다는데, 실패한 링에서 내려가 다시 시작해볼 기회를 갖고 싶다는데, 그게 왜 이렇게 안 되냐, 왜 이렇게 안 돼? 왜 그 인간은 도장을 안 찍어주고, 아버지는 딸과 인연을 끊겠다고 펄펄 뛰냐고! 이혼율 세계 삼 위라는 나라에서 왜 나만 안 되냐고……"

여동생은 맥주잔을 단번에 비우고 거푸 비웠다.

다음날 묘정은 눈가가 짓이긴 풀처럼 시퍼렇게 변한 여동생을 차에 태우고 고향으로 갔다. 고속도로 톨게이트를 빠져나가자 여동생이 놀라 물었다.

"왜 이리로 가? 집에 가는 거야?"

"집에 간 지 삼 년이나 됐어."

"아버지가 오지 말랬잖아."

"알아."

오래된 환부가 새롭게 아파왔다.

"그런데?"

"그렇게 난리치는데, 집에야 들어가겠니……"

군청과 문화원을 지나 호적이 돌아와 있을 읍사무소를 지난 뒤 묘정은 갑자기 오른쪽 길로 꺾어들어갔다. 출입문 앞에 결핵 환자들의 엑스레이 사진이 빨래처럼 널려 있던 옛날 보건소 자리 곁에 왕릉 공원의 주차장이 있었다.

"이걸 써."

여동생은 묘정이 넘겨준 선글라스를 꼈다.

차를 세우고 공원을 오르는데, 절 앞쯤에서 머리 위로 화살이 지나갔다. 현충탑 뒤쪽에 황소의 눈이 그려진 흰 과녁판이 보였다. 활터에 늙은 남자들이 서 있는 것도 보였다. 잠시 후엔 화살을 담은 통이 도르래에 감기며 머리 위로 지나갔다. 활터와 과녁 사이의 거리가 어릴 때 느낌에 비해 한결 짧았다. 3·1운동 기념탑이 세워진 산 정상의 평평한 공원은 뒷마당처럼 좁아 당황스러울 정도였다. 보름마다 달집을 지어 불놀이를 했던 장소였다. 여전히 큰 것은 왕릉뿐이었다.

"눈 많이 왔을 때, 여기서 우리 눈사람 만들어놓고 시멘트 포대로 미끄럼 타며 종일 놀았잖아."

왕릉 앞에서 여동생이 옛일을 떠올렸다. 봄이면 봄대로 여름이면 여름대로 가을엔 또 가을대로 사계절 내내 찾아와 뒹굴던 곳이었다. 짐승처럼 천진스러웠던 시절이었다.

"그땐 삶이 무엇인 줄로 알고 살았을까…… 웃고 울고 싸우고 소리지르고, 내가 못나서 그런지 삶은 어릴 때 다 살고 어른이 되어서는 벌만 받는 거 같아."

여동생이 늙은이처럼 중얼거렸다.

그녀들은 샌들을 벗어들고 산봉우리처럼 높은 봉분들이 늘어선 평평하고 긴 능선을 따라 걸었다. 발밑에서 까칠한 짧은 풀들이 눕고 잔돌이 찔리고 흙이 발가락 사이로 끼어들었다. 여동생은 가끔 아픈지 깨금질을 했다. 작고 여윈 남자가 하나 지나갔고 저 멀리서 뚱뚱하고 물렁한 남자 하나가 봉분 사이로 나타났다가 사라졌다가 하며 다가왔다.

나무무늬 시멘트 탁자와 의자 두 세트가 놓여 있는 왕릉 앞에서 두 자매는 멈추었다. 그리고 하나 둘 셋, 센 듯이 동시에 평평하고 긴 탁자에 몸을 쭉 펴고 누워버렸다. 긴 숨을 내쉴 때 커다란 새 한 마리가 날개를 치고 올라와 구름 한가운데로 지나갔다. 발가락 사이에 낀 흙가루가 마르며 떨어졌다. 그러자 몸이 옛무덤 속에 부장되었다가 굴러나온 귀퉁이 깨어진 토기같이 적막해졌다.

묘정은 불꽃무늬 창을 지나는 듯한 아득한 눈으로 애써 프레임을 맞추어 산아래를 내려다보았다. 멀리 아버지의 집이 있는 들판이 보였다. 머릿속에 기와지붕과 긴 담과 높은 대문이 그려졌다. 종이로 만든 집처럼 얄팍했다. 아버지에 대한 차가운 혐오와 젖은 비스킷 같은 연민이 몰려와 마음이 뭉텅 부서졌다.

"여긴 꼭 닫힌 상자 속 같아. 여기 외에 다른 세상은 없는 듯이 살아. 다들 아버지같이, 스스로 나가든 밀려서 나가든, 상자 밖의 일은 불행이라고 믿고 불행을 추문처럼 부끄러워하는 사람들이지…… 세상이 얼마나 변했는데, 그 영감쟁인 자기 환상 속에서 살며, 그렇게도 권위적이기만 할까…… 그렇게도 무섭게만 굴까…… 하루하루 사는 게 얼마나 끔찍하게 사실적인데, 행복이나 불행 따윈 이 절실한 삶에 비하면 아무것도 아닌 것을……"

묘정은 발가락을 꼬물꼬물 움직여 틈새의 흙을 떼어내며 나른하게 중얼거렸다.

"난 삶에 삶겨 물러질 각오는 되어 있어. 하지만 그 인간에게 데쳐지고 싶진 않은 거야. 아, 너무 싫어…… 그 인간도 싫고, 아버지도 싫고 이곳도 싫어. 염증 나. 읍내에서 살고 있는 동창을 보면 사람이 바글거리다가 죽는 개미와 별다를 게 없다는 생각도 들어. 난, 멀리 가고 싶었는데, 정말 멀리 가버리고 싶었는데…… 죽더라도 말이야, 반짝거리는 새 칼에, 새 칼에 찔려 죽고 싶어……"

독한 말을 하던 여동생은 숨소리가 공허해지더니 슬몃 잠이 들었다. 팔을 베고 동그랗게 몸을 만 여동생 역시 아득한 옛날의 봉분에서 굴러나온 금간 토기 같았다. 묘정도 한 겹 한 겹 덮치는 수마에 눌려 눈을 감았다. 거대한 왕릉을 다진 수십 톤의 흙이 몸 위에 부려지는 듯 육중한 수마였다.

전화 신호음이 흙더미를 뚫으며 파고드는 듯했다.

간신히 잠을 헤치고 나와보니 천지에 눅눅한 어스름이 내려 있었다.

"엄마, 간밤 꿈에 남자들이 나에게 벌레를 먹으라는 거야. 붙잡고 마구 먹이는 거야. 그리고 자기들이 핥아먹던 아이스크림을 먹으라는 거야. 아, 더럽고 징그러워서 혼났어. 엄마 이게 무슨 꿈이야?"

딸아이가 성적인 상징성이 있는 꿈 이야기를 했다. 보지 않아도 딸아이가 어떤 표정을 짓고 있을지 알 것 같았다. 뭉크의 그림 〈사춘기〉의 웅크린 소녀와 같이 경악한 가운데 불쾌감과 두려움과 호기심이 어린 얼굴일 것이다. 여자들은 그렇게 자라는가보다. 네게는 또 어떤 일들이 생기려고, 그런 꿈을 꾸었을까. 삶은 얼마나 음험하고 찬란한가. 축제 뒤에는 형벌이 오고, 형벌 뒤에는 위로가 오고, 위로 뒤에는 권태가 오고, 권태 뒤에는 불감이 오고, 불감 뒤에는 다시 파괴의 축제가 오지.

묘정은 다른 엄마들이 하기 마련일 말을 먼저 떠올렸다. 예컨대, 남자를 조심하라는 경고야. 이제 남자를 조심하는 법을 배워야 하는 나이가 된 거야. 그러나 묘정은 다른 대답을 했다.

"자랄 때 누구나 꾸는 꿈이란다. 자라느라고 그러는 거야."

그리고 누구나 겪는 일들이 준비되어 있지. 내 속에 심어져 있는 욕망의 싹과 멀리서 촉수를 내뻗으며 더듬더듬 다가오는 욕망들, 그것들의 얽힘과 풀림이 어느 사이 물릴 수 없는 삶이 되어버리지. 삶에서는 달리 안전할 방법이 없어. 피신할 곳도 없어. 두 눈 부릅뜨고 살아가야 한다는 각오밖에는…… 딸아이는 요즘 복부 팽창이니, 이슬 분비, 오로 같은 단어들을 가지고 말장난을 하며 놀았다. 최근 가정시간에 '임신과 출산' 교과과정을 배웠기 때문이었다. 달의 이슬 분비, 달의 복부 팽창, 달의 오로…… 딸아이는 자신이 여자인 것을 비웃고 싶어했다.

"엄마, 아빠 집 말이야, 우리집보다 그렇게 더 심하지는 않아."

이번엔 명랑한 아들의 음성이었다.

"그래? 그랬었나……"

하긴 골목길 피아노학원 이층에 방을 얻어 쓰는 형편이니, 시골 아파트에 비해 썩 나을 것도 없었다. 그나마 알량한 학원마저 두 달 전에 내놓았다.

다들 형편이 어렵다 어렵다 했지만, 소문처럼 떠돌다가 실제로 불덩이가 발등에 딱 떨어진 건 올해 초부터였다. 아이들 회비가 이 집 저 집에서 밀리더니, 싼 맛에 가까운 곳에 보내던 엄마들이 급기야 학원을 끊기 시작했다. 생활이 쪼들리는데, 수학이나 영어도 아니고, 피아노 같은 교양이 무슨 대수겠는가. 태권도보다 먼저 끊는 것이 피아노였다. 스무 명 정도로는 집세 내고 나면 생활비는 적자로 이어졌다.

묘정은 저녁 먹은 빈 그릇들과 붉은 국물이 남아 있는 찌개 냄비와 반찬그릇들과 수저들 사이에서 발작적으로 가계부와 통장을 펴고 계산기를 두드리며 지출 줄일 곳을 찾아 눈을 두리번거리곤 했다.

식비와 공과금을 찬찬히 훑어보고 은행 이자와 월세와 의류 구입비, 책, 신문과 우유, 학원비로 넘어가면 그 칸에 눈길이 오래 붙들렸다. 그럴 수밖에 없는 것이 의류라는 게 대개 속옷과 양말, 떨어진 운동화를 대체하는 것들이고 어쩌다가 덩치가 마구 자라나는 아들의 바지와 셔츠를 사들이는 게 전부였다. 책이란 참고서 같은 것이며 우유는 아이들이 먹는 아침의 오래된 습관이었다.

그녀의 가계부를 넘겨보면 삶이란 참으로 단순한 것이었다. 일요일엔 가까운 고궁에 가 한나절을 보내는 것으로 휴일을 메우고, 전달과 달리 사들인 것도 없었고 눈에 띌 만한 별다른 것을 먹지도 않았다. 잠자고, 일어나서 일하고, 또 잠자고……, 돼지고기와 고등어와 두부와 계란, 콩나물 사이에서 묵묵히 살아가고 있었다.

묘정은 두 달 전부터 신문과 작은아이 영어학원을 끊었다. 십일만 이천원이 절약된 셈이었다. 그다음엔 큰아이 학원비를 줄일 수 있을 것이다. 그다음에는 무엇을 줄일 수 있을까…… 그건 인생을 줄이고 호흡을 줄이는 짓이었다. 게다가 그녀로선 더 줄일 수 있는 인생도 호흡도 없었다.

그러지 말아야지 하면서도 저녁밥을 먹고 나면 찌개의 붉은 얼룩이 진 식탁에 멍하니 앉아 퍼져버렸다. 일어서려 해도 마음처럼 되지 않았다. 그런 때면 그녀의 발을 끌고 내려갈 검은 구멍이 발아래서 뭉텅뭉텅 파이고 있는 듯했다. 이따금 발작적으로 수화기를 들 때가 있었다. Y의 번호를 누르고, 아이들 중 하나를 데리고 가라고 비명을 지르고 싶을 때도 있었다. 더는 나도 못한다고, 너도 알다시피 이건, 사랑의 문제도 윤리의 문제도 아니라고 울부짖고 싶었다. 그러나 대체로 꼼짝 않고 식탁에 앉은 채로 밤시간이 옆구리로 흘러갔다. 눈앞엔 부엌의 음식쓰레기 봉지에서 나온 깨알처럼 작은 날벌레가 어지러이 날고 삶에 대해 유일하게 선명한 감정은 공포뿐이었다.

학원을 내놓고, 차라리 월급교사가 되기로 한 건 그런 공포 때문이었다. 하지만 낡을 만큼 낡은 피아노와 장소의 한계 때문에 쉽게 넘어가지 않았다. 어영부영 보내는 동안 사정은 더 악화되어갔다.

그날 밤 비가 억수같이 쏟아졌다. 하늘에서 북을 치는 것 같았다. 꿈속에서 묘정은 물속에 무릎이 빠진 채 서 있었다. 물이 찬 곳은 피아노학원이었다. 물은 점점 차서 허리까지 올라왔다. 묘정은 검푸른 물속으로 가만가만 들어갔다. 정강이와 무릎에 뭔가가 닿았다. 팔을 넣어 건져보니 새하얀 건반이 커다란 이빨처럼 뽑혀 올라왔다. 발에 밟히는 흰건반과 검은건반 들을 지나 복도로 가니 작은 방마다 피아노가 건반 덮개가 열린 채 물에 잠겨 있었다. 물 위로 흰건반과 검은건반 들이 꽃처럼 둥둥 떠올랐다.

눈을 뜨니 여동생 둘이 침대를 두고 바닥에 같이 누워 묘정과 다리가 얽힌 채 잠들어 있었다. 새벽에 깬 여동생들은 묘정의 꿈 이야기를 듣고 좋은 꿈이라고 장담했다. 꿈속의 물은 재물이니 학원이 잘될 모양이라고 부추겼다. 묘정은 가방을 꾸리고 두 여동생의 배웅을 받으며 억수같이 퍼붓는 빗속을 나섰다.

페인트칠을 새로 하고 방들의 이름을 바꾸고, 피아노도 전부 조율해야 했다. 아이들이 좋아하는 메트로놈도 몇 개 더 구입하고 방음장치도 할 것이다. 엄마들에게 전화를 넣어 아이들의 재능에 대해 한마디씩 찔러주어 관심을 끌어야 하고 이런저런 경연대회에도 참가해 성적을 내야 한다. 피아노협회에 연줄도 만들어야 했다. 그리고 시끄럽다고 난리치는 옆 부동산 영감들에게 빵이나 소주라도 사넣어주고 가물치 따위를 끓이느라 늘 골치 아픈 냄새를 피우는 건강원 여자에게도 실없이 웃어주어야 할 것이다. 그리고……

그리고 묵묵히 계단을 오르내리며 피아노를 두드리고 식탁을 차리고 일요일엔 두 아이와 고궁에 가고 가끔은 한자리에서 세상이 달라 보일 때까지 오래 창을 내다보며 사는 것이다. 아이들은 묘정에게 말할 것이다.

엄마가 치는 피아노 소리는 빗방울이 건반 위에 떨어져 저절로 울리는 소리 같아…… 사는 날은 흰건반과 검은건반의 레일에 실려 다른 날로 또다른 날로 그녀의 나룻배를 밀어줄 것이다. 그런 사이사이 계단 한가운데 서서도 안심한 여자처럼 잠시 웃기도 할 것이다. 피부로 숨쉬며, 눈으로 숨쉬며, 정수리에 이슬을 맞은 듯 마음이 글썽이기도 할 것이다.

묘정은 물에 잠기는 피아노를 구하러 가기라도 하듯 폭우 속에서 액셀러레이터를 밟았다. 차가 휘청 미끄러졌다가 이내 균형을 잡고 내달렸다. 빙판같이 미끄러운 길이었다.

백합의 벼랑길

오전에, 뜻밖의 부고를 받았어요. 우리 아래층에 혼자 살았던 노인이 세상을 떠났군요. 당신은 몰랐겠지만, 그는 내게 유일한 이웃이었어요.

부고에 적힌 '별세'라는 단어의 의미를 새삼 생각해보았어요. 세상과 작별하는 일. 문득, 우리가 사는 이곳을 다른 곳에서 바라보는 기분이 들었어요. 이곳에서 떠나갔다면, 어딘가 떠나가 있는 다른 세계가 있어야 할 것 같았지요. 하지만 그게 아니란 것을 나는 늘 느껴요. 우리가 가는 곳은, 늘상 우리가 숨쉬고, 팔과 다리를 휘젓고, 우리의 뺨을 부비는 바로 이 공기 속이지요. 우리가 가고 있는 곳이고, 우리가 가 있을 곳.

잘 지내나요. 이따금 내 곁의 햇살 속을 더듬으며 당신에게 인사를 했어요. 떠난 것들이 다 그렇듯, 당신은 내 뺨과 입술에 닿는 공기처럼 나를 감쌌으니까요. 깊은 밤에 자다가도, 두 팔을 어둠 속에 뻗고 당신을 불렀어요. 당신이 없는 채로, 내 곁에 있는 것도 좋았어요.

내가 노인을 처음 보았을 때, 그는 이미 상당 부분 세상을 떠나 있었어요. 몸피가 마르고 척추가 꼿꼿했고 이마가 단정했지요. 야윈 얼굴 깊숙이 박힌 퀭한 눈은 서늘한 그림자 속에서도 너무 맑아 흰자위에 진줏빛이 반짝였어요. 그리고 몸 전체의 잔뼈들조차 바르고 단정했고 늑골 부위는 애욕이 증발된 자리처럼 공허했어요. 1932년생이라고 했어요. 평생 고등학교 영어교사를 했다더군요. 그 당시에는 초등학생들에게 과외지도를 하고 지냈어요. 수업이 있는 오후에는 현관이 신발들로 넘쳤어요. 현관문 밖으로 비어져나온 신발들이 마치 쏟아진 이빨들 같았죠.

하지만 무엇을 하는지 집 안은 고요하기만 했어요. 아이들이 문제지에 답을 쓰고 있었거나 속으로 문법을 외우고 있었는지 모르죠. 노인은 성격이나 기분 같은 것이 없는 사람 같았어요. 나이를 제대로 먹으면 누구나 그렇게 되는 것인지도 모르겠어요. 중립적이고 신중하고, 그리고 환한 분이었어요. 그는 나에게 친절했던 유일한 주민이었죠.

당시에 난, 햇빛 알레르기를 앓았지요. 햇빛이 스치기만 해도 사포로 문지르는 듯 얼굴이 아프고 가려웠어요. 외출이라도 하고 난 뒤엔 피부가 붉게 부어올랐다가 잠시 후엔 빳빳하게 굳었지요. 집에 틀어박혀 지내도 자주 콧등이나 뺨, 목이나 귀밑에 붉은 두드러기가 돋았죠. 의사는 체질이어서 고칠 수 없다고 했어요. 나에 대한 모든 해석은 실은 체질로 마무리되고 말지요. 자기 체질이라는 점액질에 감싸여 꿈같은 궤적을 그리는, 그것이 삶일지도 모르겠어요.

난 안방의 남향 창에 커튼을 치고 그 위에 두꺼운 겨울 천들을 덧붙여야 했어요. 그러고도 못 견뎌 낮 동안은 안방에서 쫓겨나오곤 했어요. 광선을 아무리 막아도 열기 자체가 알레르기 세균을 증식시키기라도 하듯 피부반응이 일어났지요. 난 냉장고 속처럼 작고 서늘한 북향 방의 앉은뱅이책상이나, 부엌의 식탁에서 일을 했어요.

물론 다니던 직장도 그만두었고, 일을 안 할 수는 없으니 선배 혼자 해나가는 소규모 출판사의 하청을 받았지요. 원고를 받아 윤색하는 일이었어요. 주로 어딘가 유별난 사람들이 쓴 에세이류였어요. 선배는 원고를 받기 위해 저자들을 찾아다니며 몇 년씩 공을 들이곤 했죠. 서울뿐 아니라 강원도의 산골들과, 전라도의 시골들, 제주도, 지리산 구석구석, 서해의 섬까지 찾아간다고 들었어요. 현대의 소비 시스템을 벗어난 저자들이 많은 부분을 스스로 해결하며 살아가는 이야기를 담았는데, 그 시리즈북은 별 광고 없이도 조금씩 팔려나가는데다 책 수명이 길어 재미가 쏠쏠하다고 했어요.

종일 글자에 눈을 박고 있다가 오후 세시 무렵 챙이 넓은 모자로 무장한 뒤 현관문을 밀고 나가 북향 계단참에 서곤 했어요. 그 계단참은 테라스처럼 허공에 돌출되어 있어서 바람 쐬기에 좋았어요. 정면에 커다란 밤나무가 서 있는 앞산에서, 가을에는 샛노란 아카시아 나뭇잎이 바람에 날려들어오고 겨울엔 흰 눈송이들이 날려왔지요. 여름엔 비가 들이쳤고 봄엔 산벚꽃 잎이 날려왔어요. 난 그곳 계단에 앉아 담배를 피우거나, 차를 마시거나 숲내음을 삼키며 멍하니 정신을 놓곤 했지요. 당시 내 의지처는 아마도 그 앞산이었던 것 같아요.

어느 날 부산스러운 소음이 들려 계단참 아래를 내려다보니 노인이 우리 동 앞에서 화단을 만들고 있더군요. 순모 털실로 듬성듬성 짠 머플러같이 따스한 햇살 사이로 성기고 포근한 바람이 불어온 날이었어요. 그 바람이 얼굴을 스칠 때마다 난 미묘하게 가려워서 눈을 움찔거렸어요. 당신과 내가 함께했던 마지막 봄이었지요.

경복궁에서 서문 쪽, 그러니까 서촌의 옥인동 끝에 자리한 아파트는 산속에 서 있었어요. 내가 살았던 동은 암반 위에 세워져 있어서 축대까지만도 거의 이층 높이의 계단이 걸려 있었지요. 내가 사는 아파트의 뒷동은 또 이층쯤을 더한 높이의 가파른 축대 위에 서 있었고요. 비스듬히 올린 그 축대는 여름과 가을엔 코스모스를 닮은 오렌지색 꽃무리와 나팔꽃으로 뒤덮였어요. 하지만, 꽃들이 모두 져버린 긴 겨울 동안 아파트는 유형지의 수용시설처럼 삭막했지요.

내 창가의 수양버들 가지에 싹이 돋던 무렵이었어요. 노인은 축대 아래에 돌을 쌓고 산밑에서 종이포대로 흙을 날라 붓고 있더군요. 노인과 현관문을 마주한 집의 어린 쌍둥이들이 노인을 따라다니고 아직 어린 봄 햇빛이 노인의 등을 아른아른 비추었어요. 이른 가을 햇빛은 노란 레몬빛, 이른 봄 햇빛은 흰 목련빛이더군요. 그러고 보니 레몬은 참 현세적인 색이고 목련은 저 먼 피안의 색이군요.

나는 흙을 나르는 노인을 내려다보다가 온 기운을 다 쏟는 몸짓 하나하나가 어처구니없도록 귀여워서 실소를 했어요. 오며 가며 그저 눈인사나 하던 사이였지만 그날은 잘 아는 사이처럼 거리감이 사라지고 없었어요. 하긴, 그렇게 지낸 지도 몇 년이나 되었으니까요.

나는 담배 끝을 쥐고 마지막 모금을 깊숙이 빨아들였어요. 니코틴 냄새가 끈적하고 예리하게 정수리로 몰려들었어요. 담뱃불을 끄고 천천히 계단을 내려가 노인에게 인사했어요. 그리고 불쑥 물었답니다.

"저도 이 화단에 꽃을 심어도 되나요?"

앞 동의 할머니 둘이 축대 위 방석만한 양지에 앉아 있다가 나를 내려다보았고 쌍둥이들이 햇빛 때문에 얼굴을 찡그리고 올려다보았어요. 내가 왜 그랬을까요? 이 세상에 화단 하나가 새로 생기고 있었기 때문일까요? 동네사람들에게 평판이 나쁜 줄 알았기 때문에 무슨 오기가 났던 것일까요? 어쩌면, 그것이 내 마음의 표면 위에 떠오른 변심의 어떤 단초가 아니었을까요? 내가 당신에게서 등을 돌린 첫날.

그건 내가 이웃에게 말을 걸었던 첫 문장이었어요. 저도 이 화단에 꽃을 심어도 되나요. 가까이서 들여다본 노인의 눈빛은 단단하고 맑았을 뿐 아니라 은밀했어요. 진실들을 말로 전하지 않고 영원히 비밀로 묻은 눈빛 말이에요.

노인은 작게 웃음 지으며 고개를 끄덕였어요. 그러시오, 그래요…… 노인도 대낮에 몸을 붙이고 다니는, 나잇살이나 먹은, 나와 당신을 모르지 않을 텐데 내색 없이 흔쾌히 허락했어요. 나는 축대 위에서 내려다보는 할머니들을 흐뜩 올려다보았어요. 할머니들이 내 이야기라도 쑥덕거렸는지 소리없이 앙글거리던 눈들을 화들짝 피했어요.

백합을 심고 싶었어요. 당신 알아요? 백합은 공룡의 추억을 가지고 있는 여름꽃이에요. 백악기에도 피었던 정말 오래된 꽃이죠. 백합은 햇볕 속에서 아무런 피해의식도 없이 평화롭고도 화려해요. 난 커다란 물뿌리개도 살 생각이었어요. 매일 작업을 마친 뒤에 물뿌리개에 물을 가득 채우고 태연하게 내려가 나의 백합에게 물을 주리라고 마음먹었어요. 그리고 새하얀 귀처럼 깊고 커다란 백합꽃에 입을 대고 내 마음을 조금씩 이야기하고 싶었어요.

그때 이층에 사는 두 여자가 나왔어요. 그 아파트는 일층이 지하같이 길에서 아래로 내려가야 했고 이층은 일층인 양 길과 닿는 구조였잖아요. 그래서 길과 우리 동의 이층 사이에 짧은 시멘트 다리들이 네 개의 통로마다 걸려 있었지요. 머리카락이 긴 여자는 늘 그렇듯이 연푸른 머릿수건을 쓰고 있었어요. 항상 입는 긴 스커트도 그대로였고요. 갈색 혹은 푸른색 스커트들 말이에요. 화장기가 전혀 없는 얼굴이 약간 누렜어요. 가꾸면 눈에 띄게 예쁜 여자일 텐데, 그냥 버려둔 채 세월이 흐르는 오래된 집의 뒷정원 같은 여자였어요. 은밀하기도 하고 피폐하기도 하고 고집스럽기도 한데 이상하게 향긋한 모습. 꽃말처럼 사람에게도 말이 있다면, 그 여자의 말은 이런 것이 아닐까요.

'나를 가만히 놔둬요, 나도 당신들을 그대로 놔둘게요.'

머리카락이 짧고 늘 바지를 입는 여자는 골판지 상자를 들고 있었어요. 골격은 약간 더 굵었으나 그 여자 역시 긁힌 자국이 많은 유리처럼 어딘가 피폐했고 조용했고 창백한 사람이었죠. 둘 다 오래된 베지테리언인지도 모르겠어요. 기름기라곤 없는 피부였거든요. 시든 야채같이 평화로운 식물성 여자들. 번갈아가며 짐을 들고 번갈아가며 운전을 하는 것을 몇 년째 보았어요. 아마 번갈아가며 세탁도 하고 요리도 하겠지요.

두 여자는 노인에게 가벼운 목례를 하고 지나갔어요. 난 그 여자들의 음성을 들어본 적이 없었어요. 여자들은 축대 아랫길로 올라가 얼마 뒤 천천히 차를 몰고 다가왔어요. 요즘은 거의 보이지 않는 오래된 경차였는데 뒷좌석은 붉은 담요로 감쌌고 앞좌석은 노랑이 많이 든 퀼트 시트를 씌워 차 안이 가난하고 따스한 거실 같더군요. 두 여자가 지나가며 나와 노인에게 눈인사를 했어요. 나도 놀란 눈으로 속눈썹을 깜박여주었죠. 차는 우리 곁을 스치듯 지나 마을버스 종점 방향으로 사라졌어요.

여자들은 늘 오후 세시쯤에 그 길을 따라 나갔지만 여자들이 어디로 가는지, 나가서 날마다 무엇을 하는지는 알 수 없었지요. 여자들이 집으로 돌아오는 것은 본 적이 없었어요. 아주 늦은 밤이나 새벽에 돌아오겠지요. 여자들은 자기들만의 나라에 사는 외국인이었어요. 하긴 누구나 그렇긴 해요. 당신과 나도 그렇고, 혼자 살던 노인도 그렇고, 축대 위에서 내려다본 노파들도 그렇고, 어린 쌍둥이들도 그랬어요. 누구나 그 마을의 외국인들이었죠. 그건 내게는 이웃이라는 사람들 사이의 적절한 거리 같기도 했어요.

화단을 만드는 축대 밑 길은 벼랑길처럼 좁고 궁색한 길이었어요. 그 길의 한쪽은 아파트 안으로 흘러내려가 마을버스 종점으로 갔고, 다른 한쪽은 산허리에 달라붙어 가다가 언덕 위에서 자동차도로와 짐승의 창자 속같이 좁은 내리막 골목길로 갈라졌죠. 표시는 없었지만 주민들은 일방통행로처럼 한쪽에서만 들어오는데, 타지 사람이 방향을 잘못 잡고 들어와 한가운데서 마주치기라도 하면 오도 가도 못하고 실랑이를 벌이곤 했어요. 난 그 길을 벼랑길이라고 불렀어요. 몇 번의 봄과 가을, 몇 번의 여름과 겨울 사이에, 내 모든 것이 그 아래로 쏟아져내린 벼랑길.

기억나요? 사랑니 뽑았던 날요. 봄꽃들이 폭죽이 터지듯 마구 피어나던 때였어요. 그해엔 개나리와 목련, 제비꽃과 벚꽃과 라일락이 시차도 없이 한꺼번에 개화했지요. 이상기후로 인해 봄이 짧아 꽃들이 서두르는 것이라고 하더군요. 늦겨울부터 간간이 염증을 일으켜 잇몸이 붓고 피가 났었어요. 당신은 혀로 부어오른 내 잇몸을 훑고 염증의 피를 빨아 맛을 보곤 했어요. 당신은 내 모든 것의 맛을 보려고 했죠. 살이든 피든 눈물이든 냄새든 분비물이든…… 병원에 가야 해, 라고 당신이 말했지만 난 그냥 넘겼어요. 며칠 견디면 나아지곤 했으니까요. 마침내 뺨까지 부어오르고 두통이 오더니 목이 부어 침을 삼키기도 힘겨웠어요.

그날은 체에 친 가루같이 가는 비가 내렸어요. 우리는 커다란 우산을 둘이서 쓰고 전철역 앞 삼층의 치과에 갔어요. 그런 통증과 불편함을 어떻게 참고 지냈는지 의사가 의아해하더군요. 나는 당신이 나를 사랑해서였다고 생각했어요. 세상이 아득히 멀었던 것처럼, 그런 통증과 불편함마저 둔감했거든요. 사진을 찍은 뒤 치과 화장실에 갔다가 왼쪽 볼이 부어올라 균형을 잃은 얼굴을 보았어요. 사랑을 격렬하게 나눈 직후여서인지, 혹은 사랑니의 격통 때문인지 눈 속에 실핏줄까지 터져 있더군요. 조금 전까지 잇몸에서 흘러나온 핏물을 나누어

삼키고 이마를 맞대고 서로 눈을 떼지 못한 채 병원에 들어왔던 당신과 나를 떠올리니 어처구니가 없었어요. 그런 얼굴을 당신은 어떻게 사랑할 수 있었을까요? 이웃 주민들의 눈빛에서 새어나오던 질책처럼, 우린 좀 미쳐 있었던 거예요.

돌아가니 당신은 모니터에 떠오른 내 치아 엑스레이 사진을 보고 있었어요. 안전한가요? 당신이 묻고 있었어요. 의사는 나를 진료의자에 앉게 한 뒤 모니터에 떠 있는 사진을 보며 설명을 시작했어요. 사진상에서 왼쪽 아래 사랑니는 제대로 나지 않고 완전히 누워서 바로 앞의 어금니를 밀고 있었어요. 어금니는 앞으로 기울어진 상태였고 그 사이에 심한 염증이 생긴데다 충치까지 진행되고 있었죠.

"메스로 잇몸을 찢고 매복 사랑니를 발치한 후 잇몸을 성형해야 해요. 마취하는 시간까지 대략 한 시간 잡고 오셔야 합니다. 오늘 예약을 하고 가십시오. 한 사흘 뒤쯤 스케줄이 잡힐 겁니다."

"위험하지는 않습니까?"

"매복 사랑니가 신경 가까이에 있어 조심해야 합니다. 하지만 걱정 마세요. 위험하지만, 우리는 늘 사랑니를 뽑는걸요."

의사는 대답을 교묘하게 피하며 도무지 안심이 되지 않게 설명했어요.

"안전하냐고요!"

당신은 때론 타인들에게 심술궂고 무례했어요.

"안전하게 해야죠."

의사는 당신을 무시하며 외면했어요.

당신은 사랑니를 뽑은 뒤 미쳐버린 어떤 남자에 관한 소문을 듣고 온 참이었어요. 사랑니를 뽑은 뒤 입술 반의 감각을 잃은 사람 이야기도 어디서 듣고 왔죠. 혀 일부의 맛을 잃은 사람도 있다고 했어요.

예약을 한 뒤 당신은 내 어깨를 안고 신경질적으로 치과에서 나왔어요. 그사이 비가 그쳤지만 우린 커다랗고 검은 우산을 쓰고 골목 안으로 들어가 경복궁 서문 앞에서 무턱대고 위로 올라갔어요. 조용한 길이죠. 맞은편 경복궁 담에 잇댄 포석이 깔린 길엔 유럽인으로 보이는 덩치 큰 남자 셋이 청와대 방향으로 걸어가고 있었어요. 플라타너스 가로수들이 수직으로 높이높이 서 있었어요. 겨우 오십 미터 안인데 바깥 자하문길과는 전혀 다른 적요한 기류가 흐르고 있었어요.

"참 닮았지?"

"참 닮았어요."

우리는 우산 속에서 선문답을 주고받았어요. 그리고 내가 중얼거렸죠.

"너를 뽑아낸 뒤에 미쳐버리는 나, 너를 뽑아낸 뒤에 입술 반의 감각을 잃어버리는 나, 너를 뽑아낸 뒤에 혀의 어떤 맛을 상실하는 나……"

당신은 나를 끌어안고 힘껏 얼굴을 밀어붙여 부어오른 뺨을 아프도록 짓눌렀어요. 비는 진작 그쳤는데, 우린 우산 속에 있었지요.

무슨 이유인지 주택지에는 늦은 오후부터 불을 켜는 집들이 있었어요. 맞벌이 부부의 집에 아이가 학교에서 돌아와 빈집이 서먹해 본능적으로 불을 켜는지 몰라요. 어쩌면 북향 창들의 천장이 낮은 부엌을 가진 혼자 사는 노파가 흰쌀을 씻고 일찌감치 밥을 짓느라 불을 켜는지도 모르죠. 노파는 냉장고를 뒤져 보잘것없는 재료들을 꺼내놓고 쳐다보다가 도마를 펴고 시든 감자나 무를 칼로 썰기 시작하겠지요. 관절염을 앓는 노파는 문득 성가셔서 먹다 남은 졸아붙은 찌개에 물만 붓고 데울지도 몰라요. 도심의 사무실 건물들에도 불이 빨리 켜지는 창들이 있어요. 아마도 사무실을 혼자 꾸려가는 영세한 사장들이 영업을 마치고 들어와 전등 아래서 서류 정리를 시작하는 거겠지요.

띄엄띄엄 도시에 불이 들어오는 그 시간이 내가 방의 창에 드리운 두꺼운 천들을 걷고 바깥을 내다보는 시간이었어요. 하늘의 파란빛이 일순 질리듯이 짙어지는 시간이죠. 성에가 낀 창문처럼 추워 보이는 흰 달과 찢긴 틈에서 빠져나온 것 같은 금성이 백열전구의 빛처럼 떠 있기도 했어요. 황혼과 함께 저녁이 오면 고층 빌딩에 붉은 표시등도 켜져요. 상공을 지나는 비행기들에게 알리는 불빛이라고 들었어요. 그리고 누군가의 전화를 받거나, 물을 한잔 마시거나 화장실을 다녀오거나 하는 사이에 서울타워의 기둥에 파충류의 몸통을 연상케 하는 초록빛 조명이 들어와요.

흉한 빛이지만 어쨌든 나름대로 정이 들어버린 타워죠. 어느 흐린 날 낮에 가까이 가서 보니 레미콘공장의 시멘트와 모래와 자갈을 뒤섞는 설비를 닮은 시멘트 기둥이었는데 엄청나게 크고 높았지요. 그날 당신과 난 케이블카를 탔어요. 내려가는 속도가 생각보다 빠르고 경사가 가파르더군요. 도시는 온갖 색의 보석으로 휘감은 셀 수 없이 많은 탑들처럼 반짝거리고 있었어요.

창밖으로 얼굴을 내밀고 저녁 바람에 얼굴을 씻는 사이 왼편 삼청동 쪽으로 흘러가는 자동차들이 어느새 라이트들을 켜요. 빛들은 그렇게 오케스트라의 악기처럼 등장해 제 음률을 연주해요. 가라앉는 어둠을 배경으로 음표처럼 깜박이는 불빛들의 연주를 듣고 있는 사이 조선시대의 왕궁은 도굴된 무덤들처럼 텅 빈 채 점점 더 캄캄하게 아래로 가라앉는 것 같았어요.

아, 나는 긴 숨을 쉬어요. 오후가 저녁으로 기우는 시간에 날마다 뼈들이 아파왔어요. 존재가 인내하던 불안의 끈을 놓쳐버리고 안도감 같은 공허의 검은 안개 속으로 실려가는 거예요. 꾸물꾸물 저녁을 챙겨먹고 원고를 보거나, 서랍 정리를 하거나 텔레비전을 보며 밤시간을 보내고 세수를 한 뒤 커튼을 내리기 위해 창으로 다가가면, 밤이 보였어요.

밤은 검정색 헝겊으로 귀를 틀어막은 짐승 같았지요. 그 실어와 난청의 밤 저편에 낙산 언덕이 안개 속에 금모래를 뿌려놓은 듯 아련히 반짝거렸어요. 낙타가 앉아 있는 모습이라고 하죠. 오래 바라보고 있으면 뿌려진 불빛들이 모여 낙타의 형상을 이루고 내 창을 향해 걸어올 것만 같았어요.

그러다가 궁금증이 생겨났어요. 피안 같은 저곳에서, 앉아 있는 낙타의 등에 올라, 내가 사는 이편을 보면 어떻게 보일까? 그곳에 서면 아름다움과 흉측함의 비밀이 마술처럼 드러날 것만 같았어요. 나는 그 말을 당신에게는 하지 않았어요. 나 혼자 가서 보고 싶었거든요.

의사는 벌린 입안에 달콤한 딸기향 스프레이를 뿌렸어요. 도포마취제였지요. 그리고 다시 얼얼한 잇몸 마취주사를 놓았어요. 한 번, 두 번, 세 번. 가느다란 주삿바늘이 잇몸 속에서 휘어지는 느낌이 들었어요. 마취주사를 맞고 진료의자에 누워 기다리고 있을 때, 눈앞에 당신 얼굴이 불쑥 나타났어요. 꼭 아이를 받으러 온 남편 같은 얼굴이었어요. 오지 말라고 당부했는데도 당신은 회사에서 굳이 외출을 한 거예요. 의사가 다시 왔고 간호사가 나가서 기다리라고 냉담하게 당부했어요. 당신은 의기소침한 얼굴로 대기실 의자로 가서 기다렸어요. 간호사가 별난 보호자라고 혀를 내두르는 빛이 역력하더군요.

당신이 나간 후 간호사가 내 얼굴에 입 부위만 구멍이 뚫린 천 마스크를 덮었어요. 초록색이었을 거예요. 마스크가 덮이자 혼란스러워지더군요. 누구도 아닌 생명의 원형질이 된 것 같았지요. 아마 그편이 의사가 작업하기엔 편하겠지요. 먼저 입을 한껏 벌리게 해 쩍 벌린 꺾쇠로 고정시키더군요. 그리고 메스로 잇몸을 절개하고 속을 파헤쳤어요. 누워 있는 사랑니가 드러나자 펜치로 단단히 집고 흔들어댔어요. 목까지 뽑을 기세더군요. 찌걱찌걱 소리가 나더니 이빨이 우두둑 깨어졌어요. 그 순간 눈물이 흘러나왔어요.

그것은 참담한 고독감이었어요. 나사가 풀려 다리 한쪽이 빠져버린 의자와 손잡이가 떨어진 찻잔, 타이어가 펴진 채 오래 잊힌 녹슨 자전거 같은, 그런 망가진 사물들의 고독을 알게 되었어요. 의사는 망치 같은 것으로 두드려서 부수어가며 사랑니를 빼냈어요. 의사는 잇몸을 기운 후 담배 필터처럼 생긴 솜을 끼워주었어요. 그리고 아이스팩과 진통제를 처방해주었지요.

그날 당신은 치과에서 나를 데리고 나와 택시를 잡았어요. 남대문으로 가자고 했죠. 나는 마취가 풀리지 않아 혀와 입술이 굳어 있었어요. 입술을 이빨로 건드려보면 밖으로 뒤집힌 채 세 배쯤 부풀어 있는 것 같았어요. 혀끝에만 남은 신경이 거슬려 혀를 이뿌리에 계속 비벼대며 나는 왜 가는지 묻지도 않고 실려갔어요.

우리가 내린 곳은 남대문의 시장이었어요. 갈치조림 식당들이 늘어선 좁은 골목을 지나자 가방가게가 늘어선 길이 나왔어요. 일본 여자들과 중국 여자들이 흥정을 하고 있었어요. 당신은 수입품 쇼핑몰의 지하로 나를 데려가 찻잔을 고르라고 했어요. 찻잔이라니…… 당신은 내가 며칠 전 찻잔을 깨뜨리고 아쉬워하던 것을 마음에 담아두었던 것이지요. 난 받침이 높고 손잡이가 가느다란 고전적인 형태의 머그잔 세 개를 골랐어요. 엷은 노랑색 바탕에 흰 백합꽃이 새겨져 있었지요. 당신은 무선 전기포트도 사주었어요. 당신은 포장한 상자들을 양손에 들고 돌아서더니 순식간에 내게 입을 맞추었어요. 입술 반쪽에 마취도 풀리지 않았지만, 다시 사람이 된 것 같더군요. 녹색 천의 마스크가 걷히고 얼굴이 돌아온 것 같았어요. 사람이라는 느낌은 참 향긋한 것이지요.

그 수입품 쇼핑몰의 일층 식품코너에서 우리의 이웃인 두 여자를 보았어요. 좁은 통로에 사람들이 지나다니고 있어서 느리게 빠져나가느라 우연찮게도 여자들을 관찰하게 되었지요. 인도 문양의 두건을 쓴 여자들은 네덜란드 버터와 치즈, 독일제 피클과 소스, 살라미 같은 것을 앞에 쌓아두고 수첩의 메모를 보고 있었어요. 목소리도 살짝 들렸어요. 후추가 필요하다든가, 미네랄 소금을 찾아야 한다든가 하는 말들…… 상상했던 것보다 더 낮고 건조한 음성이었어요. 맥주와 담배 맛이 밴, 좀 스산하고 탁하고 평화로운 음색.

여자들은 어딘가에서 카페를 하는 것 같았어요. 아마도 부드러운 음악이 흐르고 싱그러운 허브향이 밴 지하의 조그만 카페겠지요. 맥주와 커피가 있을 거예요. 스파게티와 피자와 볶음밥 같은 메뉴가 있지 않을까요? 오징어와 해바라기씨 같은 안주도 있을지 몰라요. 약간 인도풍의 여자들이니 탄두리 치킨이나 카레 요리도 있을 것 같아요.

우리가 곁에 멈춰 선 것을 한 여자가 알아보더군요. 나는 미소까지 지으며 고개를 까닥했어요. 그리고 마취된 입술을 겨우 움직여 말을 걸었어요. 카페를 하나봐요. 하지만, 여자는 냉담했어요. 순간적으로 나를 밀어내고 돌아서는 작은 도마뱀 같은 초록빛 시선이 당황스러웠지요. 나를 가만히 놔둬요. 나도 당신들을 가만히 놔둘게요. 나는 그녀들의 꽃말을 생각했어요. 그녀들과 나의 닮은 점을 그때야 깨달았어요. 이웃들과 달리, 우리는 서로 심판하지 않아요. 그 여자들에게 우리는 자기들의 카페와 주방 바깥의 사람, 인생 바깥의 사람, 스쳐 갈 뿐 알고 싶지는 않은 외국인, 아무리 보고 또 보아도 서로의 증인이 되지는 못하는 사람들, 그녀들과 우리, 서로가 무채색 배경에 지나지 않는 타인들이었지요. 서로 심판하지 않기 위해 더욱더 무관심해진 타인들, 그것이 이웃이었어요.

당신은 늘 술을 많이 마셨어요. 당신 아내와 나 사이에서, 나와 당신 아이들 사이에서, 당신 집과 내 집 사이에서, 햇살과 비와 낮과 밤 사이에서, 현실과 꿈 사이에서, 당신은 스스로 해치며 무너지고 있었어요.

술 취한 날 당신은 택시를 타고 벼랑길을 거꾸로 밀고 들어와 그곳 주민들과 말썽을 일으켰어요. 내가 데리러 나올 때까지 버티곤 해서, 그러지 않아도 유명한 우리 커플을 더욱 유명하게 만들었죠. 당신은 그 길에서 내 창을 향해 소리지르기도 했고, 그 길에서 어스름에 내 온 얼굴에 입 맞추기도 했어요. 인사불성으로 술에 취해 밤새 그 길에 쓰러져 잔 날도 있었고, 어느 날은 당신에게 넌더리가 나 도망치는 나를 쫓아 달리기도 했었지요. 그 벼랑길에 난 백합 구근을 심었어요.

노인의 부고장이 온 주소는 옥인동이 아니었어요. 그곳은 이제 헐리고 없으니까요. 인왕산 아랫자락에 있던 그 낡은 아파트는 이주가 끝난 뒤 최신 공법으로 폭파되어 소리도 없이 무너져내렸어요. 내가 햇빛을 피해 천들을 덧붙이고 덧붙였던 그 방의 창은 허공의 어느 좌표쯤이었을까요? 모든 것이 무의미해진 뒤에도 그 창에 걸리던 풍경은 잊을 수 없어요. 그리고 봄 태풍이 온 날 맞은편 낙산에 올라가 본 그 창 쪽의 풍경도요.

비바람이 치고 있었지만 시야는 맑고 고요했어요. 뭔가 조금 이상한 날씨였죠. 나는 챙이 넓은 모자를 스카프로 묶어 얼굴을 꽁꽁 가려야 했어요. 우산은 물론이고 우의까지 챙기고 나섰지요. 여우비처럼, 환한 날 몰아치는 여우태풍 같은 것도 있을까요…… 그곳에선, 서울의 남촌과 북촌과 서촌의 풍경이 한눈에 보였어요. 파노라마 기법으로 훑는 시네마스코프의 대형 화면처럼 풍경이 내 눈을 따라 흐르는 것 같았어요. 비바람 덩어리가 마포 쪽과 서대문에서 사선으로 몰려와 광화문과 종로 쪽으로 빠르게 몰아쳐가서 명동과 남산에서 휘돌다가 멈추는 듯하더니 을지로와 안국동으로 움직여 효자동을 거쳐 부암동과 평창동으로 내달려 수유리 쪽으로 넘어가는 것이 생생하게 보였어요. 비바람이 치는데도 모든 풍경이 비현실적으로 선명하더군요. 대략 그쯤이려니 하고 인왕산 쪽으로 방향을 정한 뒤 자세히 살펴보니 아득한 산허리에, 내가 사는 아파트가 비스듬히 서 있는 것도 보였어요. 꼭 일회용 라이터를 세워놓은 것 같더군요. 바람 속에서 넘어질 듯 위태로웠어요. 난 그곳에 주저앉아 오래 내 창 쪽을 바라보았어요.

그날 본 게 무엇이냐고요? 그곳에서 내가 본 것은, 백합꽃 핀 벼랑길을 거대한 몸으로 매달리듯 걸어가는 피투성이 공룡이었어요. 내가 본 것은 백악기부터 시작된 실어와 난청의 아득한 고집이었어요. 우린 삶에 등돌린 채 꿈속에서 다른 꿈속으로 떠밀리기만 하고 있었어요. 셀 수 없이 많은 남자와 여자 들이 서로를 후벼파며 하강하는 심연이 보였어요. 그만, 당신 손을 놓고 싶었어요.

봄꽃들이 다투어 피던 그 봄에 우리는 거의 매일 다투었어요. 술에 취하면 당신은 내가 앓는 햇빛 알레르기를 까맣게 잊어버리고 몽니를 부렸지요. 우리가 그 동네 단골집에서 마지막으로 맥주를 마셨던 날도요. 집이 굴속처럼 어둡고 답답하다. 너는 왜 외출을 안 하느냐, 틀어박히는 그 성질 때문에 올해도 꽃놀이를 못 갔다. 너와 살면 봄이 일 년에 세 번 네 번 찾아온다 해도 꽃놀이 한번 못 갈 것이다. 나는 둘이 함께 새로운 사람을 사귀고 싶은데 너는 낯선 사람은 무조건 피한다. 너는 왜 친구도 소개해주지 않느냐. 난 너와 생활을 하고 싶다. 왜 우리의 세상엔 너와 나 단둘뿐이냐, 너와 있으면 북극의 얼음집에 사는 것처럼 외롭다. 우리가 서로에게 그토록 파고들었으니, 바위라 해도 뚫었을 텐데, 우리는, 우리는 말이에요, 검은 헝겊으로 귀를 틀어막은 밤처럼 캄캄했어요. 당신이 내 고향에 가서 가족에게 인사를 시켜달라고 했을 때 나는 닭다리 뼈를 내려놓고 말했어요.

"우리 헤어져요."

당신은 일어서서 테이블 너머로 팔을 뻗어 시정잡배처럼 내 몸을 잡고 흔들었어요.

프라이드치킨 접시가 바닥에 떨어져 뒹굴고 맥주잔 하나가 떨어져 깨어졌어요. 출입구 앞 낮은 칸막이 너머에서 닭을 튀기던 주인 여자가 놀란 눈으로 우리를 쳐다보았어요. 나는 당신을 뿌리치고 밖으로 뛰쳐나왔어요. 뒤따라 나온 당신은 그게 준비해둔 말인지, 갑자기 한 말인지 따져 물었어요.

"우린 다 했어. 당신도 알아, 우리가 모든 것을 했다는 것을."

당신은 대답을 못 했어요. 내 가방을 낚아채더니 아파트 키를 빼내고 도로 술집으로 들어갔어요. 난 술집 사이의 좁다란 틈으로 들어가 짐승의 내장 속 같은 골목길을 일부러 돌고 돌아 느리게 걸어올라갔어요.

그 골목은 당신이 뒷걸음으로 빠져나가야 할 길처럼 좁고 길고 검더군요. 난 뒤로 걸어보았어요. 누군가가 쇠막대기를 들고 뒤통수를 자꾸만 후려치는 것 같더군요. 그래도 계속 걸었어요. 어깨와 등과 머리가 여기저기 부딪치고 팔다리가 벽에 쓸리고 광대뼈가 쓸렸어요. 골목이 꺾이는 지점에서는 벽 모서리가 옆구리 깊숙이 박혔어요. 나는 계속 뒤로 걸었어요.

지금 생각하면 이상해요. 왜 나는 당신만 뒷걸음으로 나가야 한다고 생각했을까요? 나 역시 이렇게도 오래 뒷걸음질을 치고 있는데 말이에요.

그날, 당신은 내 아파트에 먼저 와 있더군요. 축대 아래서 올려다보니 안방 창에 불이 켜져 있었어요. 난 보랏빛 라일락이 터널을 이룬 긴 계단길을 한 발 한 발 올라갔어요. 달콤한 라일락 향이 뺨과 팔과 다리의 쓸린 상처 속으로 꿀처럼 파고드는 것 같았어요. 계단길 끝, 노인이 만든 벼랑길의 화단 앞에 쭈그리고 앉아 손바닥으로 흙을 더듬어보았어요. 내가 심은 백합 구근은 아직 싹을 틔우지 않았더군요. 사층 아파트 계단에 오르니 불 켜진 부엌 창에 당신의 그림자가 어른거렸어요. 아마도 술잔을 찾거나 안주를 찾아 냉장고를 뒤졌겠지요. 내 생애 속에서 다시는 당신 얼굴을 보고 싶지 않았어요.

스스로를 벼랑길 아래로 떠밀듯이 난폭한 다짐을 하며 난 몸을 돌리고 계단을 되짚어갔어요. 그리고 노인의 집 벨을 눌렀어요. 노인이 문을 열어주었어요. 내 얼굴이 눈물에 젖어 금속처럼 번쩍거렸겠지요. 난 그 집 안으로 깊숙이 들어갔어요. 더이상 아무 일도 일어나지 않는 고독한 집으로요.

그날 난 노인의 북향 방에서 잤어요. 다음날도 다음날도, 당신이 나를 찾아 그 많은 계단을 오르내리며 골목을 헤집고 다닌 동안, 난 노인의 방에 숨어 있었어요. 노인은 당신의 움직임을 감지하고 있었어요. 이사를 하겠다고 했더니 우선 자기 집에서 쉬라고 했어요. 노인은 테이블보를 걷어 남향 창의 햇빛을 막아주고 장을 보러 갔어요. 노인은 그 주에 영어과외를 쉬었어요. 그 주 내내 방문자는 아무도 없었어요.

노인은 채식주의자였고 매일 오전 아파트 옥상에 올라가 국선도 체조를 한 후에 일광욕을 했어요. 노인은 나의 햇빛 알레르기 증상을 가여워했어요. 끼니마다 야채요리를 만들면서 햇빛과 채소의 아름다움과 선량함을 이야기했지요. 그리고 백과사전을 펼쳐들고 햇빛 부분을 찾아 이야기해주었어요.

"더 엄밀히 말하면 태양의 전자기 복사의 스펙트럼이에요. 지구가 태양과 수평에 있을 때 낮 동안 태양복사가 이루어져 대기에 걸러진 뒤 우리에게 닿는 거예요. 알레르기를 고치고 싶으면 먼저, 햇빛을 향해 마음을 열어요. 햇빛은 자율신경계를 안정시켜주고 뼈와 장기를 튼튼하게 해주며 기분을 즐겁게 해주어요. 햇빛 자체가 신성이지요. 이 세상 어디에 가든, 여름에 십오 분, 겨울에 사십오 분 맨얼굴로 챙 넓은 모자를 쓰고 일광욕을 하세요. 평온해지고 모든 일이 잘될 거예요. 우리는 식물로부터 충분히 영양을 공급받을 수 있어요. 식물은 광합성을 해서 태양광선을 화학에너지로 바꾸어 체내에 저장했다가 인간의 몸속에 들어가면 태양에너지를 방출해 영양을 공급하는 거예요. 그것은 평화로운 에너지예요. 우리는 무엇에든지 너무 깊이 빠져들면 안 돼요. 심연은 우리의 영역이 아니에요."

노인은 당신과 나에 대해서는 한마디도 하지 않았어요. 다만 심연은 우리의 영역이 아니라고 말했어요. 그날 열쇠장수를 불러 현관문을 따고 이삿짐센터에 맡길 비상키와 중요한 물건을 챙기고 있을 때, 그만 당신과 마주치고 말았어요. 오후 세시에 당신은 예기치 않게 나타났지요. 내가 걸쇠를 걸어두고 문을 열어주지 않자 당신은 참지 못하고, 믿어지지 않는 힘으로 부엌의 방범창틀을 흔들어 부수기 시작했어요. 방범창틀이 거의 떨어지려 할 때, 경찰차가 비상벨을 울리며 왔어요. 그리고 두 명의 경찰이 계단을 올라와 정확하게 당신 앞에 섰어요. 당신은 주민들이 모두 나올 정도로 떠들썩하게 저항하며 경찰차에 실려갔지요. 그리고 다음날, 난 그 동네를 떠나왔어요.

그날 신고한 사람은 내가 아니에요. 아마도 노인이 아닐까요? 혹은 두 여자인지도 모르겠어요. 어쩌면 맞은편 동에 사는 노파들일 수도 있고 내가 영원히 모를 또다른 이웃일 수도 있겠지요.

내가 떠난 후 당신은 무사히 집으로 돌아갔어요. 지금도 이따금, 비가 내리거나 바람이 많이 부는 어느 날, 자정이 넘은 귀갓길에 당신은 택시 안에서 전화를 걸어요. 하지만 내 속의 어떤 목소리로도 당신의 음성을 받을 수가 없어요. 어쩌면 당신을 떠나온 후 예전 목소리를 잃었는지도 몰라요. 어쩌면 난, 그날 이후 입술 반의 감각이 없어졌는지도 몰라요. 혀가 어떤 맛을 상실했는지 몰라요……

생각나요? 우리의 유리창 앞에 늙은 수양버들이 서 있었지요. 키가 크고 둥치가 굵고 긴긴 가지가 풍성했어요. 우수 무렵 그 나뭇가지에 어리던 연둣빛 안개와 봄날 동안 주렴의 구슬처럼 총총히 맺히던 그 많은 잎사귀들, 초여름부터 무성해져서 가닥가닥 서로 뭉치거나 흩어지며 우리 창 앞에서 너울거렸지요. 바람이 많이 불면 가지들이 수평으로 들려 흡사 창 바깥으로 흘러나가버릴 것같이 물결쳤어요.

난 겨울의 메마른 줄기도 좋아했어요. 눈이 올 것처럼 흐리고 바람이 마구 불던 어느 겨울 오후, 가느다랗고 긴 회초리가 허공을 마구 매질했지요. 이대로는 안 된다고, 몸부림치는 것 같았어요. 가지들이 한바탕 발작하듯 휘몰아치고 나면 내 마음이 다 후련했어요. 다음날 아침, 봄눈을 세제 거품처럼 뒤집어쓰고 있던 모습도 잊을 수 없네요. 목욕중인 순한 곰 여인 같았어요. 비눗물을 깨끗이 씻고 나면 오랜 세월을 묵은 전설의 곰이 머리카락을 가지런히 빗고 고운 여자로 변신할 것 같았어요.

당신이 내게로 온 것은 그 나무 때문이라고 했어요. 당신은 정말 그렇게 말했어요. 그냥 뾰족한 이유가 없으니 하는 소리겠지 했는데, 그 봄날, 이제 막 잎사귀가 돋기 시작한 수양버들이 창의 프레임 속에서 사라졌을 때, 가슴이 쿵, 하고 내려앉았어요. 창을 왈칵 열고 상체를 밖으로 쑥 내밀어봐도 나무는 어디에도 없었어요. 대신 이마에 부딪칠 듯 맞은편 동의 아파트 벽이 와락 달려들더군요. 정말 세게 부딪친 것같이 멍했어요. 그날 모든 것이 달라졌다는 것을 느꼈어요. 모든 일에는 배경이라는 것이 있으니까요. 배경이란 우리가 어떻게 할 수 없는 힘으로 우리에게 작용하는 거니까요.

그 나무 한 그루가 그동안 맞은편 벽을 그렇게도 멀리 밀어놓았었다니, 그런 착시와 객관적 거리 사이에서 이따금 세상의 상처가 벌어지듯, 상처가 벌어지듯…… 사랑이 시작되는 게 아닐까요. 그 나무가 베어지지 않고 여전히 여신처럼 긴긴 머리카락을 바람 속에 휘날리고 있다면, 이별은 없었을까요? 모르겠어요. 나는 우리의 이별엔 그 나무가 연루되어 있는 것 같아요. 당신의 말 때문이겠지요.

당신의 말은 반쯤은 농담이고 반쯤은 흘려버리는 식이죠. 진심의 행방도 모호하고 책임소재도 없는 불능의 어법. 당신은 엉터리예요. 문제는 처음에 내가 그것을 알아봤다는 거예요. 당신은 아도니스이고 협잡꾼이고 시정잡배이고 광인이고 배우이고 여우예요. 그런 줄 알면서도, 당신을 전혀 믿지 않으면서도 나는 당신이 거기 있는 것을 받아들였어요. 그런 묵인이 우리 사랑의 시작이었어요.

나를 그렇게 하게 한 것의 정체가 무엇일까요? 내 몸의 어떤 원소가, 내 마음의 어떤 불길이, 내 운명의 어떤 차가운 결함이 그 묵인을 자초했는지 이따금 생각해보지만, 지금은 모든 것이 타버려서 흰 재만 날려요. 그리고, 지금도 아침에 잠에서 깨서 멍하니 흰 천장을 올려다볼 때면 허언으로 점철된 당신의 말들이 미칠 듯이 그리워져요. 그리고 당신의 얼굴이나 눈, 당신의 마음 같은 게 아니라, 당신의 발, 뒤통수, 등과 같이 마음으로부터 더 먼, 아무 표정도 짓지 않는 것들이 사무치도록 그리워진답니다.

나는 오랫동안 심연과 표면 사이를 유랑했어요. 심연이 존재에 대한 끝없는 의심과 회의와 타오르는 갈망이라면 표면이란 우리 모두의 습관의 평면이겠지요. 우리는 다른 사람들처럼 생각해야 하고 습관을 꽉 붙들고 살아가야 하지만, 때로 급류에 배가 뒤집히듯 혼자만의 심연에 빠져버리는 것 역시 어쩔 수 없답니다. 무용한 고행이지만, 그것이야말로 단념하기 어려운 개인적인 고집이니까요. 이곳에 온 후로 하루하루가 다 같은 날 같았어요. 똑같이 외롭고 지루한 날들이었지요. 그런데도 당신의 전화를 받지 않고, 당신에게 전화하지도 않고, 당신 있는 곳에 찾아가지도 않는 것은, 내가 떠난 그 자리에 당신을 그대로 세워두기 위해서예요. 더는 멀지 않은 그곳에, 그대로요. 그리고 이제야 안답니다. 그 자리에 서 있었던 것은 당신이 아니라 다름아닌 나인 것을.

생의 뒷면을 보지 못하면서, 타인들처럼 생각할 줄도 모르는 나는 늘 이상한 일을 겪어왔어요. 예를 들면 노인의 부고가 온 일 같은 거. 부고가 어떻게 내게 왔는지 모르겠어요. 그곳을 떠나온 지 삼 년이나 흘렀잖아요. 노인은 대체 내 주소를 어떻게 알았을까요. 노인은 별세를 알리고 싶은 이들의 명단을 정리해두었던 것일까요. 그리고 노인이 죽은 후, 내게 부고를 보낸 사람은 누구일까요. 친구일까요, 자녀일까요. 그는 노인이 나의 유일한 이웃이었다는 사실을 아는 사람일까요.

노인의 사인은 심장마비이고 사망시간은 밤 열한시경, 장소는 집이라고 쓰여 있었어요. 부고장 말미에 호상이라고 적혀 있더군요. 슬하에 딸 하나가 있었어요. 장례식장과 발인 일시와 장지, 그리고 나에게 부고를 보내주었을 친족 대표와 우인 대표의 이름을 훑고 연락처를 보고 있다가 노인의 이름으로 눈길이 갔어요. 그 위로 당신의 이름 석자가 겹치더군요……

어느 날, 세월이 흐른 뒤, 어느 날 말이에요. 당신이나 내가 세상과 작별한다면, 우리, 흘러다니는 소문으로 그 소식을 알리지 말아요. 예의를 갖춘 정식 부고를 주고받고 싶어요. 별세의 날이 다가올 즈음 비밀스러운 주소 하나를 누군가에게 맡기는, 그 정도 부탁은 가족에게 할 수 있지 않을까요. 또다시 오랜 시간이 흘러간 뒤에 말이에요. 우리가 낙엽처럼 가벼워져서 한 걸음으로 훌쩍 공기 속으로 넘어가게 될 때요. 이것이, 내가 편지를 쓰고 있는 이유예요. 하지만 늘 그랬듯이, 이유는 중요하지 않아요. 편지는 내 절실함을 스스로 다독이는 부질없는 버릇일 뿐이니까요. 이 편지도 다른 편지들처럼, 수신자인 당신과는 무관하게 내 서랍 속에 수납되겠지요. 늘 그랬듯이, 이것이 마지막 편지가 되기를 바라요.

아, 그리고 이제 햇빛 알레르기가 나았다는 소식을 전해요. 의사는 반신반의했지만, 난 그 신비로운 일을 믿어요. 이 몇 년 사이, 당신을 포함해 내 속의 모든 것이 하얗게 타버렸는데, 병인들 어떻게 남아 있겠어요. 어제는 이른 아침에 눈 덮인 산으로 갔어요. 흰 숲속에 사람들의 발자국이 낸 길이 바느질 자국처럼 좁다랗게 걸려 있었어요. 그 길을 딛고 올라가다가 산 중턱 잡목림에서 나무둥치들 사이로 떠오르는 황금빛 해의 광휘를 만났어요. 공기 속으로 녹는 따스한 찻물처럼 숲을 적시는 광휘 속으로 한 발 한 발 들어가니 소나무와 갈참나무 둥치들 사이로 온전히 둥근 해가 불끈 튀어나왔어요. 눈 안에, 입안에, 머리카락 안에, 혈관 안에, 겨드랑이와 다리 사이에, 온몸 구석구석에 햇살이 스며들었어요. 얼굴 위에도요. 아무도 모를 거예요, 긴 세월의 격리 뒤에 온 그 평범한 허용이 얼마나 사치스러운 것인지를. 나무의

우듬지들도 온통 은은한 광휘로 물들었지요. 모세혈관 같은 잔가지들이 먼 뿌리의 눈물과 함께 해의 복사열을 빨아들이며 허공의 끝을 움켜쥐는 것 같았어요. 나의 말초혈관들과 신경들도 새 가지를 뻗을 것같이 꿈틀거렸어요.

햇빛 속에 얼마나 오래 있었는지 모르겠어요. 식물이 광합성하듯, 내 몸에서도 광합성이 일어나는 것 같았어요. 식물의 행복을 알 것 같았어요.

몸이 얼얼해져서야 산에서 내려왔는데, 내 눈길 닿는 곳곳마다, 흰 눈 위에 노란 쥐오줌 얼룩이 졌어요. 웬 산에 쥐오줌 얼룩이 이렇게 많은가, 하며 두리번거리다가 그것이 내 눈에 들어온 일출의 잔광인 것을 알아채고 실소를 했어요. 한번 나온 웃음은 혈관을 타고 온몸으로 번져나갔어요. 그사이 내 눈 속의 잔광은 송홧가루 얼룩처럼 엷어졌지요. 하산길은 날 듯이 가벼웠어요. 기쁨이란 실은, 아무도 모를 노랑 얼룩같이, 자기 안을 가만히 비추는 것들이지요. 그러니, 우리 생의 기쁨이란 슬픔보다 더더욱 비밀스러운 것이 아닐까요?

해설

중력과 부력 사이에서 흔들리는 生

황도경
(문학평론가)

1. 마녀의 운명, 그후

전경린은 우리 문학사에 마녀의 탄생이라는 항목을 추가시킨 작가다. 등단작 「사막의 달」 이후 그녀의 인물들은 이른바 마녀의 운명을 산다. 그녀들이 아버지의 규율을 어긴 죄로 뜨거운 태양 아래 나무에 묶였던 사건은 마녀의 탄생을 알리는 시발점이었다. 하지만 그후 시간이 흐른 뒤 그녀들은 열정적인 사랑의 끝에서 무위의 일상에 갇힌다. 그녀들은 다시 탈출을 감행한다. 뜨겁게 타오를 불의 열정을 찾아 스스로 사막의 길에 나서는가 하면 염소를 몰고 아파트를 빠져나가기도 한다. 염소는 잊고 있던 자기 안의 늑대로 진화할 것이었다. 그렇게 그들은 스스로 기꺼이 늑대가 되고 뱀이 되었다. 그녀의 소설에 흔히 등장하는 불륜, 이혼, 낯선 남자와의 정사, 근친상간적 욕망 등은 그 뱀과 늑대의 흔적이다.

그러나 그렇다고 해서 전경린 인물들을 오로지 가출한 늑대로, 마녀의 후예로 규정하는 것은 아직 성급하다. 그들은 뱀이고 늑대이자, 엄마이고 아내이며 언니이고 이웃이다. 뱀의 유혹이 강렬하고 치명적인 만큼 엄마로서의 책임감과 아내로서의 현실적인 무게도 막강하다. 두번째 소설집인 『바닷가 마지막 집』 이후 우리는 뱀과 늑대와 고양이로서의 그녀들보다 스스로 자기 안의 짐승을 죽이고 집으로 귀환하는 그녀들을 더 자주 본다. 그녀들은 이제 자기 안의 짐승이 이끄는 대로 마냥 '다른 곳'으로 떠날 수 없다는 것을, 아니 '다른 곳'은 없다는 것을 깨닫는다. 탈주가 아니라 고통과의 대면이 더 절실하게 요구된다는 깨달음. 어쩌면 '다른 곳'은 '지금' '이곳에서' 그녀들 스스로 만들어내야 할 세계일지 모른다. 이후 그녀들의 싸움이 더 치열해지고 절박해지는 이유이다.

이 소설집에서 만나는 전경린 인물들의 싸움도 그러하다. 불륜이나 이혼 등이 마녀로서의 그녀들의 흔적을 주홍글씨처럼 드러내며 등장하고 있지만, 그녀들은 더이상 광활한 들판을 달리는 늑대나 욕망에 휘둘리는 뱀에 그치지 않는다. 그녀들은 자신들이 견디며 살아야 할 현실의 세계로 돌아와 있다. 열정은 과거의 기억 속에 있고, 불꽃처럼 만개했던 꽃들도 바닥에 떨어져 뒹군다. 무섭고 냉정했던 아버지는 늙거나 죽었고, 사랑했던 이들은 떠났다. 욕망이나 열정보다 이별과 죽음이 가까이 있다. 그래도 삶은 이어지는 법. 이제 어떻게 살아갈 것인가. 갈수록 무거워지는 삶의 무게를 어떻게 감당할 것인가. 그리하여 어떻게 자유로워질 것인가. 이 소설집에는 이에 대한 전경린 인물들의 고민과 대답이 담겨 있다. 그녀들이 어디까지, 어떻게, 와 있는지 살펴보자.

2. 실낙원, 이브의 추락

「강변마을」은 전경린 인물의 실낙원 이야기라 할 수 있다. 이야기는 '나'가 열한 살이던 어느 여름의 기억에서 시작한다. '나'는 아빠의 새 여자가 아이를 낳는 동안 새 여자의 고향을 외갓집으로 알고 그곳에 들어가 지내게 된다. '나'는 그곳에서 몸 안을 찔러대는 가시 같았던 동생들과의 부대낌, 엄마의 악다구니, 할머니의 힐난, 아버지의 분노 등으로부터 자유로워져 그 가시들이 모두 뽑혀나간 것 같은 해방감과 기쁨을 누린다. 게다가 거기에는 눈에 잘 띄지도 않는 자신을 처음으로 예뻐해준 외할머니가 있었고, 수박이며 포도를 밭에서 실컷 따 먹을 수도 있었다. 그곳은 "천국이나 다름없었다". 그런데 사건은 그곳에서 군대에서 휴가 나온 외삼촌을 만나 함께 강으로 가게 되면서 일어난다. '나'가 외삼촌에 안겨 강을 건너는 장면을 보자.

> 강물이 가슴까지 올라왔을 때 두려움이 몰려왔다. 외삼촌은 꽉 끌어안은 나를 뒤로 돌려 목말을 태웠다. 그곳에서 보는 강물은 끝없이 길고 막막하게 넓고 물결은 무겁고 흐름은 빨랐다. 물결이 어깨까지 올라왔을 때 외삼촌의 몸이 균형을 잃는 게 느껴졌다. (……) 외삼촌은 팔로 내 엉덩이를 받치고 다른 손으로 내 허벅지의 부드러운 살을 안고 있었다. 강물은 외삼촌의 허리까지 닿았다가 가슴까지 닿았다. 나는 두 팔로 외삼촌의 목을 꼭 안았다. 외삼촌의 가슴에서 산이 땀 흘릴 때 날 것 같은 냄새가 났다. 외삼촌의 왼손이 허벅지를 지나 천천히 가운데로 다가왔다. 점점 더 가운데로…… 나는 얼굴을 들고 외삼촌의

눈을 바라보았다. (……) 팬티 아래까지 다가온 외삼촌의 손가락이 멈추었다. 그리고 나를 뒤로 돌려 등에 올렸다. 나는 몸을 펴고 엎드렸다. 우리는 물결을 따라 흘러내려가기 시작했다. 정신을 잃을 것 같았지만 내 두 팔은 고리처럼 외삼촌의 목에 걸려 있었다.(83~85쪽)

반복되며 강조되는 육체적 몸짓이나 몸에 와닿는 강물의 흐름, 정신을 잃을 것 같았다는 '나'의 고백 등 이 대목은 외삼촌과 함께 강을 건너던 그날의 경험이 '나'가 처음으로 욕망에 눈뜨는 경험이었음을 보여준다. 이날의 기억을 떠올리며 '나'는 "꿈속에서는 두툼하게 살이 오른 물결이 몸을 밀기도 하고 몸을 감기도 하고 혹은 몸을 짓누르기도 했다. 어느 때는 속수무책으로 떠내려가기도 하고 아래로 한도 없이 끌려내려가기도 했다"라고 고백하고 있기도 한데, 이때 물은 완전히 하나의 육체가 되어 있다. 물이 '나'의 몸에 차오르는 것과 외삼촌의 손이 '나'의 몸에 다가오는 것이 병행한다. 물은 외삼촌의 손이고 몸이다. 그 물/손의 움직임에는 "따스함과 서늘함" "물결에 부딪쳐 반사하는 햇빛의 아룽거림과 물속의 어둡고 깊숙한 그늘이" 함께 있다. 이날 열한 살 어린애였던 '나'는 여자가 된다(외삼촌이 '군인 아저씨'로 설정되어 있는 것은 '나'의 최초의 욕망의 대상에 강한 남성성을 부여한다). 그리고 욕망이 가져다주는 기쁨과 환희, 어두운 그늘을 동시에 받아들인다. 돌아오는 길, 모래가 뜨거워서 걷기 힘들 거라는 외삼촌의 말에 '나'는 뜨거운 모래가 좋다고 대답한다. 이 사건 이후 '나'가 할머니와 함께 다시 강에 갔을 때 강이 전과 같지 않았던 것은 당연하다. '나'가 건넜던 강은 외삼촌의 손과 함께 있던 것이었기 때문이다. '강변마을'은 '나'로 하여금 처음으로 자기 안의 욕망을 발견하고 밖으로 꺼내놓게 한 곳이다. 이런 점에서 처음 외갓집에 들어섰을 때 '나'가 다리를 꼬며 화장실부터 찾는 장면은 그곳이 '나'에게 있어 최초로 욕망의 발견 혹은 발산이 이루어지는 곳이라는 점을 시사하는 흥미로운 대목이다.

그런데 강을 건너던 그 사건에서 주목해야 할 또다른 점은 이 사건이 '나'에게 있어 단순히 욕망에 눈뜨는, 그래서 어린애에서 여자로 진입하는 순간의 경험이었다는 사실뿐 아니라 그것이 금기를 위반하는 사건이었다는 사실이다. '나'는 외삼촌을 욕망했던 것이니(비록 친외삼촌은 아니지만), '나'의 욕망은 그야말로 금지된 것, 혹은 위험한 것이었다. 마을 아이들이 같이 강에 가자고 했을 때 할머니가 단호하게 "안 된다"고 대답하는 것은 바로 그 금지의 신호다. 하지만 '나'는 기어코 강을 건넌다. 강으로 가는 길에 대한 묘사를 보자. 강으로 가는 모랫길에는 버려진 수박들이 "깨진 짐승의 머리통"처럼 벌건 속을 드러낸 채 썩어가고 있었고, 모래가 더 깊어져 모래밭이 되어 있었고, 운동화 속으로는 뜨거운 모래가 들어왔고, '나'는 정신이 혼미하고 눈앞이 혼란스러웠다. 둑 아래엔 "불에 달군 듯 뜨거운 모래의 늪지가" 이어졌고, 곳곳에 커다란 모래구덩이가 패어 있어서 자칫 미끄러지며 빠질 수도 있었다. 그리고 강물은 빠른 속도로 움직여서 거기에 잘못 감기면 빠져나오지 못하고 "지옥 끝까지" 실려가버릴 것 같았다고 기술된다. 뜨거운 모래밭, 위험한 모래구덩이, 그리고 그 아래로의 추락의 위험까지, 강으로 가는 길에 대한 묘사는 주인공이 금지된 욕망에 다가가는 과정을 그대로 예시하고 있다.

흥미로운 건 그 욕망의 끝에 도달하게 될 바닥이 '지옥'에 비유되고 있다는 점이다. 몸 안에서 찔러대던 가시들이 다 뽑혀나간 것처럼 평화롭고 행복했던, 그래서 '천국'에 비유되었던 외갓집이 여기에선 '지옥'에 연결되어 있는 것이다. 사실 강가에서 만난 뜨거움은 외갓집에 가는 길을 묘사하는 대목에서 이미 만난 바 있다. 그 길에서 강조되었던 것도 "비현실적인 뜨거움"이었다. '나'는 그 길 위에 "불꽃이 타듯" 모래와 사금파리들이 반짝거렸고, 하늘과 해와 길이 모두 "백광 속에서 타오르는 것" 같았다고, 햇볕이 "짧은 칼날처럼" 살을 파고들었다고, 그리고 "마녀가 불을 때는 솥 안에 갇힌 기분"이었다고 고백하고 있다. 이렇게 보면 외갓집으로 오는 길은 마녀의 세계로 혹은 지옥의 끝으로 다가가는 길이었던 셈이고, 외삼촌과 강을 건너던 사건을 통해 '나'는 단지 사랑에 눈뜬 주인공이 아니라 금단의 열매를 따먹은 이브가 된 셈이다. 그러고 보니 강은 "물귀신이 발목을 당기는 곳"이라고 하기도 했고, 마을 북쪽에는 "악마들의 마을"이 있다고도 했다. 천국처럼 여겨졌던 외갓집은 이미 은밀하게 마녀와 지옥과 악마들에 연결되어 있었다.

외갓집이 있는 '강변마을'은 모든 것이 둥글둥글하고 얌전하며, 풍요롭고 행복했던 공간이었다. 하지만 가시나무 울타리가 집을 둘러싸고 있었다는 것에서도 암시되듯, 그 행복과 평화는 금기를 전제로 한 불안한 것이었다. 저녁이면 가시나무 울타리 사이로 어둠이 몰래 숨어 들어왔고(외삼촌이 강에 가자고 말했을 때 '나'는 텃밭 가장자리까지 달아났다가 이 가시나무에 찔릴 뻔한다), 어둠을 먹은 별들이 "외롭고 불안한 신호를" 보내기도 했다. 그 신호는 과연 무엇이었을까? 외할머니의 딸은 유부남인 아버지와의 사이에서 아이를 낳았고, '나'는 외삼촌과 근친상간적 욕망에 휩싸인다. 그녀들은 모두 뜨거운 욕망의 유혹에 넘어간 마녀들이고, 금단의 열매를 따 먹은 이브들이다. "나는 무엇에 쫓기듯 씨도 뱉지 않고 수박을 허겁지겁 먹었다"라는 대목에 주시해보라. 금지된 사과를 따 먹고 추방된 이브처럼 '나'는 (사과 대신) 붉은 수박을 먹는다(외갓집에 갔을 때 할머니가 처음 내준 음식도 "붉은색 즙"이 되어버린 수박화채였다).

「강변마을」은 금기된 욕망에 눈뜨면서 에덴에서 추방당한 전경린 인물의 실낙원 기록이라 할 수 있다. '강변마을'은 그녀들에게 천국의 경험과 지옥으로의 추락을 동시에 떠올리게 하는 곳이다. 거기에는 열정과 욕망의 환희가 그리고 추락으로의 위험과 위태로움이 공존한다. 이전의 전경린 인물들이 되돌아가고자 한 곳도 바로 이곳이었을지 모른다. 하지만 이제 그녀들은 그곳의 기억을, 그 여름의 기억을 "굳게 잠긴 자물통처럼" 자신들의 몸 안에 묻는다. 그녀들은 안다. 그곳이 이젠 "다시는 갈 수 없는 다른 세계"라는 것을, 그곳에 다시는 가까이 가서는 안 된다는 것을. 이제 그녀들은 어두운 이브의 기억을 묻고 현실로 귀환한다. 그렇게 그녀들은 어른이 된다.

3. 위험한 꽃, 흔들리는 生

현실로 귀환한 추방당한 이브들에게 강물을 건너던 기억은 금지되고 억압된다. 하지만 때로 그 기억은 그녀들의 꿈속에서, 혹은 꿈처럼 떠올라 그녀들을 유혹한다. 그것이 전경린 인물들이 문득 만나게 되는 꽃이다. 위험한 꽃. 이로 인해 그녀들은 균형을 잃고 흔들린다. 「강변마을」에서도 천국 같던 외갓집 화단에는 주황색 나리꽃들이 피어 있었다. '나'는 그 꽃들이 등뒤에 속임수를 펼쳐놓고 뭔가를 야유하듯 숨넘어가게 깔깔대고 웃는 것 같았다고 고백한다. 어쩌면 모든 것은 그 꽃들의 장난에서 비롯된 것이었을지도 모른다. 붉은 꽃들에 덩달아 몸이 달아올라 강물에 뜨거운 몸을 담근 것일지도. 그후 '나'는 마냥 행복하고 천진스럽던 시간에서 떨어져나와 자기 안에 짐승을 가두고, 굳건한 대지 위의 삶에서 요동치는 물속의 삶으로 옮겨간다. 따스함과 서늘함 사이에서, 햇빛과 어둠 사이에서, 떠오르는 것과 끌려 내려가는 것 사이에서 균형을 잡으며 살아가는 것. 그런데 꽃과 함께 그 균형은 깨진다. 앞서 인용한 대목에서도 외삼촌에 안겨 강을 건널 때 외삼촌의 몸이 "균형을 잃는 게" 느껴졌다고 고백하고 있지 않은가.

「여름 휴가」에서 묘정은 밤이면 거리를 헤맨다. 그녀의 작은아이는 잠자는 동안 나무들이 '다른 곳'으로 갔다 온다고 믿었는데, 정작 밤이 되면 거리를 나가 헤매는 것은 묘정 자신이다. 그녀의 밤 외출은 나무에 대한 아이의 생각처럼 '다른 곳'으로 가려는 몸부림인 셈이다. 그리고 그것은 남자와의 정사로 이어지는데, 이때 만나게 되는 것이 바로 진한 '찔레꽃 내음'이다. 모텔에서 나왔을 때 공기 속에는 '찔레꽃 내음'이 얹혀 있고, 그녀가 걸어가는 동안 그것은 점점 더 짙어져서 "머리 위에 꽃을 이고 가는 듯" 느껴진다. 그리고 이어지는 요의. 묘정은 서두르느라 "걸음이 규칙적인 리듬을 잃고 허둥댔"고, "찔레꽃 덤불이 달빛을 받아 하얗게 형광빛을 발하고 있"는 공터로 가서 속옷을 내린다. 소설은 이 장면을 "찔레꽃 덤불 속"에서 "굴뚝새들이 후다닥 자리를 바꾸었고" "찔레꽃 내음이 불은 젖내처럼 뭉클뭉클 흘러나왔다"고 적고 있다. 한밤중 외출 끝에서 이루어지는 묘정의 요의는 억눌려 있던 욕망의 분출이라고 할 수 있을 터. 그것은 진한 꽃향기에서 비롯된 것이었다.

그러니 사랑과 욕망은 꽃과 함께 온다. 욕망을 묻고 반복되는 일상을 살아가면서 묘정이—'묘정'이라는 이름은 내게 무덤墓을 연상시키기도 하고 고양이猫를 연상시키기도 한다. 어느 것이든 그 이름은 불온하고 불길하다—잃어버린 것은 바로 그 꽃이었다. 폭우가 내리던 날 밤 그녀는 자신의 피아노학원에 물이 차오르는 꿈을 꾼다. 그리고 그 꿈속에서 묘정이 물속으로 들어가 건져낸 것도 '꽃처럼' 둥둥 떠오른 피아노 건반이었다. 희열에 벅차오른 붉은 열정의 꽃이 아니라 그 모든 것이 지워진 듯 하얗거나 검은 꽃. 그것은 "돼지고기와 고등어와 두부와 계란, 콩나물 사이에서" 살아가면서 시든 꽃이고 또한 그 안에서 다시 묵묵히 피워내야 할 꽃이다. 이제 그녀에게 남은 것은 "묵묵히 계단을 오르내리며 피아노를 두드리고 식탁을 차리"며 사는 것이다(이 '계단'에 대해서는 뒤에 다시 살펴볼 것이다). 소설 끝에서 묘정은 '물에 잠기는' 피아노를 구하러 가기라도 하듯 폭우 속에서 액셀러레이터를 밟는다. 소설의 마지막 문장은 이렇다. "차가 휘청 미끄러졌다가 이내 균형을 잡고 내달렸다. 빙판같이 미끄러운 길이었다." 살아가는 일은 이 미끄러운 빙판길을 달리는 것과 같다. 이때 중요한 건 균형을 잡는 것이다. 미끄러지지 않기 위해서, 물에 빠지지 않기 위해서, 균형을 잡고, 조심조심, 달리는 것.

「야상록夜想錄」의 주인공 금조도 금단의 열매를 따 먹은 이브의 후

예다. 그녀는 아버지 삼우제 전날 남자와 자고 들어와 엄마로부터 "부모 삼우재 안에 상주는 집 밖에 나가지 않는 법이거니와 국법이 허용한 내외간도 몸을 섞지 않는 법인데" "상주년이 바깥잠을 자고" 들어왔다는 꾸중을 듣는다. 말하자면 그녀의 밤외출과 정사는 금기를 위반한 행동이었고, 다음날 집에 들어갔을 때 엄마가 퍼붓던 말("미쳤구나!")처럼 '미친' 짓이었다. 금기 위반과 광기, 그것은 그녀가 이브 혹은 마녀의 후예라는 한 증거처럼 강조된다. 그렇게 금조가 남자와 자고 들어온 그 밤의 일들을 소설은 이렇게 기술한다.

> 오백 년 전 지었다는 무너져가는 옛 서원 아래 물질경이꽃이 하얗게 덮인 연못물은 지옥까지 닿은 듯 검었다. 발을 내디디면, 물을 지나 젖은 흙의 늪을 지나 아득한 지하세계로 까마득히 물고 내려갈 것 같은 묘연한 물이었다. 금조와 검은 양복을 입은 남자는 다리를 건너 연못의 한가운데 작은 섬으로 들어갔다. 끈적끈적하고 달콤한 꽃향 그물에 덮여 끌려들어가는 느낌이었다.(49쪽)

남자와의 밤외출이 이루어진—「여름 휴가」에서 묘정이 밤외출에서 만나는 남자도 그러하거니와 여기에서도 소설 속 남자는 이름이 없다. 그저 '남자'일 뿐. 이는 소설에서 불륜의 대상이 중요한 것이 아니라 그 행위 자체가 중요한 것임을 시사한다—그곳은 오백 년 전 지었다는 옛 서원 아래 "물질경이꽃이 하얗게 덮인 연못물"이었다. 그 물은 "지옥까지" 닿은 듯 검었다고, 그리고 "아득한 지하세계로" 이어질 것 같았다고 표현된다. 말하자면 금조와 남자가 다리를 건너 연못 한가운데 있는 작은 섬으로 들어갔을 때, 그것은 사회의 제도와 법이 요구하는 금기를 넘어가는 위반의 행위이자 악마의 유혹을 따라가는 지옥행과도 같은 것이 된다. 지옥으로 혹은 아득한 지하세계로 내려가는 것. 이는 전경린 소설에서 욕망이나 사랑이 제도나 법이 요구하는 금기의 위반이라는 성격으로 등장한다는 점을 다시 확인할 수 있게 하는 대목이다. 흥미로운 건 이때에도 그것은 꽃향기를 수반한다는 점이다. 연못 한가운데 섬으로 건너갈 때 "끈적끈적하고 달콤한 꽃향 그물에 덮여 끌려들어가는 느낌이었다"고 기술되는 걸 보라. 사랑은, 욕망은, 꽃과 함께 온다. 그 꽃은 위험하다.

금조와 남자는 처음에 섬의 전각에 앉아 있었다. 그러다 문득 남자가 뗏목으로 건너뛰었고, 그러자 뗏목은 "기우뚱 중심을 잃고 양쪽으로 기울어졌다". 이 '균형잃음' 이후 꽃과의 만남은 본격화된다. 아니 꽃과의 만남은 이런 '균형잃기'를 전제로 한다. 이제까지 이들의 삶도 나름대로 자기 안의 열정, 욕망, 열기를 적절하게 다스리고 통제하려는 노력, 「여름 휴가」에서 봤던 '균형잡기'의 안간힘 같은 노력으로 이어져왔을 것이다. 하지만 기상이변의 고온으로 7월 말 한낮의 햇볕은 공기 속에 불을 일으킬 듯 너무 뜨겁게 달아올라 있었다. 너무 뜨거운 열기, 그것이 문제였을까. 남자는 금조를 만나러 내려왔고 기차역에서 내려 "선혈빛 칸나꽃이 핀" 플랫폼을 지나 역사로 나온다. 이들의 열정은 피흘림이 예고되어 있다.

연못 안의 작은 섬은 묘정과 남자가 통제할 수 없는 자신들의 욕망을 분출시켰던 곳이다. 그들은 금지의 신호를 무시하고 금단의 다리를 건넜다. 꽃의 향기에 이끌려서, 꽃 속으로, 물속으로 내려간다. 남자가 뗏목으로 건너가 중심을 잃었다가 다시 요동하는 뗏목을 통제하며 웃을 때 "웃음을 타고 꽃향이 흘러왔"고, 남자가 한쪽 다리를 들어 올리자 남자는 그대로 "하얀 물질경이꽃 아래로" 사라진다. 잠시 후 남자는 "물질경이꽃 속에서" 불쑥 올라와 웃었고, 그때 남자의 젖은 머리에는 온통 "물질경이꽃이 하얗게" 뒤덮여 있다. 하지만 이 난무하는 꽃들은 위태롭다. 욕망은 무덤을 거느리고 있다. 연못을 뒤덮은 물질경이꽃이 흡사 "무덤을 덮은 듯"했다고 하지 않는가. 그리고 그 꽃은 붉은 꽃이 아니라 하얀 꽃이며, 남자는 "검은 양복을" 입고 있다. 실제로 이들의 정사는 아버지의 죽음을 배경으로 하고 있다. 요컨대 이때 이들의 욕망은 죽음에 연결되어 있다. 남자는 아내가 있는 집으로 돌아가야 하고, 금조에겐 딸과 함께 살아가는 일이 제 몫으로 남아 있다. 방 안 벽에 환영처럼 어른거리던 나뭇잎 그림자, 아버지에 대한 기억이자 남자에 대한 열정의 기억이던 나뭇잎 그림자는 소설 끝에서 지워지고 없어진다.

이제 전경린 인물들에게 꽃은 기억 속에서만 붉다. 그녀들은 지금 지는 꽃들을 혹은 떨어진 꽃들을 바라보고 있는 중이다. 기억 속의 그 날에는 크고 붉은 꽃들이 가득 피어 있었지만, 지금은 개화 시즌이 지나 길 위에 떨어진 꽃들이 흩날린다. 꽃들은 이제 그들의 발에 밟혀 뭉개진다. 「천사는 여기 머문다 1」에서도 위태로운 욕망의 상징과도 같았던 개양귀비꽃은 과거 기억 속에서만 붉다. 남자와 터키의 도시를 함께 걸었던 행복한 기억 속에 자리한 붉은 개양귀비꽃. 하지만 함께 걸었던 그 터키의 도시들이 높은 '무덤도시'였다는 것이나, 그 개양귀비꽃들이 '내리막 길가'와 '무덤' 사이에 피어 있었다는 사실은 그 욕망과 열정과 행복이 추락과 죽음을 거느리고 있다는 것을 환기시킨다. 이제 그녀의 곁에는 붉은 개양귀비꽃 대신 하얀 칼리구라스 한 송이가 피어 있다. 꽃이 없다면 고추와 분간하기도 쉽지 않은, '먼 나라의 꽃'. 그러니 이제 문제는 붉은 꽃이 아니라 하얀 꽃이다. 「여름 휴가」에서 묘정이 꿈속에서 물에 들어가 건져낸 것이 꽃처럼 떠오르는 희고 검은 피아노 건반이었듯, 「야상록夜想錄」에서 연못을 뒤덮은 것이 '하얀 질경이꽃'이었듯, 혹은 「백합의 벼랑길」에서 여자가 화단에다 심고자 했던 것이 백합이었듯. 이 하얀 꽃들은 욕망에 들뜬, 그래서 그녀들을 무겁게 아래로 이끌고 내려가는 열정의 꽃이 아니라 이별과 죽음을 예고하는 꽃이며, 동시에 그 열정과 이별의 시간들을 견디며 백악기에서 지금까지 살아남은, 그리하여 그녀들을 가볍게 밀어올리는 바람 같은 꽃이다.

「천사는 여기 머문다 2」에서 주인공의 독일행은 붉은 꽃의 세계에서 그 하얀 꽃의 세계로 나아가고자 하는 열망과 연관되어 있다. 그녀는 전남편 모경의 폭력으로 이혼한 후 도망치듯 독일로 온다. 결혼은 하되 섹스는 하지 않는다는 '백색 결혼'을 하기 위해서다. 소설에서 한국과 독일은 여러 면에서 대조적이다. 한국이 이상고온으로 6월인데도 폭염인데 반해 독일은 서늘하다는 것에서도 알 수 있듯이, 한국이 뜨거운 욕망과 날카로운 상처들로 얼룩진 공간이라면 독일은 모든 욕망으로부터 초월한 고요하고 한적한 공간이다. 하지만 정작 소설 서두에 등장하는 독일 마을 S에 대한 묘사는 왠지 위태롭다. 삼 킬로미터 내에 마을이 끝나고 밀밭 사이로 "선홍색 개양귀비와 흰색 야생 마거리트와 보랏빛 엉겅퀴와 자주색 자운영 같은 야생화가 핀 들판이 광활하게 펼쳐진다"든지, 마을의 외곽엔 거대한 풍력발전기들이 "음험한 감시망처럼" 둘러서 있고, 거기에서 나오는 불빛은 "생의 과거로부터 오는 경보등 같고, 비밀스러운 죄의식을 자극하는 감시자 같고 너무 오래 울어 붉어진 누군가의 눈빛 같다"는 진술은 그 독일 마을의 고요와 한적함이라는 것이 금기와 감시 속에서 위태롭게 유지되는 것이라는 짐작을 하게 한다. 더군다나 알프스로 떠나며 언니가 당부하는 말들은 모두 '나'가 지켜야 할 규칙들이다. 예컨대 식사 후엔 팁을 얹어줘야 한다는 것, 마트에서는 줄을 잘 서야 한다는 것, 그리고 도살장이 있는 마을 끝으로는 가면 안 된다는 것 등등. 말하자면 마을의 고요와 평온은 규칙과 금기를 전제로 한 것인 셈이니, "문제 없어, 전혀 없어. 안전해"를 강조하는 언니의 말에도 불구하고 그곳이 온전하게 안전하고 평화로워 보이지는 않는다. 야생화의 유혹은 그곳에도 은밀하게 자리하고 있다. 그러니 과연 '백색'의 삶은, '백색'의 꽃은 어떻게 만날 수 있을까. 소설 마지막 장면에서도 암시되지만—이에 대해서는 뒤에 다시 이야기하기로 하자—그 하얀 고요와 평화는 열정과 상처의 흔적인 붉은 핏방울 속에서 만들어진다. '백색'의 삶은 아직 멀고, 그녀들은 여전히 흔들리는 중이다.

4. 중력과 부력 사이, 위태로운 계단

전경린 인물들이 꽃의 유혹으로부터 혹은 꽃의 기억으로부터 자유로울 수 없는 한 그들 삶은 계속 위태롭게 흔들린다. 소설 곳곳에 등장하는 '강'은 이 흔들리는 삶의 비유적 공간이다. 그녀들이 이 강을 건

넌 후 강 위의 삶은 피할 수 없는 것이 되었다. 강은 온몸이 기쁨으로 차올라 날고 있는 것 같은 기쁨을 경험하게 하는 곳인 동시에 물귀신이 발목을 잡아당겨 아래로 빠지게 하는 곳이기도 하다(「강변마을」에선 실제로 '나'의 황홀한 첫경험(?) 때 은하가 물에 빠진다. 그리고 소설은 다음과 같은 하강의 움직임으로 끝난다. "낮은 바닥으로 나를 끌어내리는 강. 더 낮은 바닥, 더 낮은 바닥으로……"). 따뜻하고 동시에 서늘하며, 햇볕의 아롱거림과 물속의 어두운 그늘을 함께 거느리고 있는 곳, 중력과 부력, 침수의 위험과 떠오르는 힘이 공존하는 곳, 그곳이 전경린 인물들이 서 있는 강이다. 그리고 그 강 위에서의 위태로운 삶은 흔히 '섬'을 배경으로 전개된다. 섬은 할머니가 태어난 고향이기도 하고, 자신의 얼굴을 마주하고 부끄러움으로 구토를 하게 만드는 곳이기도 하고(「흰 깃털 하나 떠도네」), 외롭게 떠돌며 찾아가는 '맥도날드' 같은 곳이기도 하다(「맥도날드 멜랑콜리아」). 「밤의 서쪽 항구」는 그야말로 섬으로—육지를 잇는 좁은 통로를 빼면 통영은 섬이나 다름없다고 강조된다—들어갔다 나오는 이야기인데, 그 안에서 만나는 김춘수, 박경리, 이중섭, 백석, 유치환 등의 흔적들은 그야말로 물 위에서의 위태로운 고투의 삶을 증거한다.

전경린 인물들은 홀로 고독하고 위태롭게 균형을 유지하며 살아간다는 점에서 강에서, 그리고 섬에서 산다. 그러나 무엇보다 그녀들은 '계단' 위에서 산다. 도시 속의 섬인 '맥도날드'가 "허공 속에 떠 있는 계단"에 비유되듯(「맥도날드 멜랑콜리아」), '계단'은 허공에 떠 있는 섬과 같다. 「여름 휴가」에서 묘정이 계단을 올라가는 이혼한 남편의 뒷모습을 보며 키가 줄어든 것 같다고 그의 삶의 무게를 짐작하듯,

'계단'은 추락의 위태로움을 수반한 채 이어가는 우리들 삶의 현존을 보여주는 공간이다. 도심의 등대처럼 밤을 새워 영업하는 맥도날드는 익명의 타인들이 잠시 머물고 가는 공간으로 가장 '부력'이 강한 장소다. 소설 속에서 맥도날드는 효율성과 외로움 사이에서 "균형을 잡고 땅 위에서 이십 센티미터쯤 떠 있는 외로운 섬" 같은 곳, "세상의 바깥벽 허공에 떠 있는 옥외계단 같은 곳"으로 묘사된다. 주인공 여자는 바로 그곳에 걸터앉아 있다 추락한다. 「맥도날드 멜랑코리아」는 그 추락의 위험과 운명을 시대적이고 사회적인 문제로 그려낸다. 이른바 '전락의 시대'에 대한 이야기인 셈인데, "기역자로 굽은 허리로 가파른 옥외계단을 다족류처럼" 기어올라가는 백발 노파는 그 운명과 힘겹게 맞서고 있는 그녀/우리들의 모습일 것이다.

「흰 깃털 하나 떠도네」에서도 할머니가 살았던 아파트는 산속 가파른 도로 위에 있고, 주차할 자리도 워낙 급경사라 차 뒷바퀴에 돌을 끼워야 할 정도다. 그리고 여기에도 계단이 있다.

> 여자도 묵묵히 아파트 계단을 올랐다. 밖으로 돌출된 시멘트 계단을 세 칸째 올랐을 때 문득 옛날의 기억이 이마에 부딪치듯 떠올랐다. 하지만 그건 기억이 아니라 흔들림이었다. 계단을 오를 때의 당혹스러운 흔들림. 아무래도 세번째 계단이 다른 칸에 비해 높거나 낮은 모양이었다. 기억은 흔들리기만 할 뿐 불러오기에는 턱없이 까마득했다.(210쪽)

이 계단은 할머니가 무거운 삶의 무게를 견디며 조금씩 올라갔던 고통과 상처의 길일 것이다. 그 길 끝에서 할머니는 결국 깃털처럼 가벼워졌다. 할머니의 죽음은 너무나 가벼워서 등뒤에서 나비 한 마리가 살짝 미는 것 같았다고 기술된다. 하지만 이 계단은 위로 올라가는 길인 동시에 아래로 떨어질 수도 있는 공간이다. 이 위태로운 계단에서 가게 주인 여자가 넘어져 저승 갈 뻔 했다는 것은 엄살이 아니다. 계영도 할머니 죽음을 알려온 간병인을 만난 후 "육식동물의 이빨들"이 부러져나가고 "허공 속의 순수한 원형질로 환원되어 가는 느낌"을 갖게 되지만 곧 추락의 징후에 휩싸인다. 파도가 밀려와 등이 다 젖는 꿈을 꾸는가 하면, 여자와 라면을 먹을 때는 "아래로 끌고 내려가는 듯한 수마에" 휩싸인다. 그는 할머니가 남긴 아파트를 팔아 도피하듯 캐나다로 떠날 계획을 세우고 있고, 간병인인 오유자가 이미 집을 팔았다는 것을 알게 되자 소송을 생각하는 인물이다. 소설 끝에서 계영은 가파른 숲속길을 걸어올라가지만, 그가 가벼워지기는 아직 너무 어려워 보인다.

「천사는 여기 머문다 1」은 "이 산밑 마을에 처음 온 사람들은 누구나 순간적으로 균형감각을 잃어버린다"는 문장으로 시작한다. 주인공 여자가 살고 있는 산밑 마을은 도심 속에 있으면서 동시에 세상과 단절된 것 같은 '먼 곳'이다. 거기에서 사람들은 "십 센티미터쯤 발이 휘청 들린 표정"을 짓는다. 말하자면 그곳은 도시에 속해 있으면서 동시에 도시로부터 떨어져 있고, 땅 위의 공간이면서 동시에 땅에서 떨어져 있는 곳이며, 따라서 그만큼 자유롭고 동시에 위태로운 곳이다. 그곳에서 여자는 유부남인 남자와 사랑을 한다. 그것은 달콤하고 열정적이지만 위태롭다. 산 아래 도시에는 법과 제도와 의사와 정신병원을 내세우는 남자의 아내가 있다. 소설에서 이 위태로운 공간은 '계단'으로 다시 축소, 변주된다. 남자의 말처럼 그곳에는 계단이 많다. 그는 그 계단을 "돌로 채운 자루 같은 몸을 끌고" 마치 "탑에 오르듯 벽을 짚고 빙빙 돌며"—이 나선형의 움직임은 비상의 움직임과 연결되며 전경린 소설에서 종종 등장한다—올라왔고, 그후에도 셀 수 없이 많은 계단 위로 "흡사 발이 들린 듯 둥둥 떠서" 돌아오고 또 돌아왔다. '계단'은 그에게 자신의 무거운 짐을 덜어놓고 가벼워지게 하는 곳이며, 도시와 지상의 중력을 피해 "구름이 된 듯 지상에서 둥실 떠"오르게 하는 곳이다. 그곳에서 남자는 그렇게 가벼워지고 들어올려진다.

그렇다면 여자의 경우엔 어떨까? 여자와 교접하는 밤마다 남자는 돌을 토해냈고, 여자는 그 돌로 탑을 쌓는다. 남자가 가볍게 들어올려지는 동안 여자는 오히려 그 돌탑에 가두어진다. 여자가 아침에 일어나 창문을 열면 창문이 소리를 내며 저항하다가 "아래로 덜컹 떨어질 듯" 갑자기 열린다는 기술이 환기하듯, 여자에게 '산밑 마을'이나 '계단'이 그녀를 마냥 하늘로 떠오르게 하는 곳은 아니다. 오히려 그녀에게 그곳은 추락의 위험이 상존하는 위태로운 곳이며, 남자가 토해놓은 돌들로 무거워지고 그 안에 가두어진 곳이다. 남자의 표정에서 "긴 홈통 아래로 미끄러질 것만 같은" 불안을 읽는 곳이며, 그래서 그녀에게 계단은 올라가기보다 내려가는 공간이다. 터키의 도시를 함께 걸었던, 그러나 지금은 헤어진 남자도 이젠 "긴 계단을 내려가 먼지 가득한 마음의 지하실에" 웅크리고 있다. 그런가 하면 "계단을 내려가듯" 기온도 꾸준히 하강하고 있다. 그렇다면 이렇게 위태롭게 '계단' 위에 서 있는 여자는 이 추락의 위험 속에서 어떻게 가벼워질 것인가, 어떻게 하늘로 올라갈 것인가. 남자는 여자가 자신이 도착해야 할 미래이고 표를 끊은 기차역이라고 말하지만, 여자는 안다. 기차는 그 역에서 서지 않는다는 것을, 남자가 달리는 기차에서 뛰어내릴 만큼 무모하지 않다는 것을. 그러니 여자는 어떻게 사랑을 계속할 것인가? 어떻게 다시 구름처럼 가벼워져서 흘러갈 것인가?

「천사는 여기 머문다 2」에서 이 '계단'은 '사다리'로 나타난다. '사다리'가 나타나는 대목을 보자.

> 느릿느릿 집을 나가 혹시나 하고 길을 살펴보니 옆집과 옆집 사이의 좁은 틈에 사다리가 놓여 있었다. 역시 어디든 길은 있는 모양이었다. 소매 없는 긴 마직 원피스를 입은 나는 망설이지 않고 사다리를 타고 내려갔다. 사다리는 뿌지직뿌직 하는 소리를 냈다. 그러고 보니 못이 헐거워져 삐걱거리고 곳곳엔 녹슨 철삿줄이 얼기설기 묶여 있기도 했다. 사용한 지 오래된 사다리 같았다. (……) 하지만 이왕 내려섰으니, 흰 날개를 단 서커스 여자처럼, 몸 안에 부력이라도 있는 듯 시치미를 떼고 가벼이 내려서는 수밖에는 없었다.
>
> 다행히 사다리는 끝까지 버텨주었다. 어쩌면 내가 십 그램의 무게도 없지 않고 허공에 떠오른 듯도 했다.(130~131쪽)

높은 축대 아래 바닥에 널려 있는 물건들을 가지러 가기 위해 '나'는 사다리를 타고 내려간다. 이때 강조되는 것은 위태로움이다. 사다리는 사용한 지 오래되어 낡은데다 부서지기 직전처럼 소리를 낸다. 그녀는 떨어질 수도 있다. 하지만 이미 사다리에 오른 후라 그녀는 계속 사다리를 밟고 내려가기로 한다. 사다리 아래에는 끝나버린 결혼 생활의 흔적들이 폐허처럼 널려 있다. 그녀는 "흰 날개를 단 서커스 여자처럼, 몸 안에 부력이라도 있는 듯 시치미를 떼고 가벼이 내려서는 수밖에는 없었다." 다행히 사다리가 잘 버텨주었고, 그녀는 "십 그램의 무게도 얹지 않고 허공에 떠오른 듯도 했다"고 얘기한다. 여기에서도 문제는 가벼워지는 것이다. 그리고 이 장면에서 그녀는 이미 가볍게 떠올랐다. 아이러니하게도 사다리를 타고 내려가면서. 그것은 상처의 흔적과 마주하겠다는 용기, 부서진 사다리를 타고서라도 그것과 대면하겠다는 망설임 없는 용기에 의해 가능하다. 그 끝에서 가져온 것이 바로 결혼반지다. 소설 끝에서 그녀가 발견하는 빛이 반지로부터 흘러나오고 있었던 것은 어쩌면 당연할지 모른다. 그 반지는 그녀가 '가볍게 떠올라' 꺼내온 것이기 때문이다.

「백합의 벼랑길」에서 주인공이 서 있는 곳도 '계단' 위다. 그녀가 사는 아파트는 산속 높은 축대 위에 세워져 있어서 축대까지 거의 이층 높이의 계단이 걸려 있다. 맞은편 낙산에 올라서 바라보았을 때 그녀의 아파트는 비스듬히 서 있는 모습이 마치 "일회용 라이터"를 세워놓은 것 같았고, "바람 속에서 넘어질 듯 위태로웠"다. 그녀는 오후 세시 무렵이면 현관문을 열고 나가 '북향 계단참'에 서 있곤 하는데, 그 계단참은 "테라스처럼 허공에 돌출되어서 바람 쐬기에 좋았다." 그 계단참 아래에서 노인이 화단을 만들고 있었고, 그녀는 그곳에 백합을 심고 싶어한다. 그녀는 그 축대 밑 길을 '벼랑길'이라고 부른다. "짐승의 창자 속같이" 좁은 그 골목길은 타지 사람이 들어오면 방향을 잃고 오도 가도 못하게 되곤 하는 길이기도 하다. 그 길에서 '당신'은 '나'를 찾아 계단을 오르내렸고, '나' 역시 '당신'을 피해 그 길을 오르내린다. "몇 번의 봄과 가을, 몇 번의 여름과 겨울 사이에, 내 모든 것이 그 아래로 쏟아져내린 벼랑길." 말하자면 그 길은 유부남인 '당신'과의 사랑이 가져온 고통과 상처 그리고 '당신'과의 이별 속에서 휘청거려야 했던 추락과 혼돈의 길이다. '나'는 "백합꽃 핀 벼랑길을 거대한 몸으로 매달리듯 걸어가는 피투성이 공룡"이다.

5. 세번째 팔, 천사의 날개

그렇다면 공룡이고 뱀이고 다족류인 이들은 과연 어떻게 가벼워지는가? 어떻게 하면 강화도에서 방생의식을 치르며 춤을 추던, "목화솜처럼 가벼웠"던 스님의 발처럼 가볍게 계단을 올라 날아오를 것인가.(「흰 깃털 하나 떠도네」) 사실 이는 이 소설집에서 가장 주목되는 그녀들의 고민이자 질문이기도 한데, 특히 '천사는 여기 머문다' 연작과 「백합의 벼랑길」 같은 작품에서 그 해답을 발견할 수 있다. 우선 「천사는 여기 머문다 1」의 경우. 산밑 마을에 아슬아슬한 균형감각으로 살아가는 여자가 있다. 많은 계단을 올라 도달하는 끝에 마치 "한 덩이 흰 구름이 소파에 앉아" 있듯이 그녀는 머물고 있었다. 어느 날 남자가 찾아오고(이 남자도 유부남이다), 그후 남자는 돌을 토해내며 가벼워지고 여자는 돌에 갇혀 무거워진다. 그녀는 어떻게 다시 가벼워질 것인가. 그녀는 남자가 없는 사랑을 선택함으로써 다시 구름처럼 가벼워져 흘러가길 기대한다. 소설 속에 등장하는 탑은 짐승의 운명과 신의 세계 사이에 있는 그리고 그 사이에서 조금씩 위를 향해 올라가는 신성한 기호로, 이런 그녀의 결단을 드러낸다.

> 여자는 층층을 이룬 고궁의 지붕들과 국립 민속박물관 지붕 위의 오층탑을 오래 바라보았다. 그 층층들은 안개에 감겨 사원처럼 성스럽다. 발밑에 구르던 돌덩이 세 개만 쌓아도 탑이 되고 올려진 탑의 부력은 신성한 비의의 기호가 되는 것이다. 여자는 천천히 발끝을 들어올렸다. (103쪽)

> 여자는 달을 향해 발끝을 들어올렸다. 자신을 발아래 밟고, 그리고 자신을 머리 위에 이고 스스로 기원하는 삼층탑처럼. 발아래엔 짐승이 꿈틀대고 머리 위에는 침정한 신이 내려다보았다. 탑은 생의 만조 위에서 중력과 부력을 따라 이리저리 흔들렸다. 여자의 등에서 세번째 팔이 돋아났다.(122쪽)

탑은 그녀의 굴레이자 비상을 위한 받침대와도 같다. 남자가 토해놓은 돌들로 쌓은 탑은 그녀에겐 자신을 가두는 올가미가 되지만, 그녀는 스스로 탑이 되기로 한다. 말하자면 자신을 밟고 동시에 자신을 머리 위에 이고 한 층씩 한 층씩 올라가는 탑처럼, 자신의 고통과 상처를 비상의 원동력으로 삼겠다는 것. 그때 그녀는 짐승의 운명으로부터 벗어나 조금씩 신에게로 다가가게 된다. 꿈속에서 본 천사-여자, 그리고 자신의 등에서 나와 자신을 감싸는 세번째 팔은 그렇게 만들어진다.

천사의 이미지는 「천사는 여기 머문다 2」에서 조금 더 구체화된다.

앞서 이야기했듯이 주인공은 상처투성이의 삶을 뒤로하고 독일로 간다. 하지만 그녀의 독일행이 진실로 고요하고 평온한 삶으로 이어질 수 없으리라는 것은 서두에 묘사된 독일 마을에 대한 묘사에서 이미 예견된다. 그리고 하인리히를 만나러 가기 위해 꺼낸 흰색 블라우스에 붉은색 실로 바느질을 하는 소설의 마지막 대목에 오면 흰색과 붉은색, 빛과 피가 뒤엉킨 섬뜩한 장면이 연출된다. 흰 블라우스에 붉은색 실을 꿴 바늘을 찔러 놀리니 "핏방울이 배어나오는 듯"했고, 옷은 몸판의 앞뒤가 붙어 입을 수도, 벗을 수도 없게 된다. 바늘이 엄지를 찔렀고, 블라우스는 '피투성이'가 된다. 그런데 이때 어디선가 빛의 방울들이 흘러나와 손끝을 맴돈다. 모경이 준 반지에서 나오는 빛이었다. 고통과 상처투성이의 결혼생활을 상징하는 결혼반지에서 빛이 나오고 있었다는 사실은 욕망의 거세나 고통으로부터의 도망이 아니라 고통과의 대면이 구원의 길이 될 수 있음을 보여준다. 양손에 반짝거리는 빛을 거느리고 팔을 활짝 벌린 그녀의 모습을 보라. 밖에는 여전히 폭우가 쏟아지고 방 안은 여전히 어둠 속에 묻혀 있지만, 반지에서 나오는 빛은 그녀를 천사로 변모시키는 중이다.

이런 변신과 관련하여 「백합의 벼랑길」에서 주목되는 것은 소설에서 부각되는 식물의 이미지이다. 주인공은 벼랑길 화단에 백합을 심고 싶어한다. 백합은 백악기에도 피었던 그래서 그 이후 오랜 시간 이어져온 개화와 낙화의 기억을 몸에 새긴 꽃이며(이번 소설집에 등장하는 오래된 사원이나 절, 왕궁, 박물관 등은 오랜 시간의 흔적을 그 안에 담고 있다는 점에서 이 백합과 비슷한 의미를 갖는다), 욕망에 들뜬 붉은 꽃이 아니라 흰색으로 탈색한 꽃, 햇빛 속에서 아무 피해의식도 없이 평화롭고 화려한 꽃이다. 여기에선 꽃들이 피는 것이 사랑이나 열정이 아니라 이별에 연결된다. 봄꽃들이 폭죽 터지듯 피어나던 때 '나'는 남자와 헤어진다. 사랑니를 뽑는 장면은 위험과 상처를 무릅쓴 이별의 그것이기도 하다. '너'를 뽑아낸 뒤에 미쳐버리거나 입술의 감각을 잃어버리거나 하는 위험을 기꺼이 감수하면서 선택하는 발치 혹은 결별. 하지만 이 과정을 통해 여자는 아마도 "낙엽처럼 가벼워져서 한 걸음으로 훌쩍 공기 속으로 넘어가게" 될지도 모를 일이다. 소설 끝에서 그녀는 햇빛 알레르기에서 치유되었다는 소식을 전한다.

> 공기 속으로 녹는 따스한 찻물처럼 숲을 적시는 광휘 속으로 한 발 한 발 들어가니 소나무와 갈참나무 둥치들 사이로 온전히 둥근 해가 불끈 튀어나왔어요. 눈 안에, 입안에, 머리카락에 안에, 혈관 안에, 겨드랑이와 다리 사이에, 온몸 구석구석에 햇살이 스며들었어요. (……) 햇빛 속에 얼마나 오래 있었는지 모르겠어요. 식물이 광합성하듯, 내 몸에서도 광합성이 일어나는 것 같았어요. 식물의 행복을 알 것 같았어요.(291~292쪽)

이제 그녀는 동물의 기억을 벗고 스스로 식물이 된다. 그리고 그녀 앞에는 어두운 달이 아니라 둥근 해가 떠 있다. 그녀를 찌르고 유혹하던 따가운 햇살이 아니라 은은하고 따뜻한 황금빛 해. 그녀는 그 햇살에 온몸을 연다. 스스로 늑대가 되어 어두운 들판을 달리던 이전의 전경린 인물들을 생각하면 여기에서 만나는 전경린의 그녀들은 낯설다. 이제 그녀들은 안다. "짐승처럼 천진스러웠던 시절"(「여름 휴가」)은 이미 지나갔다는 것을, 온몸을 휘감는 열정의 시간이 또한 추락의 시간이기도 했다는 것을, 고통스러운 결혼생활의 상징인 반지가 빛방울을 만들어내고 있다는 것을. 그리하여 늑대였고 공룡이었고 뱀이었던 그녀들은 이제 동물이 아니라 식물이 되어 햇빛을 향해 선다. 두려움을 안고, 발을 조금씩 들어올리며, 자기 안의 돌들이 하늘로 오르게 하는 탑이 될 것이라는 기대로 그녀들은 올라가는 중이다. 목하 그녀들은 짐승에서 나무로, 마녀에서 천사로 변모하는 중이다.*

* 이 같은 변모 속에서 전경린 인물들의 사랑의 외연은 점차 넓어지고 있는 듯 보인다. 홀로이던 그녀들의 곁에 이제는 딸과 엄마와 동생과 이웃 여자들이 함께 등장하고 또 서로를 위로한다. 가령 「야상록夜想錄」에서 금조는 잠든 딸의 눈물이 고인 듯 축축한 손을 잡고, 이혼 후 아이들을 보지 못해 흐느끼며 자는 막냇동생의 등을 토닥거리고, 꿈속에서 아버지를 부르며 허공을 휘젓는 엄마의 팔을 붙잡으며, 엄마는 울음이 터진 금조의 등을 두드린다. 서로의 손을 잡고 등을 두드리는 이 여자들의 풍경 속에 담긴 따뜻함은 결국에는 다 닮아 보인다는 마을 노파들의 위엄과 건강함으로 이어질 것이다.
그런가 하면 「여름 휴가」에서 중학생 남자애처럼 머리를 짧게 자른 그래서 여성/성의 굴레로부터 자유로워진 듯 보이는 강가 찻집의 주인 여자나(그녀는 남편에게 맞아 부어오른 얼굴을 하고서도 전 재산 반납하고서라도 사볼 만한 자유를 누리고 있다고 얘기한다), 「백합의 벼랑길」에서 동성애적 분위기를 풍기며 등장하는 "기름기라곤 없는" "평화로운 식물성 여자들", 혹은 「밤의 서쪽 항구」에서 유방암으로 "여자를 거세당한", 그래서 여자인지 남자인지 알 수 없는 정흔, 군인처럼 단단하고 맑은 신해, '나'-정흔-선후의 묘한 관계 등은 성을 초월한 인간 사이의 애정과 아름다움을 보여준다는 점에서 다음 전경린 소설의 행보에서 주목해야 할 점으로 보인다.

작가의 말

여기 묶인 소설의 주된 공간은 밤의 변경이다. 「천사는 여기 머문다 1」「천사는 여기 머문다 2」부터 「야상록夜想錄」「밤의 서쪽 항구」「여름 휴가」「맥도날드 멜랑콜리아」「흰 깃털 하나 떠도네」…… 되짚어보니 모두 그렇다. 삶의 변두리로 밀려드는 암연을 생각하니, 촛불을 켜두고 벽에 손그림자를 만들며 놀았던 어린 시절이 함께 떠오른다. 그때 나는 환한 낮으로 삼투하는 밤의 암흑물질을 어렴풋이 예감했을까.

권위적인 시대에 온통 금지된 것투성이였던 성장기를 유독 엄격하게 보낸 뒤에 나는 아마 기나긴 권태에 빠져버렸던 것 같다. 권태의 명확한 증상은 나를 포함해 세상 일체가 얄팍한 가짜로 느껴지는 것이었다. 백 년 동안의 잠이 프로그래밍되어 있는 무감각과 권태의 둑 너머는 그것만이 유일하게 생생한 물질이라는 듯 슬픔이 출렁거렸다. 관습에 도금된 권태로부터의 도주는 슬픔으로의 투항 외에는 없다는 듯이.

나에게 슬픔은 만물의 순환과 같이 생명의 조건이며 존재들이 복역해야 할 독특한 의무 같았다. 표제를 정하면서 '천사는 여기 머문다'라는 제목에 대해 예전에 쓴 글을 찾아 읽어보았다.

"천사는 여기 머문다. 그것은 선악을 넘어 우리 생의 내부에서 비상하는 생명을 은유한다. 살아 있음의 절정에서 당신의 얼굴에 천사가 떠오른다. 천사는 생명이다."

근 십 년 만에 묶는 소설집인데도 책 내기를 망설이고 미루며 두어 해를 지냈다. 속으로는 차라리 내가 죽은 뒤에 나오면 좋겠다는 생각도 했다. 어쩌면 이 소설들 사이 어디쯤에서 나의 절반이 나뉘어 사라진 것 같기도 하다. 그런 책이 더는 시간을 이기지 못하고 나온다. 살아간다는 일에 대해 그 어느 때보다 관용이 생겼지만, 동시에 반쯤 다른 사람이 되어 살아가기라도 하는 듯 조금 낯설고 어색한 느낌이다. 사라진 나와 새로워진 나 사이에서, 미제 사건의 알리바이처럼 이 책이 존재하는 것 같다.

오랜 인연을 맺어온 문학동네에 감사하며 특별히 원고를 끝까지 붙들고 꼼꼼하게 보아준 조연주씨과 책 작업을 맡아 해준 이경록씨께 애정을 담아 감사 인사를 보낸다.

2014년 봄

전경린

| 수록 작품 발표 지면 |

맥도날드 멜랑콜리아 …『자음과모음』 2013년 겨울호

야상록夜想錄 …『현대문학』 2005년 2월호

강변마을 …『현대문학』 2010년 10월호

천사는 여기 머문다 1 …『소설가』 2005년 봄호

천사는 여기 머문다 2 …『문학동네』 2006년 여름호

밤의 서쪽 항구(원제 : 북향 항구) …『현대문학』 2011년 5월호

흰 깃털 하나 떠도네(원제 : 소라나무) …『문학수첩』 2003년 겨울호

여름 휴가 …『문학사상』 2003년 12월호

백합의 벼랑길(원제 : 백합과 공룡의 벼랑길) …『문학사상』 2011년 3월호

문학동네 소설집
천사는 여기 머문다

1판 1쇄 2014년 6월 2일
1판 2쇄 2014년 6월 10일

지은이 전경린
펴낸이 강병선
책임편집 이경록 | 편집 김필균 조연주
디자인 고은이 유현아 | 마케팅 정민호 나해진 이동엽 김철민 조영은
온라인마케팅 김희숙 김상만 한수진 이천희
제작 강신은 김동욱 임현식 | 제작처 영신사

펴낸곳 (주)문학동네
출판등록 1993년 10월 22일 제406-2003-000045호
주소 413-120 경기도 파주시 회동길 210
전자우편 editor@munhak.com | 대표전화 031) 955-8888 | 팩스 031) 955-8855
문의전화 031) 955-3576(마케팅) 031) 955-3572(편집)
문학동네카페 http://cafe.naver.com/mhdn | 트위터 @munhakdongne

ISBN 978-89-546-2460-2 03810

* 이 도서의 국립중앙도서관 출판시도서목록(CIP)은 서지정보유통지원시스템 홈페이지(http://seoji.nl.go.kr)와 국가자료공동목록시스템(http://www.nl.go.kr/kolisnet)에서 이용하실 수 있습니다.(CIP 제어번호 : 2014011110)

www.munhak.com